リズムのヒトミ―ヤスメ―

崎谷はるひ

幻冬舎ルチル文庫

CONTENTS

✦目次✦

プリズムのヒトミ ―ヤスメ―

✦カバーデザイン＝齊藤陽子（CoCo.Design）
✦ブックデザイン＝まるか工房

イラスト・ねこ田米蔵✦

ハーモニクス

「ありがとうございました」

会計をすませて店を出る客に向け、冲村功《おきむらこう》は丁寧に頭をさげた。

冲村が現在、アルバイト店員をつとめているこの店の名前は、『GD《ジーディー》－cafe《カフェ》』。

店名のGDは、ゴシックとドラキュラを意味するらしい。店の内装もドラキュラ城のイメージとやらで、入口は棺桶《かんおけ》風味の十字架をあしらったデザイン、内装は毒々しい赤いライトに照らされ、いたるところにわざと古びた燭台《しょくだい》が置かれている。メニューもゴシックホラーのイメージを重視し『黒魔術の内臓グラタン』だの『地獄の血のシチュー』だのという名前ばかりだ。

じっさいにはレバーペーストを使ったグラタンと、赤ワインでよく煮込まれたビーフシチューといったごくふつうのメニューだ。あからさまなコンセプトが受けただけでなく、味もまあまあということで、リピーターは順調に増えている。

店内の雰囲気と料理を味わったふたり連れの女性客は、まだテーマパーク気分が抜けないのか、真っ赤なライトとおどろおどろしい内装を見まわし、くすくすと笑っていた。

そして「ねえ」「うん」と彼女らにしかわからないやりとりをしてうなずきあったあと、

じっと冲村に視線を向けてくる。

「……なにか、サービスにいたらないところでもございましたか？」

ばか丁寧な言葉遣いも、どうにかひきつらなくなった愛想笑いも、二十歳《はたち》になってすぐにフロアの仕事を任された際、研修でたたきこまれたものだ。

だが、冲村の銀色がかった髪や、これもカラーコンタクトで銀灰色になった目に、ぽうっとした表情を向けていた女性客たちは、そんなことに気づく様子もない。赤くなりながらあわてたように「いえっ、ごはんおいしかったです！」と両手を振ってみせ、ひとしきりお互いを小突きあったあと、意を決したように切りだした。

「あのっ、写真撮っていいですか？」

「写真……店内の、でございますか？」

「いえ、えっと、店員さんの」

もじもじしながら言ったとたん、また彼女たちは目を見あわせて笑いだした。

女性というのは理由のわからないことで、いつもくすくすと笑う。そして思わせぶりにちらちらと、やたらふっさりした睫毛《まつげ》を上下させてはこちらをうかがってくるのは、どこかにマニュアルでもあるのだろうか。

ひとによっては、かわいい仕種《しぐさ》だと思うのかもしれない。だがこうした視線を向けられることが無駄に多い冲村には、正直うっとうしいばかりだ。『言いたいことがあるなら、さっさと言え』と吐き捨てたくなるけれど、いまはアルバイトの真っ最中だ。プライベートならともかく、接客している際に素の自分を丸出しにできるわけがない。顔の筋肉を総動員して、穏やかそうに見える笑顔を作った。

「写真を撮られるのはかまいません。ただ、ネットとかにアップするのは、ご勘弁いただきたいのですが……」

「あ、それはしません」

「ともだちに見せるだけだから。でも料理はアップしていいでしょ？」

あわてたような態度を見るに、かなりあやしかったけれど、あまり拒否するのも問題だ。

「わかりました」と微笑《ほほえ》んで、冲村は携帯のカメラで撮影される羽目になった。ひとりずつとツーショット、それからピンで数枚を撮り終える。彼女らは何度も画面を覗《のぞ》きこみ、満足したように目を輝かせていた。

「どうもありがとー。またきますね」

「お待ちいたしております」

機嫌よく帰っていったふたりを見送ったのち、ドアが閉まった直後の冲村は、その顔からいっさいの笑みを排除する。

「ほんとにネットにあげたりしねえだろうな……」

インターネットへの流出はしないという言葉を信じるほかにない。そして、妙に仰々しい自分のスーツ姿を見おろして、深々とため息をついた。

胸元にアシンメトリーなフリルのはいったドレスシャツ。光沢のある上着は裾《すそ》が長く、ピークドラペルの燕尾《えんび》服をイメージしたデザインだ。パンキッシュなものを好む自分のスタイルではまったくない。

「……ごってごて……」

「こら。辛気くさいため息つくな、冲村」

うんざりつぶやいたとたん、背中をどんと小突かれる。「いてっ」と声をあげて振り向くと、そこには小柄な友人が立っていた。

「んだよ、川野辺《かわのべ》かよ」

ちいさな手を振りあげていたのは、この店の先輩アルバイトであり、冲村が通う総合美術専門学校『東京アートビジュアルスクール』の同期、川野辺さとみだ。冲村はファッション科、彼女はメイクアップ科と専攻は違うが、校内・校外を問わずショーなどでチームを組むことが多く、冲村にとって大事な親友のひとりだ。

その川野辺もまた、冲村と同じようなデザインの服を着ている。ただしこちらは袖口《そでぐち》にフリルがあしらわれていて、ボトムはパンツではなくロングスカートだ。

「お客さん見てたらどうすんだよ。しゃきっとしろよ」

「てめえも口のききかた気をつけろっつの」

容赦なく小突かれて痛んだ背中をよじりつつ歯を剝《む》くと、三十センチ近い身長差すらものともせず、川野辺は周囲を真っ黒にしたゴスメイクの目で「やかましい」と睨《にら》んでくる。

「あたしとかあんたのナリでも、バイトに雇ってくれる貴重な店なんだぞ、ろこつにいやな顔すんな」

「ま、そーだけど……」

それを言われるとぐうの音も出ず、冲村は顔を歪めるしかない。

いくつか掛け持ちしているアルバイトさきのひとつに、このコンセプト居酒屋を選んだのは、いま川野辺が告げたとおりの理由だ。

まだ十代だったころも居酒屋系でアルバイトしたことはあるが、冲村が酒を出す店で担当するのは洗い場や片づけなどの裏方だった。未成年であることを考えれば当然だが、表に出る接客担当のほうが労働時間や内容に対して実入りがいいのはたしかだった。

しかし派手な髪色に派手なピアスの数、無駄に押し出しの強い派手な顔に高すぎる身長という、大変オトナ受けの悪いルックスを、そのままOKしてくれる雇い主はすくない。

「この店のコンセプトのおかげで、冲村の人外ルックスも歓迎されてんだから。わかってんだろ、自分でも」

「人外ルックスってなんだよ」

「そのまんまだろ、歩くCG。髪型と服以外、左右非対称な部分どっこもねえじゃん」

にたりと笑った川野辺は、冲村の容姿にまったく心動かされた様子もない。だからこそ友人でいられる貴重な相手でもあった。

「ぼちぼちまともな色に戻したほうがいいんじゃないの。松宮《まつみや》さんにも、就職するときは髪なんとかしろって言われてるんだろ」

「……まあな」

「じっさいのとこ、いいかげんアタマいじるのはやめたほうがいいと思うぜ？　将来、ハゲたくないだろ」

ヘアデザイナー志望の川野辺に容赦なく言われ、冲村は唇を歪めた。

「てめえもその言葉遣い、どうにかしろよ」

ふだんは強烈な男言葉ばかり使う川野辺は、しれっとした顔で言い返してくる。

「あら。ふつうに話す必要があるときは、きちんとできるわよ」

「やめろ、きもい」

わざとらしく仕種までしんなりしてみせながら「おほほ」と笑う彼女にげんなりした顔を見せると、小柄な友人はため息をついた。

「卒業したらちゃんと髪も切るし、色も落とす。それまでは好きにしてたっていいだろ」

冲村が就職を内定させているのは、『bsx666《ビーエスエックススリーシックス》』といういまでは都内でも渋谷、西麻布などの一等地にも店舗展開しているインディーズブランドだ。

高校生だった冲村は、bsx666 がまだ原宿のちいさな店しかなかったころから入り浸り、店長兼メインデザイナーである松宮と親しくなった。おかげですっかり感化され、服飾デザインの道を志したのだ。松宮も冲村の尖《とが》った性格を気にいり、卒業後はうちにこいと言ってくれたのは、本当にありがたいと思う。

しかし、具体的に見えてきた将来をまえに、あれこれと不安の種や問題は積み重なっているのも事実だ。

「冗談はともかく、気持ちはわかるよ。冲村に女があんまり寄りつかねえのって、そのアタマとカッコのおかげだろ。つっても、別方向にアンテナ立てたようなもんだけどさ」

うえからしたまでじろじろと眺めた川野辺の言葉に、冲村はぎくりと肩を強ばらせた。

「……なにが言いてえんだよ」

冲村はぎろりと睨みつけたが、彼女はまったくこたえた様子もない。それどころか、冲村の警戒心を煽《あお》る不穏なことを言ってのける。

「いまだって、面倒がまったくねえとは言わせねえからな。どぎつい髪にしたせいで追っかけの女は減ったけど、そのアタマのせいで平井《ひらい》につけまわされたりしただろが」

川野辺がひさしぶりに口にした名前に、冲村は顔をしかめた。一年以上まえ、冲村の整いすぎた容姿が原因で妙なストーカーがついた事実は記憶に新しい。

冲村の不機嫌そうな表情を見て、川野辺は皮肉に笑う。

「なんだよその顔。どうやったって目立つんだから、あきらめるしかないだろ」

「それじゃ俺の顔はトラブルの種みたいじゃねえか」

「みたいじゃなくて、そのものだろ。つうか、もうこれ以上のトラブルはご勘弁だよ。卒制ショーも、あのばか、案の定、使えねえし」

「あのばかって」

「市川《いちかわ》だよ。わかってんだろが」

川野辺が皮肉な声で指摘したのは同じファッション科の女子、市川美鶴《みつる》のことだ。卒業制作のショーでの、発表チームのひとりである彼女の名に、冲村は胃が重たくなるのを感じた。

「完全に作業遅れまくってんだろ。どうする気だよ」

「あいつの手が遅いのは俺のせいじゃねえだろ」

我ながら弱いと思いつつ反論すると、ぎろりと低い位置から睨まれた。

「おまえのせいじゃなきゃ、誰のせいだよ。リーダーなら進捗仕切るのが仕事だろ。このまんまじゃ間に合うもんも間に合わなくなんぞ」

思い当たる節のある冲村はむっと顔を歪める。守勢にまわらざるを得ないのが不愉快で無言になった冲村に、川野辺は容赦がなかった。

「ほかの連中にも相談して、作業の振りわけしなおしてるから」

いちいち口を出すな、と顔を歪めた冲村に、彼女も目をつりあげた。

「振りわけって、あいつが遅れてるとこほかの誰かが代わりにやってるだけだろが。抜本的解決になってねえだろっ」

「うっせえな、わかってるよ！　けど間に合わせるには、それしかねえだろ！」

いらいらと怒鳴り返したところで、背後から咳《せき》払いが聞こえた。はっとして振り返ると、ホールスタッフのチーフがこちらを睨んでいる。

「タコ。怒られたじゃねえか」

「……悪かったよ」

川野辺も、責めるべきは冲村でないと気づいたのだろう。もともとひきずるタイプではないため、気分を切り替えるように軽く肩をすくめた。

レジの横にある書類を整理するふりをしながら、彼女は声をひそめて忠告する。

「ただ、とにかく市川には気をつけろよ。ほっとくとぜったいもめごと起こすぞ」

「断言かよ」

どういう根拠があるのだとむっとする冲村に、川野辺はあきれた顔をした。

「根拠もクソも、冲村に女絡むともめるじゃんかよ。高校のとき、彼女がいても長続きしなかった理由、モテて騒がれすぎたせいだったろ。頭黒いと、ほんとに美少年まるだしだったからな」

同じ高校出身で、当時はさほど親しくはなかった川野辺だが、冲村が非常に面倒な女の子に絡まれる場面をしょっちゅう見ていたらしい。昔を知っている人間というのは、これだからいやだと冲村は顔をしかめた。

「美少年て、やめろきもい。だいたいそんなん、昔の話だろうが」

「ほんの二、三年まえだろ。また冲村が言い訳もしねえから、噂ばっか広がってさ。おかげでつきあう相手が毎回疑心暗鬼になって、ケンカしてふられてばっかだったくせに」

根拠もなく疑われて責め立てられるときの気分の悪さを思いだし、冲村はげんなりした。

「証拠もねえのに勘ぐるほうがおかしいだろ」

「そうだろうけど、彼女にフォローくらいすりゃよかっただろ」

「なに言っても無駄なことが大半なんだよ」

いくら友人とはいえ、いちいち口を出されるのは辟易《へきえき》する。川野辺の言うことは一見もっともに思えるが、浮気や心変わりを最初から決めつけてかかる相手を説得しようとするときの徒労感は果てしないものがあるのだ。疑われてショックを受けているこちらの心情は無視され、「モテるほうが悪い」とばかりに一方的に責められることも多かった。

高校生当時の冲村は、いちいちわめく女の子の機嫌をとる時間も気力もなく、「だったらいい」と別れるのがパターン。おかげで彼女が変わるサイクルは速まり、またぞろ評判が悪くなると言う悪循環には、うんざりしていた。

高校時代の面倒さにほとほと疲れた冲村は、専門学校にはいってからは、色恋沙汰《ざた》より将来のための勉強に集中しようと決めていたのだが――。

「史鶴《しづる》にいらない心配かけたくないだろが」

冲村の同棲中の恋人でもある北《きた》史鶴は、冲村たちと同じ専門学校のアニメーション科に在籍しつつ、ネットではショートアニメーション作家ＳＩＺ《シズ》として有名な青年だ。目下、最愛の恋人の名を突然あげられ、冲村は血相を変えた。

「あいつは関係ねえだろっ」

睨んだところでどこ吹く風の川野辺は、真っ黒な目元で睨みつけてくる。

「そうか？　市川、作業がつっかかるたんび、どうしようどうしようって冲村にへばりついてきてんじゃん。あれエスカレートしていかないって言えるか？　やたら他人に頼る女に、なんの下心もないって言いきれるか？」

過去の事例があるだけに、否定はできなかった。言葉に窮した冲村を見て、川野辺はにんまりと笑う。

「無駄でも努力はしろ。あたしの言うこと、わかるよな？」

「うっせえよ。なんでそう、いちいち口出すんだよ」

川野辺は言動がやや激しすぎるところはあるけれど、性格は非常にまっとうだし、誠実でもある。しかし、彼女の言動について、つい警戒してしまう理由が冲村にはあった。目をすがめると、川野辺はにんまり笑う。

「そりゃ、史鶴が好きだからに決まっててんじゃん」

やはりか、と冲村は頬《ほお》をひきつらせた。

知りあった当時の史鶴は、髪型もなんだかもっさりして、顔を隠すようなフレームの分厚いメガネをかけ、うつむいてばかりいた。

ぱっと見は典型的な地味オタクにしか見えなかったが、じつは端整な顔や、すらりとした身体《からだ》のラインのきれいさに、冲村はすぐ気がついた。そしてそれは川野辺も同様だった。

物静かで才能のある史鶴に彼女は狙いをつけ、それをどうでも阻止せねば、と躍起になったのが、彼を好きだと自覚したきっかけだ。

だからこそ、手にいれるなり川野辺たちにも、史鶴の友人らにもわざわざ宣言した。これは俺のだ、手を出すなと。

もともとゲイの自覚があり、冲村以前にも男の経験があった年上の史鶴は、そんな冲村を「潔すぎ」とあきれたように笑う。女の子のほうがいいんじゃないのかと、いらない心配をしたりもするけれど、つきあいだして一年以上が経過したいまもって、冲村は史鶴が好きだし、かわいいし、心配だ。

（よけいな隙、見せてたまるかっつの）

なにしろ川野辺は気持ちをストレートにアクションに起こす女だ。史鶴相手にハグやキスも平気でしてのける。どこまで本気かわからないが、いまだに隙あらば冲村から奪ってやると言ってはばからない。

「別れたらさっさと教えろよ。狙うから」

「ふざけんな。誰が別れるか」

ふたりは思いきり睨みあった。真っ赤なライトのした、ばちばちと火花が散ったが、その不毛な勝負からさっさと下りたのは、比較的冷静な川野辺のほうだった。

「ま、冲村が自滅してくれりゃ、あたしは楽でいいけど」

「しねえっつうの。てめえこそ、いらねえこといちいち史鶴に言うなよ」

念のため釘を刺すと、川野辺は「言わねーよ」と気分を害したように吐き捨てた。

「あたしだって史鶴のこと気にいってんだ。わざわざ不愉快な話、聞かせるわけねえだろ。そういう汚い手は使わねえよ」

むっとしたような顔で睨まれ、冲村は素直に「ごめん」と告げる。川野辺もまた、手を振って謝罪を受けいれた。

「史鶴がへこむのは見たくないし。怒るのはもっと見たくないから、よけいな火種は起こす気はないよ。史鶴、怒ると本気で怖いし」

「……まあな」

ふだん穏和でおとなしいぶん、キレたときの史鶴の冷ややかさは見ている側の肝が冷える。同意だとうなずいた冲村に、「冗談はともかく」と彼女は声のトーンを変えた。

「まじめに卒制ショー、やばいぞ。全員の卒業と単位かかってるし」

「だな。市川にはもうすこしきつく言うしかねえか」

その程度でどうにかなるなら、とっくにどうにかなっているのではないか。そんな目でうろんに見やった川野辺は、冗談めかして言った。

「いっそのこと、たらしこんで言うこときかせるってのはどうなんだよ」

「おっそろしいこと言うなよっ」

そんな真似をしたら、あとが怖い。ぞっとして身震いした冲村に、川野辺は「冗談だ」とにやりとした。

「笑えねえっつの」

「とりあえずいまは、客寄せパンダとして仕事しな。とにかく、うっかり美形に生まれた事実は変わらないんだから、あきらめろ」

「いっ！　てめっ」

べちっと平手で尻を叩かれ、冲村は飛びあがった。噛《か》みつこうにも、逃げ足の速い川野辺はさっさと退却してしまっていて、やるせなく尻をさする。

「うっかりって、俺がうっかりしたわけでもねえのに」

真っ赤なライトに照らされた白銀の髪は、てらついたマゼンタに染まっている。こんなフリーダムな髪色でいられるのも、川野辺が言うとおりあと数週間の話だ。

卒業を待たず、研修期間とアルバイトを兼ねて松宮のもとで働きはじめるにあたり、威嚇的なファッションはやめろと冲村は厳命されている。

——デザイナーが押しだすのはあくまで商品だ。おまえ自身の顔かたちじゃない。尖りきった格好したけりゃ、それなりに仕事してからにしろ。

最初の仕事はあくまで雑用アシスタントからだと言う彼の言葉はもっともだと思うし、そのこと自体に異論はない。だが、川野辺が示唆したとおり、冲村が地味目のファッションに落ちついた際の面倒というのは予想にかたくない。

単なるうぬぼれだと楽観できれば、これ以上楽なことはないのだが——たとえば、さきほどの客のように、写真を撮らせてくれと言われたことは一度や二度ではない。

おまけに過去のあれこれや、妙な色気を出したチームメンバーのおかげでごたつきそうな状況はいかんともしがたく、ため息ばかりが増えていく。

「……いっそ史鶴みたく、ダサ変装でもすりゃいいのか？」

ここはおのれの美意識やファッションへのこだわりを捨ててでも、平穏を手にいれるべきなのか。冲村はできもしないことをつぶやいて、またも重たいため息をついた。

＊　＊　＊

アルバイトを終え、深夜近くなって現在の住まいであるアパートに戻った冲村は、そっと鍵をまわして玄関のドアを開けた。しんと静まりかえった室内に「ただいま」の声をかけても返事はない。だが2LDKの間取りのアパートの一室からは、まだ明かりが漏れている。なかを覗きこむと、まるで要塞《ようさい》かのようにセッティングされたタワー型のワークステーションやコンピューター機材に囲まれ、大きなディスプレイに向かう史鶴の姿があった。

彼のちいさく形よい頭にはBOSEのヘッドホンがセットされている。遮音性のあるそれで耳をふさいだ史鶴は、マウスをクリックしながら画面上を操作していた。

冲村にはいったいなにをしているのかさっぱりわからない、複雑そうな3Dアニメーションソフト。画面のセンターにはプレビューとおぼしきポリゴン画像が表示されていて、史鶴がマウスを動かすたびにくるくると回転している。

（モデリング中かな）

荒削りな形のポリゴンを見るに、どうやら人間の顔を作っているらしい。画面に集中しきっている史鶴は、冲村が背後から近づいて手を触れられる距離にきても、まだ気づいた様子はない。

「……史鶴」

声をかけても、遮音ヘッドホンのおかげで反応はない。そっと近づき、背後からのしかかるようにして軽く机をノックしてみせる。しばらくは気づく様子もなかったが、二度三度繰り返すと、しつこい振動でようやく史鶴が我に返った。

「ただーいまー！」

「あっ、えっ？」

びくっと震えたあと、あたふたと周囲を見まわした史鶴は集中をいきなり解かれ、まだ混乱したような目をしていた。

「ごめん、気づいてなかった。おかえり、冲村」

それでもこちらを見つけたとたん、ほっとしたように顔をほころばせる。この瞬間の安堵《あんど》はいつでも冲村をたまらなくさせた。

「ごはん食べた？」

「店で食ってきた」

だが「そう」と微笑んで答えたそのとたん、くるっと史鶴は背中を向けてディスプレイに向かってしまう。

（あ、まただ）

つきあいはじめてほぼ一年が経《た》ち、同棲《どうせい》に持ちこんでからもけっこうな時間がすぎた。冲村と史鶴の関係はしょっぱなからトラブルまみれであわただしくて、夢中で駆け抜けたあとにはたと気づいたことがある。

史鶴は自分だけのために時間を使うやりかたに慣れすぎていて、目のまえにひとがいてもそれを忘れてしまえる。それをアーティスト気質《かたぎ》と言えば聞こえはいいだろうけれど。

「なあ、史鶴。あの……」

声をかけても、史鶴は答えなかった。また自分だけの世界にはいってしまったらしい。

画面を見据える鋭い目。作品世界に浸りきっている史鶴は、ひどく遠い。腕を組み、じっと薄い背中を眺める。声をかけていいものかどうか迷うのは、そのすさまじい集中力に気圧《けお》されるからだ。

(相変わらず、すげえ集中力)

じっとその横に立って横顔を見つめていると、史鶴がやっと気づいたように顔をあげた。

「……なに?」

まだ作品世界にいったままの、感情のないこの目が冲村はすこし苦手だ。悪気はないと知っているけれど、邪魔をするなと言われているような気分になる。

「話とか、してえんだけど」

「あ、ごめん! いまこの作業やっちゃわないといけなくて、だから」

はっとしたように、史鶴は言い訳をはじめた。なんだかそれを聞きたくなくてぎゅっと抱きしめると「……なんだよ」と困ったように史鶴が眉《まゆ》を寄せる。

「なんだよじゃないだろ。史鶴が冷たいからだろ」

「あはは、なにそれ。最近、妙にあまったれてないか? 秋になって、人恋しくなったとか」

「そんなんじゃねえっつの」

椅子の背ごとぎゅうぎゅう抱きしめながら回転式のそれをまわすように揺らすと、史鶴がめずらしく声をあげて笑った。

「目まわる、やめろって」

ぽんぽんと腕を叩いて抱擁をほどかされ、渋々冲村は手を離した。こうしていても、史鶴が自分に集中しきれていないのが肌で伝わってくる。たぶん、今夜も話はできないのだろう。もちろんそのさきの、触れあうことももってのほかだ。

「邪魔したな。続き、やって。風呂はいってくる」

あきらめのため息をついて腕を離すと、史鶴は「ごめん」と申し訳なさそうに肩をすくめた。なにを言えばいいのか思いつかず、苦笑した冲村は軽く手を振って部屋を辞した。

ドアを閉めたとたん、ずんと身体が重たくなる。空間を遮断したドアが、それ以上の意味を持って史鶴との間に立ちはだかっているような気がした。

(なんか、最近、すれ違ってんなあ)

浴室にはいり、シャワーを頭から浴びながら冲村はこっそりため息をつく。

ずれたテンポが、うまく重ならない。

本音を言えば、きょうはしたい気分だった。そうでなくとも、史鶴とならばキスだけだっ

てずっとしていたいと思う。

若いふたりで同棲というと、愛欲にただれた日々を連想するものだろうが——正直、冲村も期待していなかったとは言わない——当初からすっきりてきぱきと生活のリズムを作りあげていった史鶴のおかげか、共同生活はびっくりするほどに健全で、ふつうだった。

このアパートに越してきた当初からそうだった。なにしろ史鶴の荷物は多い。運送屋に運びこまれてきた荷物の梱包《こんぽう》を慎重にほどくや、大量のコンピューター類のセッティングにつぐセッティング。機材を移動したことで衝撃を受けたりしてはいないか、問題がないかのチェックに数時間。そして山のような資料の整理。むろん、日用品や衣類の片づけもある。

冲村にしてもけっしてモノが少ないわけではなく、ミシンや縫製の道具など、これまた大量の荷物の片づけが必要で、同棲初夜で盛りあがるどころの騒ぎではなかった。

その合間に通常の授業と課題とバイトがあって、片づけがきれいに終わったのは引っ越しから一カ月後。すでに、お互いのじゃまにならないようにという生活のリズムはできあがっていて、なんとなくそのまま現在に至る。

やりすぎてマンネリ化するよりはいいよ、などという話もあるが、マンネリに至れるほどやれていない場合はどうしたものだろう。

(つーか、相っ変わらず、やろうとすっとびびるしさ)

好きならもっと深く触れあいたいと思う。史鶴はそう思わないのだろうか。それもこれも、昔のトラウマのせいかと思うと、やっぱりすこしやりきれない。

史鶴の、恋愛恐怖症とでも言うような臆病《おくびょう》さと自信のなさは、いままでつきあってきた相手の比ではない。おまけにクリエイターらしく——というといささか語弊はあるが——思いこみも激しく頑固だ。

川野辺に言われるまでもなく、市川のような面倒な女がしゃしゃり出てきたいま、へたを打って疑われでもしたら、こじれるのは目に見えている。

髪を洗い流しながら、しかし冲村は自問した。

（ほんとに、そうかな）

史鶴は基本的に閉じているし、ひとりだ。過去のトラウマだけでなく、他人とのコミュニケーションは、根本的にへたなほうなのだと思う。

——わたしは、ゆるぎなく、ひとりだ。

かつて彼が作った作品のなかの台詞《せりふ》に、冲村はいたく感動した。そのときは単純に、すごいものを作るやつがいるんだと、そんな感動だけだったけれど、つきあいが深まって、あれは史鶴自身だったのだなとしみじみ感じることがある。

冲村は、彼への恋心に気づくと同時に告白してキスしてベッドに連れこんで、人生初の彼氏を作った。そのくらいの勢いがないと、たぶん手にはいらないものだ、そんな確信があったからだ。

そのときに感じていた不安のようなものが、いま目のまえにある気がする。

(あそこまで俺が強引じゃなかったら、史鶴はどうした?)

けっして口にはできない問いを抱えて、なんだか胸がもやもやしている。

——展開早すぎるよ、俺、いっぱいいっぱいだし、ときどきついてけないんだよっ!

どんどん関係を押し進める冲村に、史鶴はかつてそう叫んだことがある。あのころは、無駄なことで悩むなと手を引っ張れたけれど、最近どうも自分は及び腰になっている。

「くそ」

乱暴に髪を洗い流すと、シャワーを止めて風呂を出た。自室に戻る途中、史鶴の部屋を覗きこんだ。迷うようにマウスを動かし、首をかしげるうしろ姿。けれど彼の迷いは、目のまえの作品に集中しているからこそのものだ。

自分でも本当はわかっているのだ。このところの冲村の気鬱《きうつ》は、なにも色恋沙汰だけに起因しているわけではない。

こうして史鶴の背中ばかり見ている気がするからだ。揺れてばかりの自分とは違い、史鶴が着実にプロとしての道を歩んでいる。

最近になって、かつて史鶴の元彼、野島《のじま》が覚えたという嫉妬《しっと》の理由がわかる気がした。

冲村のように完全に方向が違うクリエイターならばともかく、野島は小説、史鶴はアニメーションと、タイプは違えど「物語」を作るという点では近い場所での創作を志していた。

圧倒的才能を感じる相手と恋愛するというのは、かなりつらいだろうと同情はする。

むろん、野島が史鶴を蔑《さげす》んで傷つけたことはいっさい正当化はできないし、許すつもりもない。その過去のおかげで、いまの冲村が苦労させられているのは事実だからだ。

（けど、焦るよな）

ふたりでいてもひとり。静かで強い姿を見ていると、置いてきぼりにされたようで、とてつもなく焦る。そして寂しくなる。

秋になり、卒業も目前に見えてきたことで、学内はなんとなく殺気立っている。

就職活動、卒業制作、基本単位の取りかえし。本当に時間がなくて、毎日が飛ぶようにすぎていく。

（自信、ねえんだよな。結局は）

就職して、果たして使いものになるのか。デザインのセンスを磨くにも、技術を取得するにも、雑用アシスタントで走りまわるうちに本当に身につくのか。

本音を言えば、ぐらついている。この厳しいご時世に声をかけられたのはありがたいことだけれども、卒制ショーひとつ仕切れない自分に対して、もっと勉強する必要を感じているのも事実だ。総合専門学校での二年という時間は短すぎたし、まだ足りないという声が自分のなかから聞こえてくる。

同校出身の松宮を目指してはみたものの、彼は高校当時からフリーマーケットなどで自分の服を売っていたような天才型の人間だ。

その彼と同じスキルは、同じ学校にいったからといって身につくものではない。

部屋に戻った冲村は、机の引き出しから大判の封筒を二通とりだし、つぶやいた。

「やっぱ、文化かドレメかな……」

服飾系専門学校でもトップクラスの二校について、じつはこっそり願書を取り寄せていた。入試の出願は十月から三月まで、まだ受付を開始したばかりだ。

親にもまた金銭的な援助を頼まなければならないかもしれないが、最終的手段としては奨学金や特待生制度がある。

しかし冲村が気になっているのは、プロになるのが出遅れる——つまり、史鶴に追いつけなくなる、その事実にこそ惑う心だ。

自分の実力の足りなさを感じつつも迷うのは、これ以上学生でいる時間を引き延ばして、本当に意味があるのか確信が持てないからだ。猶予期間のなさに焦り、揺れている自分もいて、なのに目のまえのどたばたした現実に押し流されている。

「なんだかなあ……」

タオルで乱暴に拭《ぬぐ》いながら、ぶるぶると頭を振った。水滴の飛び散った髪も、あとしばらくしたらふつうの色に染めなければならないだろう。

卒業まであと半年。そのころ、本当に髪の色を変えているのか。自分はどうなっているのか。史鶴とどうなっているのか。

　ベッドに寝転がると、隣の部屋から史鶴の使うパソコンのキーボード音が聞こえた。シナリオでも書いているのか、ずいぶんな長文のようだ。

　卒制ショーの雑事だの、足を引っぱるメンバーだの、くだらないことでわずらっている現状がいやでたまらない。

　いま悩むのは、そこじゃねえだろ。そんなふうに叫んでいるもうひとりの自分を痛いほど意識する。史鶴のように脇目もふらずにいたいと思う。

　羨望《せんぼう》に似た感情がこみあげて、それも自分らしくなくて、いらだつ。そしてなんとなく会話のなかにその空気が混じるから、史鶴との距離が遠くなる。

　もどかしい現状をどうにかするのは自分だけだ。わかっているけれど、変化のなかですこしずつ大事ななにかを見失いそうな不安が、冲村を取り巻いていた。

＊　＊　＊

　数日後、冲村は水道橋にある本校舎にいた。

　二年次後期の現在、冲村は本校舎にはめったに用事がない。ほとんどの時間は上北沢の実習所で制作にあたっているからだが、この日は個人的な目的があったのだ。

進路相談室を兼ねた教員室の端、講師が詰めているコーナーの奥には各種の資料がある。就職についてもむろんのことだが、大学や他校の専門学校に関しても充実しており、それらの貸しだしやもらい受けは、受付で書類さえ書けば誰でもできた。

制作作業の合間を縫ってわざわざ訪れたのは、自分でも腹が据わりきらないのがいやだったからだ。おかげで課題や実習にも身が入らず、迷いが自分のなかにわだかまっているくらいなら、なんらかの方法を探ろうとしての行動だった。

「ほんじゃ、失礼しまーす……って、あぶね！」

「わっ！」

資料を鞄に詰めこみ、部屋を辞したところで、冲村は突然飛びだしてきた小柄な人物にぶつかりそうになった。

「ご、ごめんなさい」

「ごめんじゃねえだろ、気をつけろ……あれ？」

あわてて頭をさげてきたのは、史鶴の親友である相馬《そうま》朗《あきら》だ。

「オッキーなにしてんの」

「おまえこそ、こんなところでなにやって——」

言葉を切ったのは、そこにグラフィックデザイン科の相談スペースがあったからだ。ちらりと隣のスペースを見やると、パーティションで区切った奥に、毎回無駄にさわやかそうな男の姿があった。

ふうん、と沖村は目をすがめた。

「ああ。栢野《かやの》といちゃついてたんか」

「いちゃっ……！　つ、ついてない」

あわてて否定されたが、語るに落ちるとはこのことだ。朗はなんだか妙に赤い顔をして息を弾ませている。おおかた、ちょっかいを出されてあわてて逃げてきたといったところなのだろう。

「ま、なんでもいいけどな。おまえ、きょうはひとりか」

「え、ううん。アップルパイ焼いたんで、先生に差し入れして、あとムラジくんに渡す約束してて」

これ、と掲げた袋にはクラフトボックスがはいっている。シナモンと焼けた林檎《りんご》のあまいにおいに、沖村の胃が空腹を訴えた。

「そういや腹減ったな」

「よかったら食べる？」

いいのか、と小首をかしげれば、朗は「ホールで焼いたし、いっぱいあるよ」と笑う。

「ムラジくんと待ちあわせしてるから、いっしょにいこ」

ぱたぱたと歩く彼は、背はちいさいのに足が速い。というより、朗はいつ見ても落ちつかない印象があって、物静かな史鶴と対照的なタイプだ。

「……おまえくらいやかましいほうが、史鶴にはちょうどいいのか」

「あ？　なにそれ」

いやみか、と顔をしかめた朗に「そんなんじゃねーよ」とため息をつく。怪訝《けげん》そうに小首をかしげた彼は、なにか悩みでもあるのかと問いかけてきた。

「べつに、悩みっつうほどのもんでも」

「嘘だあ。オッキーが口悪くてぶすっとしてるのはいつものことだけど、きょうはテンション低すぎるもん。らしくないし」

「らしくないってなんだよ。そこまで俺のこと知ってんのかよ」

「ほらね。そうやって無駄に突っかかる。そういうときって、平常心じゃないんだ」

ずばりと指摘され、冲村は口をへの字に曲げた。

「俺は俺の知ってる冲村しか知らないけど、その冲村といまの冲村が違うことくらいはわかるよ。目はついてるからね」

「……無駄にでっけえ目がな」

雑《ま》ぜ返した冲村にとりあわず、朗はけろりと言ってのけた。

「だいたい、ほんとの自分がどうたら言うタイプでもないだろ。べつに他人にわかってもらおうとか、思ってないくせして」

ずばずば言い当てられて、むっとした顔をするのはあくまでポーズだ。むしろ感心したように、自分よりずいぶんちいさな彼を見おろした。

見た目はあまやかされたおぼっちゃん、という雰囲気の朗だが、じつはけっこう鋭い。ふだんは悩みもなさそうな顔をしているが、洞察力はあるし頭の回転も速いのは冲村も認めている。

「パイ食べながら、話聞いてやるよ」

えらそうに言われて、あっさりうなずいたのは、冲村自身行き詰まりを感じていたからかもしれない。だがその後がいまいちよけいなのが朗だ。

「そんな顔してると、せっかくのCGフェイスに皺《しわ》がつくぞ」

「CG言うんじゃねえよ、ストラップサイズのくせに」

ちいさな頭を小突いてやると、朗はいやそうに「そこまでちっちゃくない！」とわめいた。

数十分後、小春日和のうららかな陽射しのさす中庭に冲村たちはいた。

クラフトボックスのなかにつめこんであったアップルパイはすでにカットされていたので、ぎっしりと林檎の詰まったそれを手づかみにして、冲村はかぶりつく。

「で、なに？　史鶴とまたけんかした？」

頬いっぱいに含んだそれを咀嚼《そしゃく》している途中、まえぶれもなく朗が言った。ぐっと喉をつまらせそうになり、冲村は話をはぐらかした。

「てめーはなんでひとの課題の手伝いとかやってるわけだよ」

「だって、森野《もりの》水張りへたくそなんだもん。毎回皺《しわ》作るか破くかするし。見てるとイラッとするんだよ。それに張り賃ちゃんともらってるし」

彼はさきほど待ちあわせに向かう途中で、同じ学科の友人に頼まれて、B全判のばかでかいパネルに紙を水張りし、天日で乾かしていた。大きな刷毛《はけ》をささっと動かし、ぴったりとボードに張っていく手つきは無駄がない。

ちまちまと動く彼は冲村同様パソコン系は皆目だめだが、こういう手作業は抜群にうまいし、イラストレーターの卵としてはかなり有望だ。

「おまえ、なんでパイとか持ってきたんだ？」

「ん？　そりゃ、いっぱい焼いたから、差しいれ——」

「じゃなくてさ。焼き菓子あるってことは、お母さんのとこ、いったんじゃねえのか」

嚙むたびにじゅわりと煮林檎のうまみがあふれるパイを頬張りながら問うと、朗は背中を向けたまま「いってきたよー」と明るく言った。

「ただ、きょうはお見舞いの途中で発作起こしてさ。差しいれ持ってってたのに、うっかり持って帰ってきちゃったから、お裾分け」

詳しくは知らないけれど、彼の母、ひかりは先天性の心臓病とかで長く入院している。以前には見舞いも制限していたらしいが、最近はしょっちゅう足を運んでいるようだと史鶴から聞いていた。

「具合、悪いのか」

土産《みやげ》を持ち帰るほどにあわてていたということは、ひどく動揺したということだろう。冲村が静かに訊《たず》ねると、朗はかぶりを振った。

「そこまでひどくないよ」

事実はわからないが、深く突っこむつもりもない。「ふーん。ならよかった」とうなずくと、大判の紙に水を含ませ終わった朗が「ごめん、手伝って」と言った。

「なにすりゃいいんだ」

「悪いけど、そっちの端持って」

「待て、手ぇ洗う」

パイの残りを口に押しこんで、冲村はざっと手を洗い流し、デニムにこすりつけて拭《ふ》いた。おおざっぱな所作に「おしゃれ番長が行儀悪い」と朗が笑う。明るい顔をしていても、ほとんど目を閉じるくらいに細めているから、本当の表情は見えない。

うつむいて、手元の作業に集中していた朗は唐突にくすっと笑った。「なんだ」と顔をしかめると「オッキーはさ、遠慮なくってていいよね」と彼は言う。

「なんだそれ、いやみか」

「んーん。じゃなくて、実際的っていうの？　変に気を遣わないでくれるだろ。だから話せることとってあるよ」

「そうか？」

パネルに紙を張る作業を手伝いながら、朗は表に出している部分より、もっとずっといろいろ抱えているのだろうと思う。沖村などよりよっぽど深遠な世界を知っている。

「聞いちゃまずいのかなとか、可哀想だとか、そういうのないじゃんか。具合悪いのか、そうじゃない、ふーんよかったな。で、終わり」

「それじゃ俺がアホみてえじゃんかよ」

「被害妄想だよ。褒めてんの。俺は同情とかされるより、すっごい楽なんだ。現実は変わらないしね」

言葉のとおり、朗は笑っている。吹っ切れたような言葉は嘘ではないのだろう。そうか、とうなずいたところで、朗はまったく声のトーンを変えないまま続けた。

「で、けんかしたの？」

突然の話の切り替わりに、沖村は一瞬ついていけなかった。はっとして彼を見ると、さきほどの達観した笑みとは違う、にんまりした顔をしている。舌打ちして、沖村は言われたとおりに紙をひっぱった。

「してねーよ。つうかけんかにもならねーよ」

「どゆこと？」

「いまはあいつ、制作に没頭してっから、ある意味シャッター降りてるっつーか」

「ああ。作業中に声かけて冷たくされたとか？」

図星を指されて黙りこむと、朗はからからと笑って「慣れろよ」と言った。

「史鶴がひとりっこ体質なのは、昔っからだよ。とくにパソコンのなかにおこもりになるとシャッター降りるってよりシェルターいりだから」

おかしそうに、いまごろ気づいたのかと朗は言う。

「昔、おうちでも鍵っ子だったみたいで、基本的にひとりでいるのに慣れすぎてんだよね。だから、ウザがられても自分からアピールしないと、かまってくんないよ」

「なんでそこまで知ってんだよ」

むすっとして冲村が言うと、周囲を水張りテープで留めていた朗は「俺は史鶴のエキスパートだからね」と笑った。

「そもそも、オッキーが例外なんだよ。史鶴の人見知りは根深いよ。ねえムラジくん」

朗がひょいと視線を向けて話をふると、おっとりにこにこしながらパイを頬張り、ひなたぼっこをしていた田中連《たなかむらじ》は、「え、あ、うん」と眠そうな顔でうなずいた。

「ＳＩＺさんは、もともとすっごく警戒心強いからねえ。ぼくも、すごーく頑張らないと、本音話してくれるまで、親しくなれなかったよ」

「……そうなのか？」

驚いて目をまるくしていると、朗はあの、能天気そうに見える顔で笑った。

「オッキーはそれでも、かなり特別だとは思うけどね」

「そうか？　どこが？」

「突拍子もないアプローチしてきたから、史鶴が壁作るまえになかにはいっちゃったじゃんか。だから、かなりマシなほうだよ」

冲村から見ると、誰よりも史鶴の近くにいるふたりですら近づくのに苦労し、朗も腹を割らせるのには二年近くかかったという。

「史鶴が難物なのは最初からわかってただろ。それとも、なんにも考えずに押しまくった？」

これまた図星なので黙りこんでしまう冲村に「うわあ」と朗はあきれた声を発する。

「うわあってなんだよ」

「いや、天然強いなと思っただけ」

さらっと失礼なことを言って、朗は「よしできた」と紙を張り終えたボードを検分した。

「とにかく史鶴はいま、卒制の下準備とＳＮＳと企業コラボのコンペに命かけてるから、余裕ないんだよ。もうちょい気長に見てやってよ」

「まあ、そりゃ……」

朗の訳知りな説明に、冲村もそれくらいは知っていると噛みつこうとした。けれど、ふとむなしさを覚えて黙りこむ。

「なに、冲村。似合わない顔して」

「……あいつ、いつになったら暇になると思う？」

出会ってからずっと史鶴は忙しくて、きっとこのさきも忙しい。走り続ける彼を尊敬もしているが、なんだか焦ってでもいるかのように感じるのも事実だった。

取り残されたような寂しさもまた本音でため息をつくと、朗はすっぱり言ってのける。

「忠告するけど、史鶴のそういうところ、待っててやれないならつきあうのやめな」

「そ、相馬くん。それは言いすぎだよ」

ムラジがあわてて言うけれど、朗は「だって事実だもん」と言う。

「俺べつに、史鶴の擁護して言ってるわけじゃないよ。でもあの性格がそうそう簡単に直るもんじゃないのは知ってんの。まあつきあうのやめるってのは極論だけど、ちょっと気分的に距離置くくらいはありじゃないの？　いちゃいちゃはしばらく我慢とかさ」

誰より子どものような顔をしながら、誰よりシビアなのはこの朗だ。「あれは相当めんどうな性格だから」と前置きして、彼は続けた。

「冲村自体が、いまぐらついてんならビバークもありじゃない？　だいたい、史鶴が忙しいって言うけど、自分だって充分忙しいはずだろ。さっき取りにいったの、就職関係の資料じゃないのか？」

めざとく見つけていたらしいと気づき、冲村は曖昧《あいまい》に「まあ……」とうなずく。べつの学校に再入学するかどうか迷っているという話は、朗やムラジにはできなかった。雑談混じりにさきほど話したところ、朗はすでに就職の予定があるそうだし、ムラジに至っては一年のころからすでにゲーム会社の設立が決まっている。

(宙ぶらりんなのは、俺だけか)

情けないことだが、すでに道を定めているように見える彼らに、ぐらぐらする自分を打ち明けることができない。冲村の逡巡《しゅんじゅん》も知らず、朗は話を続けた。

「折り合いつけるように仕向けるのは冲村の努力次第だと思うけど、すくなくとも、余裕ないから待てないと思うなら、引くのもアリだろ。もともと冲村、気長じゃないんだから。無理してもいいことなんもないし」

「あー、うーん……SIZさんが、SIZさんだしねえ……」

「就職とかしたら、いま以上に忙しくなるだろ。仕事してる相手と恋愛すんのって、大変だぞ。最初の何年かは、間違いなく自分のことでいっぱいいっぱいになるし。業界違うってなったら、生活時間も変わってくるし、なおさら大変だろ。そのまえにちゃんと関係作ってかないと、まずいんじゃないのか？」

一理ある、とムラジまでもがうなずき、冲村もまた苦い顔をしつつも内心ではうなずいていた。だがこうもずけずけ言い当てられるのは不愉快で、ささやかに反論してみる。

「まあな、おまえは気長に待ってくれる相手がいるからな。相手が社会人の恋愛については、エキスパートだよな」

「な、なんだそれ」

あてこすると、ぎく、とちいさな顔が強ばる。図星だったようで、朗は水張りを終えたばかりのパネルを意味もなくいじった。

「栢野とは、あれからどうなってんだよ」

「べつに……ふつー」

「ふつーってなんだよ、ふつーって。どこまでいったんだよ。もうやったのか？」

「下品だよ冲村！」

あだ名で呼ばないあたり、余裕がないのはあからさまだ。冲村はにやにやしながら「そういえばさっき、なんで真っ赤だったんだよ」と突っこんでやる。

「栢野にチューでもされたんか？　大胆だよな、ガッコで──」

「うううううるさい！」

世慣れたようなことを言うくせに、自分のこととなるとうろたえるのは相変わらずのようだ。真っ赤になった朗は「片づけてくる！」と道具を抱えて走り去ってしまった。

うしろ姿を見送りながらげらげらと笑っていると、ムラジが苦笑いしてかぶりを振る。

「あんまりからかっちゃ気の毒だよ、冲村くん」

「言いたい放題したのは、あっちじゃん。どうせ栢野に手ぇ出されてうろたえてんだろ」

「まあそうだろうけど……」

じっと冲村を見つめたムラジは「なんだか疲れた顔してるね」と言った。ずかずかと踏みこんでくる朗とは違い、ムラジは一定の距離を必ず保つ。さわられたくない場所にはけっしてさわらないと示すような彼の距離感が、冲村には心地よい。

「わかるか？」

「ほかにも、なんかあるんだよね？　じゃなきゃ冲村くん、こんなにへばらないだろ」

言葉を切って、ムラジは冲村が持っていたいくつかの封筒のロゴをじっと見つめた。

「……他校の資料だよね。再入学するのかな？」

「迷ってる。でも、なんでわかったんだ？」

「渋谷かどっかのショップに内定決まってたはずなのにいまさら就職の書類ってのも変だなと思ってね」

恋人より友人のほうがよほどわかってくれているのは情けなかった。そもそも冲村はひとに愚痴などこぼすタイプでもないけれど、ものごとには限界もある。

ムラジは口が堅く、頭もいい。高校時代の偏差値を聞いて、どうして大学に進学しなかったんだと問いかけたこともあるが「やりたいことわかってるから、勉強ならいつでもできるし」とあっさりしたものだった。

「俺もムラジくんみたいに頭よけりゃ、独学でやれんだろうけど」

自嘲《じちょう》気味のつぶやきに、ムラジはうーん、とうなって「それはちょっと違うんじゃないかな」とまじめな顔で言った。

「ぼくのやってること——サブカルのジャンルってのは、学校みたいなシステムで体系的に学ぶよりも、同人とかネットの世界で独自に発展してきた部分が大きいから、我流でもなんとかなる。でも服を作るっていうのは歴史も長いぶん、正式にちゃんとした技術を学ばないと、そもそも無理だよね」

淡々とした口調で指摘され、沖村は驚きつつうなずく。

「で、沖村くんは、いま自分にそれが足りない感じがしてるんじゃないのかな」

「なんで、そこまでわかるんだ？」

「最近、自信なさそうで、いらいらしてるなって思ってたんだ。それで学校の資料見えたから、沖村くんの思考回路的には〝もっと勉強しなきゃだめだ〟ってとこなんじゃないかと推察してみました」

お見事というほかない。完璧に言い当てられて、沖村はぽっちゃりとしたひとのよさそうな友人の顔を、まじまじと見つめた。

「すげーな、ムラジくん。もう、そのまんまだよ。やっぱ頭いいんだな」

　感嘆のつぶやきを漏らすと、彼は苦笑した。

「ぼくは、ほかのひとより臆病だから、敏感なんだよ。あと自分がくよくよしやすいから、ひとが弱ってるとわかるっていうか」

「んなことねえだろ。頭いいからよく見えてんだよ」

　一見は地味だし、ちょっと気弱でおどおどしているところもあるのに、たぶん、冲村の友人のなかで、彼がいちばん大人なのだろう。だからこそ、大抵の人間を呼び捨てる冲村が、彼には敬意を表してムラジくんなのだ。

「あはは。褒められたついでに、もういっこ指摘していい？」

「……ん？」

「将来についての不安プラス、恋人関係の不安プラス、実務面でもトラブってるとお見受けしますが、そのあたりはいかがかな？」

　オタクを自認するムラジは、ときどきわざと持って回った言いまわしをする。ふだんはそんなこともないので、これは冲村の話を聞きだしやすいよう、わざとだろう。

「それも名探偵ムラジくんの推理か？」

「推理するまでもないよ。さっき相馬くんも言ってたけど、冲村くんって形而上学的な思考回路はないと思うんだ。実際主義的っていうか」

「……悪い、アタマヨサゲな単語はマジでわかんね」

「えーとね、現実にないこと、起きてないことをくよくよするタイプじゃないってこと。だから、それだけ落ちてるには、具体的できごとがまずあって、そっから連鎖的に将来に不安を覚えたんじゃないのかなと」

ここまで言い当てられると、もう笑うしかない。力なくかぶりを振ると、ムラジはあのおっとりした顔で言った。

「だから、ぼくでよければ、話くらいは聞くよ」

「……相馬もムラジくんも、ほんとに、おせっかいっつうか、ひとがいいっつうか」

「あれ？　よけいなお世話だったかな。そんなつもりはなかったんだけど、ごめん」

あわてるムラジに「悪い意味で言ったんじゃねえよ」と手を振ってみせる。むしろ、周囲に心配をかけている自分が情けないだけだ。

なんだかいろいろ面倒になっていた冲村は、こうなればぶちまけるだけだと口を開いた。

「面白くもねえ話だけど、聞いてくれるか？　ことの起こりは、卒制がらみなんだけどさ」

先日川野辺が小言を言ったとおり、卒業制作ショーが二年次後期にはいってからずっと停滞している。

冲村たちファッション科に属する生徒にとっては、自分たちで企画制作したファッションショーが卒業制作の代わりとなる。個々人がめいめい勝手に服を作るのではなく、テーマを統一しチームを組んで提出することになるのだ。

衣装デザインや縫製という製作だけでなく、ショーの構成に演出——照明に音響映像、舞台のセッティング。

むろんモデルも自分たちでやるわけだが、大元となる製作の時点ですでに足並みの揃《そろ》わなさが露呈していて——というより、市川ひとりが大幅に足を引っぱってくれていて、それがここしばらくの冲村の悩みの種だった。

＊　＊　＊

実習所に制作のために集まった冲村の卒制チームは、人台《ダミー》にかけられた現物を見て、全員でため息をついた。

仮縫《トワール》いの途中である服は、左半分はおよその形ができているけれど、右半分はあからさまに作業途中。

あちこちにピンや布がはみ出ているそれを眺め、ぼそぼそと、顔をしかめたメンバーたちがささやきあう。

「これ、先週のうちに終わってるはずじゃなかったのか？」

「つーか、その先週ってのも延びた日程だろ……トワール終わってなきゃ、本縫いに入れねえじゃんか」

殺気だった空気に、冲村はげんなりとため息をついた。

あからさまないらだちと不満。声だけはどうにか押し殺してはいるが、聞こえてもかまわないといった感じだ。無理もない、予定どおりに進行できないという失望感はすでに何度目か数えるのもいやなほどだからだ。

「こんな進行でどうするってんだよ」

また誰かがこれみよがしにつぶやいた。それに対して憮然《ぶぜん》とした声で答えたのは、このショーに参加している川野辺だ。

「どうもこうもねえじゃん、きっぱりノルマ果たしてないやつがいるせいで、大迷惑って言えばいいだろ。なにこそここそ言ってんだよ」

相変わらずのゴスメイクで睨みをきかせ、その場にいる自分とどっこいの小柄な女子――市川美鶴に向けて顎をしゃくった。

「あんた先週言ったよな？　トワール組むまでは完全に終わらせるって。そしたらこっちだってヘアメイクのプラン立てられるから、遅れたぶん取り返せるって」

「……ごめんなさい」

川野辺がずけずけと言ってのけると、市川は上目遣いで涙ぐんだ。だが気まずさが増しただけで、真剣な同情は得られない。このチームを組んだときからの問題児に対して、全員がほとほと困り果てているし、泣き落としももはや見慣れた。

市川はパタンナー志望というけれど、デザイン画から型を起こすこともろくにできない。見るに見かねて、冲村をはじめとした顔ぶれもかなりの作業を手伝い——というより作業のほとんどを肩代わりして——どうにか立体裁断《ドレーピング》までこぎつけたのだが、それでもまだ進捗状況は予定よりかなり遅れている。

「あのな、なんべんも言ったけど、バランス見るだけで、なんでこんなに時間食うんだ」

一触即発の空気に対し、市川は媚《こ》びるように目をしばたたかせた。

「なんでって、わかんない。あたしだってこんなに時間かかると思ってなかったし。一生懸命やったし」

その答えに脱力するのはいたしかたないだろう。無言で冲村がじっと見おろすと「悪いとは思ってるけど……」と言いながら、彼女のまばたきが激しくなる。涙をこらえるふうな仕種に見せているのだろうけれども、すこしも潤んでいない目に冲村はあきれた。

「できると、思ってたんだけど。ごめんなさい」

媚びて様子をうかがわれても、うっとうしいだけだ。ちらちらとこちらを見る市川の視線にいらだちが募り、冲村は舌打ちしそうになった。

「謝られてもしょうがねえんだよ。原因はなんだって訊《き》いてんだ」

「それは、でも、あたしひとりでやってるし……」

「ひとりぃ？　ひとりってのは、何度も何度も冲村に確認させたり、中山《なかやま》に手伝わせたりすることなわけ？」

ばかにしたように声をあげた川野辺を睨んで黙らせ、冲村ができるだけ静かに問いかける。本当は怒鳴りつけたいところだが、チームリーダーとしては内心をこらえるしかない。

なにより、こういう手合いは怒鳴ったところで意味がない。

「最初に作業分担しただろ。それでもあんたのノルマ、まわりが相当、手伝ってるよな。それでも足りないってのは、どういうことなんだよ」

「それは、モデルになる子と、ダミーの体型違うから、ずれて」

「なにそれ、あたしがデブだって言いたいわけ？」

「そんなつもりじゃ……」

その言葉にぴくりとなり、憤慨したような声をあげたのはチームの女子のひとり、脇田《わきた》だった。いま作業が滞っている作品は、ショーで彼女が着ることになっているドレスだ。脇田は決して太っているわけではないが背が高く大柄で、そのぶん補正が必要だというのは事実でもあるが、この場合言い訳にもならないのは全員が知っていた。

「気になるなら、シーチングで補正すりゃいいだけでしょ。違う？」

シーチングとは薄地の木綿生地で、本番用の布で失敗しないよう、テスト的に服を作るのに用いられる。その時点で何度もチェックしただろうと、皮肉たっぷりに脇田が言った。

ひとくちに仮縫いと言っても、型紙から起こした布を服の形に縫いあわせるという作業と、それを実際に着用し、身体のラインにあわせて修正する作業がある。市川がやっていたのは後者の作業のほうなのだが、そもそも補正をするもなにも、着ることができる状態になっていないのは一目瞭然《りょうぜん》だ。

「でも、シーチングと本番用の生地じゃ、伸縮率が違うかもって……」

もごもごと言った市川に、脇田は容赦しなかった。

「まだ仮縫いの時点で、なに言ってんの？　だいたい、チェックしたいって言ってくれればすむことだし、いくらでも直せるでしょ」

「で、でも先週は忙しかったし」

拗《す》ねたように口を尖らせた市川に対し、さすがに口をはさんだのは冲村のいらつきを知っていた中山だった。

「あのさ、全員忙しいんだよ。自分の都合ばっか言われても、通らないだろ。俺手伝ったときも、脇田にちゃんと訊いたかって確認したろ？　それに、途中でいなくなるし――」

小言を続けようとした中山のまえで、市川はみるみるうちに目を潤ませた。

「あ、あたし、途中で作業抜けたのは悪かったと思ってる。でもわざととか、そんなつもりじゃ……」

「あ、いや。わざととか思ってねえけど」

泣きだしそうな顔をされ、中山はすぐにフォローをいれた。だが脇田と川野辺はうんざりしたように鼻を鳴らし、冲村はうっとうしいと唇を歪める。

「脇田さん、声かけようとしたら捕まらなかったし……」

「ちょ、なに、今度はあたしのせいですかあ？」

「そんなこと言ってないのに、なんで……」

めそめそと市川が泣きだし、冲村はついに我慢が限界にきた。

「べそべそすんな。言い訳いらねえよ」

吐き捨てると、市川がびくっと身体を震わせた。

これは責任を求めてのつるしあげではなく、打開策のためのディスカッションなのだ。どうすればいいと思うか考えて行動しろと言っているのに、さきほどから愚にもつかない言い訳と媚びを見せつけられ、鬱憤はたまる一方だった。

「わざとじゃねえとか、つもりじゃなくたって、おまえがちゃっかり誰かに仕事させて、自分がサボってたのは事実だろうが。なんだよ途中抜けって、俺聞いてねえぞ」

これについては中山も悪い。ふたりをじろりと睨みつけると、中山は気まずそうな顔をし、市川は焦ったように手を開閉させた。

「ひとに押しつけてサボったのか。どうなんだ」

「あ、あたし、そんな……ただ、あのときは、ちょっと用事があって。それに、遅くなると門限に間に合わないし」

市川の住まいは沼津で、過保護な親が都内のひとり暮らしを拒んだため新幹線通学している。定期代は月に十万ほどになるが、部屋を借りて生活費を出してやるよりも安くあがるためらしい。しかも門限は夜の八時というから、最低でも六時には電車に乗らないと帰れない事情は聞いていた。

「だから居残りは免除してんだろが。ちょっと用事がちょっと都合がって、何遍すっぽかすんだよ。天然ぶるのもたいがいにしろっつの。俺が手伝ったときも、トイレいくっつって一時間帰ってこなかったよな。なにやってたんだ」

ずばりと指摘すると、市川ははっと息を呑《の》んで口元に手をあてる。

「下手な言い訳してごまかすなよ。ケータイで延々しゃべってたの、見てたやついるんだぞ」

「ご……ごめんな……さい……」

泣きだした市川に、周囲の女子は冷めきった一瞥《いちべつ》を投げた。

そもそも市川は、川野辺や脇田ら女子連中と仲が悪い。というより、同じ専攻の女子の、ほとんどにきらわれていると言ってもいい。それはこの泣き癖が毎度のことだからだ。

ぱっと見はショックを受けているような仕種だが、女子が同性に向かって言う、『わざとらしい』という陰口がわかる気がした。というか、あからさまにわざとらしかった。

作業の遅れを周囲が咎《とが》め、泣いて謝罪する。これが繰り返されるたび、口先だけの安い謝罪で問題がうやむやになっているのが冲村には気にいらなかった。

「泣いたって片づきやしねえだろうが。これをどうすんだっつってんだよ」

「ひっ……」

いらいらと仮縫いされたドレスの人台《ダミー》を、握った手の甲で叩く。力がはいりすぎてそれがぐらつくと、市川はますます泣きだした。

「おまえさ、ごめんは言うけど、じゃあ自分でどうするってことは絶対言わないよな。で、毎度毎度同じことして、ほんとに、なにに対して謝ってんだかわかんねえんだよ」

「そん……あたし……悪いと思って……」

「嘘くせえんだよ、口ばっかで！」

ついに我慢できずに冲村が怒鳴ると、市川はぽろぽろと涙をこぼした。さすがに嘘泣きではないようで、男連中は『女の子の涙』にうろたえ、気まずそうに目を逸《そ》らしたり、目配せしたりしている。

「ちょ、嘘くせえは言いすぎじゃん、冲村」

「女の子泣かすとか、ちょっとさ」

「あぁ⁉　じゃあてめえらが説得しろよ！」

俺が悪者かよ。うんざりしながら冲村は口を歪めたが、手の甲で目元を押さえ、しゃくりあげている市川は、いかにも可哀想に見えるだろう。

だがマスカラをこってり塗り、流行《はや》りのデカ目メイクをほどこした目のまわりには、まったく黒ずみはない。器用に泣くものだとしらけつつ、内心で吐き捨てる。

(毎度毎度、こんな手にあっさり引っかかりやがって)

最大限女の武器を使いまくる市川を、冲村は正直好きではなかった。しかしいまはもめている場合ではないし、とりあえず頭をさげて片が付くならそれでもいい。

安い謝罪と言うなら、こっちも同じ手で応じるまでだ。

「わかった、俺が言いすぎた。嘘くせえってのは謝る」

「冲村……」

内心はいやいやながらも、冷静な顔を装って頭をさげることができたのは、現在アルバイトでしごかれているたまものだろう。やたらきらきらした目で市川がこっちを見た気がしたが、そんなことはどうでもいい。

「けど本当に作業遅れてんだろ。巻き返すには、もう一回、分担仕切り直さないとだめだ」

冲村の現実的な発言に、その場の全員が不承不承うなずいた。

「市川は古河《こが》と組んで作業して。さっきの通りに、市川のフォローしてくれ」

指名されたのは、さきほど言いすぎだと冲村を咎《とが》めたひとりだ。「えっ」と顔を歪めた彼をひと睨みで黙らせる。

「あとの連中もできるだけフォローにまわってくれ。場合によってはショーの構成そのものも見直して——」

冲村はひたすら事務的に、その場の誰にも有無を言わさない態度で指示を飛ばしたけれど、内心はひどく気が重い。全員が不服そうな顔をしていて、チームワークはもうガタガタだ。

「……ねえ。なんで冲村が謝るわけ？」

「男子、アホだろ。ちょっと泣きいれたらチャラになんのかよ。古河もせいぜいフォローしてやれっつうの」

しかめ面した脇田たちが、納得がいかないと詰め寄ってくる。冲村はため息をついて「無駄口叩いてる暇ねえだろ」と告げた。

「でも、冲村」

「ウダウダ言ってる時間も惜しいんだよ。さっさとやれ！　作業分担のメモ書き直したから、これコピーとって全員に配れ！」

ぶつぶつ言いながら、どうにか不満顔の面子《メンツ》を作業に向かわせる。重苦しいため息をついて、冲村は無意味にかぶりを振った。

（作業に、女子の人間関係持ちこむなっつうの）

市川は正直、女子だけでなく同じ科のなかでもかなり浮いている。流行ファッション誌の読者モデルのようなフェミニンな雰囲気で、個性派の多いファッション科にはめずらしく、あまり奇抜な服には興味がないと言いきり、いかにも〝女の子〟といったタイプなのも一因だろう。

沖村としては、好みはそれぞれだと思うし、どんな服を着ようがファッションをしようがかまわないと思う。だがとにかく彼女は手が遅く、毎度課題も遅れて提出したり、未完成だったりだ。ちゃっかり他人に助けてもらってばかりという態度はいただけなかった。

だが脇田らの言うことをあまり取りあう気になれないのは、見るからに剣呑《けんのん》な人間関係に巻きこまれたくないからだ。補正のためにチェックをしたいという申し出について、わざとではないにせよ、強情な脇田が非協力的だったのは想像にかたくない。

（ああ、もう、うぜえ……）

ほとほとうんざりで、なんでリーダーなんか引き受けたのだと思いながら、増えたノルマを思って頭が痛くなった。

「沖村、おまえ、これの本縫いもやんのか？」

さきほどコピーして配ったばかりの分担表を手に、中山が気遣うような声を発する。これ、と指さしたのは、現在市川が仮縫いを進めているドレスだ。

「最悪、俺がしあげりゃ、トワールぼろぼろでもモノになんだろ」

「でもおまえ、ただでさえ作業量多いのに。大丈夫かよ」

もともと遅れたぶんの作業は、手の早い人間が引き受けることになっていた。そしてこのチームでもっとも手が早いのは冲村で、日に日に負担は増えている。

「なんとかする。いいから手ぇ動かせ」

「……わかった。手伝えることとあったら、言ってくれ」

言いきって中山を追い払い、やりかけの縫製を進めていたところで、今度は市川がおずおずと近づいてきた。いらだちを隠せない冲村は、針を動かしながら顔もあげず、「なんだよ」とぶっきらぼうに告げる。

「あの、ごめんね冲村。あたし、考えなしで……手も遅くて……」

もじもじされても、実作業は進むわけではない。ふたたび怒鳴りつけたいのをこらえ、冲村はため息混じりに言った。

「いちいち言い訳するよか、自分の分担の作業すませてくれ。門限あるんだろ」

「お、冲村にいっつも頼っちゃって、本当に悪いと思ってる。反省したから」

本当かよ、と思いつつ「だったらさっさとしろ」と告げると、市川は「うんっ」とにっこりと笑って、問題のトワールに向かいながら宣言した。

「頑張るね、あたし！」

いまさら言うことか、とかぶりを振った冲村の脇を、川野辺がつつく。

「なんだよ？」

「……なんでもねえけどさ」

しかめ面の彼女に「おまえもさっさと、進行のプラン出せよ」と告げ、冲村は自分の作業にかかった。


数時間後の帰り道、帰路についた川野辺は憤懣《ふんまん》やるかたない顔を隠さなかった。

「しかし、なんなんだ、あの女。あまったれで、要領がいいっつーか」

「要領よかったら、あんなダメダメになんのかよ」

中山が雑ぜ返すと、「作業手順のことじゃねえよ」と川野辺が吠えた。

「なんだかんだ言いながら、けっきょくあいつ、なんもしてねえじゃんか！」

古河に見張られる形で作業をしていた市川は、途中でサボることこそなかったが、もたもたとした手つきのせいでやはり進捗が思わしくなかった。見かねた古河が奪いとり、手伝いというよりもほとんどの作業を進めた状態なのはその場の全員が知っている。

「しかも時間だとかいって、さっさと帰るし！　あーもーっ、むっかつく！　なんであんなやつ、チームにいれたんだよ！」

じろりと睨んでくる川野辺に、冲村も「俺が知るか」と吐き捨てる。

「つーか、おまえ言いたい放題して、まだ言い足りねえのかよ」

「たりねーたりねー、ぜんっぜんたりねー！」

わめく川野辺には閉口するけれど、冲村も内心は同意なもので、言わせておくしかない。黙りこんでいるのは、彼女よりよほどひどい言葉を口にしそうなのがいやだからだ。

「だいたい、あいつ連れてきたのてめえだろうが、中山。なんとか言え」

浮きに浮いている事実が示すとおり、そもそもこのチームに市川をいれる予定はなかった。そこで頼みこんできたのは中山で、彼は制作がはじまって以来ずっと、胃を痛めている。

冲村と川野辺がふたり揃って睨みつけると、中山はびくっと肩を震わせ「しょうがねえじゃん！」と叫んだ。

「なにがしょうがねえんだよ」

「だ、だってさ。あのまんまじゃ卒業できねえじゃん、あいつ。それで俺、先生に頼まれちゃったんだよ！」

「小学生かっつうの。卒業なんか自己責任だろ」

吐き捨てた川野辺に、冲村も深くうなずいた。だが「俺に言うなよ」と中山も顔をしかめている。

「冲村だって言ってただろ。フォローしてやらないと卒業できない生徒多いし、保護者からクレームくるから、先生も大変だって」

「……デザイン科の栢野が愚痴ってたんだよ。それにあっちは個人作業が多いだろうが」

「科が違ったって同じ話だよっ。俺だって、泣きつかれたんだ！」

——冲村たちのチームなら、フォローするくらいできるだろ？

そう担当講師に押しきられたのだと泣き言を言う中山に、冲村と川野辺は顔を見あわせ、ため息をついた。

「このヘタレにつけこんだのは、ある意味、いい目のつけどころだな」

冲村が吐き捨てると、中山は「ひでえ！」と叫んだ。まあチームを組んでしまったものはどうしようもないし、と冲村はあきらめたが、川野辺はまだぶつぶつ言っていた。

「ほんとに課題はやばいんだろうけど、なんでわざわざウチのチームかね」

「だから、そりゃこいつのせいだろ」

冲村がまたもやじろりと中山を睨む。だが川野辺は「そうじゃなく」と吐き捨てた。

「露骨に冲村狙いだろ。先生にも、ウチのチームがいいですとか泣き落としたんじゃね？」

「は？　なんだそれ。陰謀論ってやつか？」

媚びられている事実はさておき、講師まで巻きこんだというのはさすがに勘ぐりすぎだろう。鼻で笑うが「おまえ、気ぃつけろよ」とまじめな顔で川野辺は言う。

「ああいう女はしたたかだし、本気で面倒起こしかねねえぞ」

もともと市川について警戒しろと言い続けている川野辺は、すべてが計算尽《ず》くだと本気で言っているらしい。まともに答える気にもならず、冲村は「へいへい」と受け流したが、彼女は食いさがった。

「おまえ、わかってねえみたいだけど、市川がまともに作業するのは、冲村が見てるときと、べたづきで指導したときだけ。意味わかるか？」

「意味って……」

「ほかの連中にはちゃっかり、作業肩代わりさせてんだよ。きょうの古河だって見ただろ。いいように使われて」

「見るに見かねただけだろ？」

冲村と中山が首をかしげると「だから男って」と川野辺はため息をついた。

「とにかく、あのばか女、おまえ落とすためなら手段選ばねえぞ」

「だからって、そこまで手管使うのかよ」

川野辺は「わかんねえならいいけど」と鼻を鳴らした。冲村としては、むしろそこまで想像力がたくましい彼女のほうがおっかないとすら思え、急いで否定にかかった。

「いまこの状態で、惚《ほ》れた腫《は》れたでもねえだろ。だいたい俺、史鶴とつきあってるって言ってんじゃん。同じ科の連中なら、彼氏いるのは知ってるだろ」

史鶴にはかなり怒られたが、親しい周囲にはすでにカミングアウトずみだ。なんの心配があるのだと笑い飛ばす冲村に、中山が微妙な顔をした。

「……そこなんだけどさ。市川の名前知ってるよな？」

「あ？　なんだっけ」

覚えていないと冲村が言うと、中山はあきれたように「美鶴だよ」と言った。

「シヅルとミツルが混乱して、一部で、おまえ、あいつとつきあってることになってんぞ」

ぎょっとして冲村が目を瞠《みは》ると、川野辺が「それ、市川本人も知ってる」と吐き捨てた。

「し、知ってるって、なんだそれ」

「冲村くんと噂になってるみたいで、なーんか困っちゃったあ、とか、同じ講義受けてるヤツにぶりっぶりしながら言ってんの見たんだよ。まんざらでもなさそうに」

しかも、はっきりと否定はしていなかったと告げられ、冲村はぞっとした。

「困っちゃった……って、いつだそれ」

「二年の前期終わりごろ。……このチーム組む、ちょっとまえだよ」

陰謀論はそこからきたのか。なんだかものすごく怖い気分になって、首筋に鳥肌がたつ。

「でも、なんでそんな変な誤解……」

「カミングアウトの話がまわりまわってたけど、史鶴は科が違うだろ。おかげで彼氏が彼女になって、話がねじれたっぽい」

ゲイという事実をうまく理解できない相手が、あえて話を曲げた可能性もあると川野辺は指摘した。

「史鶴が言ってたよな、まえに。オープンにすると面倒も多いしって。それ、こういう意味じゃあなかったと思うけど、こりゃたしかに面倒くさそうだぞ」

だから何度も、気をつけろと言っただろう。そんな顔で睨まれても冲村はなんと言えばいいのかわからなかった。

＊　＊　＊

「ふーん……なんかいろいろあったんだねえ」

「あったんだよ」

冲村はぐったりとうなだれた。ここ数カ月の悩みをムラジにぶちまけてみると、自分で思った以上にたまっていたことに気づかされる。

「市川さんの件については、確証はないと思うけど、川野辺さんの言うことはかなりリアリティあるよね。女の子って、恋愛については手段選ばないところあるし」

無害そうな顔をしつつ、年上女子と五年も恋愛関係にあるムラジは含蓄のあることをつぶやいた。

「あと冲村くんも、なんていうんだろうな。たぶん、ハンター気質のひと寄せつけるのかも」

「なんだよそれ、ハンターって……」

「えっと怒らないでね。わりときみって、孤高の存在っていうか、手にはいりにくい相手だなあって思わせるんだよ。近寄りがたいところあるし、美形だし。で、おとなしい子とかだと腰が引けるんだけど、捕食者にはチャレンジしがいがあるターゲットなんじゃないかな」

そんなチャレンジはされたくない。げんなりしながら冲村は言った。

「本命にはつれなくされてんのに、なんでそんないらねーの寄ってくるんだよ……」

アニメアニメで会話もなく、おこもり状態のおかげで顔もろくに見ていない。そのことが応《こた》えていると素直に吐露した冲村を、ムラジはさらに突き落とした。

「そういえば、SIZさんは冲村くんタイプには、腰が引けるほうの人種だねえ」

「だめ押しすんな。へこむだろ」

この日、本校舎に足を運んだのは、資料をとりにきたのもひとつだが、できれば史鶴と会えないかと思ったからだった。だがさきほどムラジに訊いたところ、そもそも彼はこの日、学校にきてすらいなかった。

「SIZさん忙しいからね。SNSのほうで依頼された作業がつまってて、スタジオに詰めてるんだ。今回、音入れもあるし」

なだめるように言われて、それも落ちこんだ。なぜ同棲相手のスケジュールを、たかだか学校の友人に教えられねばならないのだろう。

「あ、ぼくに言ってってたわけじゃないよ。ぼくも同じスタジオ借りてるから、それでスケジュール知ってるだけで」

「……いちいち内心読むなよ」

「冲村くんは顔にぜんぶ書いてあるんだってば」

ははは、とムラジは苦笑し、冲村の悩みは理解できると言った。

「うちの科は個人の卒業制作だから、そっちみたいに、派手にぶつかるようなオープンな共同作業はいまのところない。けど、ゲーム作ってるからチーム作業の面倒さはわかるつもりだよ。ただ……んん、SIZさんはどうかなあ」

案じるように声のトーンを落としたムラジに、「どうかなあって?」と冲村が問う。またもや申し訳なさそうな顔をしつつも、ムラジは、「これも推察だけど」と前置きして言った。

「彼はずっとひとりで作品作ってきたから。むしろ共同作業のわずらわしさから逃げてる部分もあると思うんだけどね。冲村くんみたいに真っ正面からぶつかるやりかたとか、そのストレスは、見えてないっていうか見ないふり、かも」

意外なほどずけずけと言うムラジに目を瞠ると「あ、べつに批判じゃないよ」とひとのいい彼は手を振ってみせた。

「ただ、ぼくらみたいな、それこそオタク人種って共通言語がないとなかなかしゃべるのもむずかしいんだ」

「あ、だよな。ムラジくんも、いまはすげえしゃべるけど、最初ぜんぜんだったし」

事実、親しくなるまえまで、つっかえたりどもったりでまともに話せなかったムラジをからかうと「そ、それはいいだろ」と彼はすこし赤くなった。

「要はオタクって、ちょっとテンポが一般人のひとと違うんだ。夢中になっちゃうと、時間も吹っ飛ぶ。空気読めないし。相手を無視してるわけじゃないんだけど」

努力はしても、他人と足並みを揃えるのがなかなかむずかしいのだと、ムラジは史鶴をフォローするように言った。

「でも冲村くんだって、ＳＩＺさんがこもりがちなことくらいはわかってただろ？」

なにをいまさらと言う彼に、冲村は「そりゃわかってたけど」と微妙な顔になる。

「ただささ、まともに会話しなくなって、もう一カ月くらいになるんだぞ。そんなにぶっとぶもんなのか？」

「その程度、ザラじゃないかなあ。ぼく、ゲーム作るのにはまりこんでたとき、ろくに季節も意識しなくてさ。桜が咲いたなーって思った次の瞬間、紅葉してたことあったよ」

「って、外に出てないわけじゃないだろ」

「出てても、見えてないから。頭のなかでずっと物語が進行してるんだ」

けろりと、体感する時間の流れが違いすぎるのは当然だと言いきられ、さすがにわからないと冲村はかぶりを振った。

「でもさ、俺らつきあってるわけだろ。話だけじゃなく、あるじゃんかよ。いっしょに住んでんだしさ、いろいろ……」

「ああ、いちゃいちゃもできないってこと？　それともセックス？」

のほほんとした顔でずばりと言うムラジに、沖村もだいぶ慣れた。「両方」と告げると、彼は同情するように「あー」とうなずいた。

「したいときできないのは、つらいよねー」

「だろ？　だよな？」

「わかるわかる。ぼくもミヤちゃんに冷たくされると落ちこむし。あれって、じっさいにやるやらないじゃなくって、断られたりはぐらかされるのがきついんだよ」

「そ。なんか拒否られた気がして」

うんうん、と男ふたりはうなずきあった。

ムラジはシモな話をしていても、天気の話や数学の話と口調がまったく変わらない。ふつうならひとに言わないようなことも、ムラジ相手だとつるつる話してしまえるのは、彼のこの鷹揚《おうよう》な雰囲気のせいだろう。

「SIZさんも男なんだけどなあ、あのひと、ちょっと次元違うからなあ」

「だよな。なんか……そっち方面にどうも、アンテナ鈍いんだよ」

いざことに及ぶと、意外なくらい奔放にもなってみせるけれど、基本的に史鶴は〝オカタイ〟のだ。いまだにセックスを恥ずかしがる。おかげで沖村も気を遣い、誘うのもこれで案外大変だったりする。

「べつにやりてえだけじゃねえけどさ。テンション違いすぎると、へこむ」

すくなくともひとりは理解者がいたことで、冲村はすこしだけ気をよくしたのだが、ムラジは「うーん」と首をかしげた。

「ただね、SIZさんも、物理的にじゃなくて、精神的にほんとに余裕ないのかも。いま踏ん張りどきだし」

追いつめられているのはあちらもではないかと告げるムラジに、冲村は驚いた。

「でもさ、あいつ単位も足りてるし、卒制も問題ないのわかってんじゃん。企業コンペとかもばんばん受かってるし、仕事の依頼もきてるだろ？　なんでそんなに余裕ないんだよ」

史鶴はすでに現時点でフリーのアニメーション制作の依頼を複数請け負っている。ネットの人気も相変わらずだし、課金制の配信ショートアニメも好評らしい。まだ見習いの冲村に較《くら》べ、すでにプロとして生きていける気がするのになぜ、と問えば「そんなにあまくないよ」とムラジは言った。

「まじめに話すとね、アニメーション業界で食べていくって、想像以上に大変なんだよ」

「そうなのか？」

ふっと息をついて、ふっくらした頬をしたムラジはいつもの穏やかさのまま言った。

「下っ端のアニメーターとか原画描きって、出来高になるんだ。仕上がりが悪いとか、失敗したとかじゃなく、クライアントから変更が出てリテイクになっても、没については原稿料みたいなものはいっさい出ない」

「どういうことだ？」

「だから、つまりね。月に三十枚描いたとしても、そのうち三枚しかＯＫテイクがなければ、三枚ぶんしかもらえない。月収何百円、なんてこともあるんだよね」

ぎょっとするような話をされて、沖村は目を瞠った。

「うそだろ、そんなに悲惨なのか？」

「うん。アニメ制作って、現場に本当にお金はいってこないシステムになってるんだよ。代理店だとか、えらいひとが儲《もう》けるシステムっていうか……ジャパニメーション制作者の悲哀については、話すと長いから割愛するけど」

憂えるようにかぶりを振って、ムラジはさきを続けた。

「ＳＩＺさんの場合はすでに足がかりもあるし、下請け原画マンとは方向性やタイプも違う。ただ、そこまで悲惨じゃないにせよ、いま足がかり作っておかないと、将来がない」

有名な原画家と呼ばれるひとびとも、アニメの仕事一本ではほとんど食べられないという。大半は、マンガやイラストレーターなどのべつの仕事をしている稼ぎで口を糊しつつ、〝趣味的に〟原画の仕事を請け負っているのだそうだ。

「そんなふうだから、原画家のひとの、ほかの仕事が失敗すると、アニメ原画をやってくれるひと自体がいなくなっちゃうって嘆いてる業界人もいるよ。トップレベルのアニメーターになっても、年収一千万以上には絶対になれない。そしてそんな立場のひとは、数えるくらいしかいない」

「シビアなんだな」

息を呑んだ冲村にムラジは渋面でこくりとうなずいた。

「シビアついでに言うと、ＳＩＺさんは正直、企業所属のアニメーターには向いてないと思う」

史鶴のシンパといっても過言ではないムラジからの厳しい言葉に、冲村はぎょっとした。

「なんで？」と問いかけたところ、彼は「絵柄が地味だし器用じゃないから」と答える。

「ストーリーは作れるから、脚本にまわるか小説書くほうがいいと思う。本人も、たぶん考えてはいるんだろうけど」

「……そっか」

史鶴とはいっさいそんな話をしたこともないとは言いたくなくて、冲村はただうなずいた。

ムラジには言わずともわかっているだろうし、彼もまた具体的に相談をされたわけではないらしいことは、話の端々から知れた。

だが、それでもムラジのほうが恋人を理解できているという悔しさはある。

同時に、史鶴は自分をわかってくれているのだろうかという不安も。

見透かしたように、ムラジは穏やかな声を発した。

「あのね、さっき相馬くんは距離置けとか言ってたけど、ぼくは待ってあげてほしいんだ」

「ん？」

「さっきも言ったけどさ、オタクって視野が狭いんだ。コミュニケーション力が低い人間も多いし、わかりづらい。それで傷ついたことがある人間が、大半」

自分もそうだから、とちょっとだけ自嘲気味に嗤《わら》って、ムラジは続けた。

「SIZさんは、そういうところ、ぼくと似てるから。でも、わかりにくいけど、懐にいれたひとのことは、すっごく純粋に信じるよ。だから、本当は冲村くんみたいなひとって、ぼくらみたいなタイプにには、すごくありがたいんだ」

「ありがたいって、なんでだよ」

目をまるくした冲村に「裏表がないだろ」とムラジは笑った。

「知らないうちに、黙ってきらってたり、陰口言ってたりしない。むかついた、ってまっすぐ言う。そりゃちょっとびっくりはするけど、嘘がないのは嬉しい。信じられるよ。SIZさんもそれは、同じじゃないかな？」

そこまでいいものじゃない。裏表だってあるし、感情を隠すことだってする。ストレートに言葉を発するのは単に考えなしなだけだと、冲村は言えなかった。

くすぐったいような評価を、ムラジが本気で言ってくれているとわかったからだ。そして、いろいろなことに自信がないいま、認めてくれている彼のまえでわざわざ卑屈に否定してみせるのは情けなさすぎてできなかった。

「あとね、ＳＩＺさん、自分がそっけなくしてることにも気づいてないだけだから。遠慮しないで言ってあげていいと思うよ。変に気を遣うの、沖村くんらしくないし」

褒めているのかけなしているのか微妙な発言に苦笑しつつ「じゃまになんねえ？」と問えば、「平気じゃないかな」とムラジは断言した。

「そりゃ作業のタイミングによっては、声かけられて困るときもある。でも不満ためこまれて、爆発されたらもっと困るよ」

「そりゃそうだ」

「だからさ、もうちょっとだけ、待ってやってよ。ぼくから見ると、沖村くん、すごく待ってあげてるんだなってのはわかるけどさ。もうちょっとだけ。距離置くって決めちゃうと、なんかまずい感じがするんだ」

あきらめないでやってほしい。史鶴のためにも、沖村のためにもそうしてくれと、賢い友人は言った。

朗の言うことも、ムラジの言うこともよくわかる気がした。どうするかは沖村自身の判断でしかないし、いまのところは早急な判断をくだすつもりはない。

自分自身、余裕をなくしているのは自覚しているし、へたを打てばまたおおげんかになる可能性も、理解はしている。しかし。

「待つのと、距離置くのって、どう違うわけ？」

「ん……そうだなあ。沖村くんのココロモチ、としか言えないけど、めげないでアプローチ続けることかな。無視されてる気がしても、わざとじゃないから、相手が気づくまで粘る」

「すでにめげてんだけど。毎度毎度、忙しいって言われてんだけど」

「言われても粘る。そこは我慢の子だよー」

ぽんぽんと肩をたたかれて、沖村は情けなく眉をさげるしかなかった。

＊　＊　＊

ムラジに吐きだしたのがよかったのか、アルバイトを終えて帰宅した沖村は、ささくれていた気分がだいぶ落ちついていると感じていた。

だが、先日とまったく同じ状況——玄関を開けても、まるっきり無言の『出迎え』を受けた瞬間、一気にテンションがさがっていく。

「……史鶴？」

そっと声をかけても返事がない。またもやヘッドホンで耳をふさぎ、相変わらず忙しそうな史鶴がいた。話しかけることもむずかしい空気を醸しだしていて、この一瞬のためらいがひどくいやなのだ、と顔をしかめる。

寂しい、つれない、と訴えていただけではない。史鶴にとって、自分が不要な異物なのではないかと感じさせられる、それがつらいのだ。

——待つのと、距離置くのって、どう違うわけ？

ムラジにかけた問いを、胸のなかで繰り返す。冲村の心持ちひとつだと彼は言ったけれど、それならば史鶴の心持ちはどうなのだろう。

（……ん？）

背後から画面を覗き見ると、アニメーションソフトではなく、エディタを開いているらしい。なにか長い文章を打っている。

「なにしてんの？」

「うわあっ」

ヘッドホンをはずして問いかけると、史鶴は声を裏返して、文字通り飛びあがった。

「ただいま」

「お、おかえり冲村。びっくりした」

よほど驚いたのだろう。心臓を押さえて目をまんまるにして振り返った彼にもう一度「で、なにしてんの？」と問いかける。史鶴は「あ、これ？」と目をしばたたかせた。

「いま作ってる話の、走り書きなんだ」

「走り書きっていうには、ずいぶん長くねえ？」

画面右端のスクロールバーがやけにちいさかった。史鶴の作るアニメのシナリオを見せてもらったことがあるのだが、ふだん、彼はネットにアップするのを予想してか、五分から十分程度のショートドラマが多い。

「長編アニメでも作るのか？」

「いや、ちょっと違うんだけど……」

もごもごと言った史鶴は顔を赤くして、なにげないふりで画面を最小にした。なんだか隠すような態度が納得いかず、冲村は訝《いぶか》った。

「なんで隠すんだよ。読まれたくないなら見ないし。もしかしてエロ原稿？」

「ち、違う！　これは『ハーモニクス』ってタイトルで、まえに作った、『ディレイリアクション』と同じ世界観で」

冲村の言葉に真っ赤になって、椅子を半回転させた史鶴は内容をまくしたてた。

「パラレルワールドっていうか、もうひとつの世界なんだ。あのときロボットの世界を作って逃げた男が、捨ててきた街のなかに、大きなギルドがあって。そこには『天使の声』って言われる音楽があるんだけど――」

レトロＳＦふうの近未来設定で繰り広げられる話の概要を、史鶴はまくしたてるようにして話した。たぶんアイデアがあふれて止まらないのだろう、ときどき時系列がすっとんでいたり、キャラクターの名前が説明もなくぽんぽんと出てきたりして、理解しづらいところもあったけれど、概要だけでもかなり壮大な話であることは理解できた。

「ふうん、おもしろそうだな」

「そ、そうかな？　ほんと？」

ふだん、淡々と作品を作っているわりに、史鶴は今回に限ってずいぶんと緊張しているようだった。おまけに軽い興奮状態なのか、顔を赤くしてはやたらと髪をいじっている。

「でも、ほんとにすげえ長編だな。映画一本くらいの長さがあるんじゃねえの？」

「え……あ、うん。細かいことはまだ、突っこまないで。アイデアだから」

なにげない問いかけに、また史鶴は落ちつきを失った。きょどきょどと視線が泳いで、いったいなにを隠しているのかと思いつつ、冲村は紅潮した頰をぼんやり眺めた。

「楽しそうだな、史鶴」

「え？　う、うん。楽しい。大変だけど」

ぽつりと言った言葉に即答されて、なんだか取り残された気分になった。史鶴は創作のことになると、相変わらず夢中だ。それこそ自分の存在すら置いてきぼりにできるほどに。

作品を作ることだけに心血を注げる、そういう史鶴に対する羨望など、いままで感じたことはなかった。けれどいま、冲村は無性に史鶴がうらやましかった。

「大変でも、それはクオリティあげることが、だろ。頭使うのは、作品についてだけで」

「え……まあ、それはそうだけど」

しかも、ここしばらく不毛なことに時間をとられてばかりのいらだちを、彼はすこしも気づいてすらくれない。うつむいて唇を歪めた冲村に、史鶴は戸惑ったようだった。

「……冲村?」

困ったように眉をさげ、史鶴が名前を呼ぶ。その声は相変わらずあまいものなのに、どうしようもなく腹がたった。

「え、な、なに、おきむっ……!」

強引に細い顎《あご》をとって上向かせ、唇を重ねる。噛みつきそうな凶暴な気分を必死になだめて、精一杯の自制を心がけながら吸いついた。

「……ん」

やわらかい唇に触れると、ぞくりとする。もう一年近く味わってきた感触なのに、まだ食べたりないような気分にさせられるのはなぜだろう。

以前、史鶴にも告白したけれど、冲村はさほどこの手のことに経験はない。さすがに童貞でこそなかったけれど、服飾デザインの勉強には金もかかるし暇もない、そうこうしているうちにデートもろくにできないまま、彼女はあきれて去っていくという繰り返しだった。

(そういうこと、文句言われなくてよかったんだけど)

自分以上に忙しい恋人を相手にしてはじめて、当時の彼女らが抱えた不満がわかる気がした。べつにお金をかけたデートがしたいわけでもなんでもなく、いっしょにいて、自分を見て、と言いたかったのだろう。

つきあっているのに、両思いのはずなのに、一方通行な気分になることがあるなどと、冲村は史鶴と出会うまで知らなかった。知りあってもう一年、まだ一年。どこまでつきあえば、とらえどころのない彼のことがわかるのだろう。

焦燥が性欲に移り変わり、キスの角度が深くなる。夢中になったまま舌をいれようとしたところで、胸を手のひらで押し返された。

「んん……お、冲村、だめ」

史鶴からストップがかかったことが、一瞬理解できなかった。

「だめ?」

「だめ、きょう、できない。〆切、近くて……だから」

中断されてむっとしつつも、冲村は渋々と手を離す。表情には不満があらわれていたのだろう、史鶴がなんだかすまなさそうな顔をした。

「ごめん、ほんとに、時間が……ほんとに、ごめん」

「いい。わかってる」

申し訳なさそうに詫《わ》びられると、それはそれで情けない。ぺちんと紅潮した頬をたたいて、「気にするな」と告げ、冲村はどうにかその場を離れようとした。

(しばらく待て、か……これでめげねえのって、よっぽどだろ)

昼が物足りなかった。ムラジに言われたことを胸の奥で繰り返し、心身ともに欲求不満な状態を必死にこらえようと思った。

けれど、部屋を出るよりも早く聞こえてきたタイピングの音が、高ぶった神経を逆撫《さかな》でた。振り返ると、ヘッドホンを耳につけ、一心不乱にキーボードを叩く彼の姿があった。

(もう、切り替えられんのかよ)

冲村は寂しいし、身体は苦しい。熱を持てあますような気分でいるのに、なにもないように作業に戻れる史鶴が、なんだかわからなくなった。

「――史鶴はさあ！」

思わず声を荒らげたけれど、遮音機能のついたヘッドホン越しには、ろくに聞こえなかったのだろう。振り向きもしない史鶴から「なあに？」というおざなりな返事だけが返ってきて、冲村は突然、むなしくなった。

追い払われて、それでもめげずに気づいてくれと言い続ける。なんだかおこぼれを待つ犬のように、みじめだ。ほんのすこし自分を優先してほしいと、くさくさした気持ちを聞いてほしいと思うのは、そんなに贅沢《ぜいたく》な話だろうか。

「……なんでも、ねえ」

ため息まじりの言葉は聞こえなかっただろう。けれど史鶴にはそれでもかまわないのかもしれない。なんだか打ちのめされた気分でその場をあとにする冲村の耳に、しつこいほどにキーボードの音が響いていた。

＊　＊　＊

うまくいかないときというのは、なにもかもがうまくいかないものだ。

卒制のチームは、日に日に険悪さを増していたけれど、一週間がすぎたところで、ついにすべてが崩壊するような事態が起きた。

あれだけ念を押し、市川にふった作業も不公平なくらいにすくなくしたというのに、またもや彼女は進行を遅らせたのだ。

「……もうさ、どうなってんだよこれ」

前回からほとんど進んだように見えない人台《ダミー》をまえに、冲村は地を這《は》うような声を発した。

「しかも、なんで古河と中山までノルマ終わってねえんだよ。おまえらなにやってんだ⁉　やる気あんのか⁉」

ばん！　と作業机を叩く。市川はびくっと震えて縮こまり、ひたすらうつむいていた。古河はげっそりした顔で、ふてくされたようにそっぽを向いている。

「中山、説明しろ！」

「……ぶっちゃけると、市川の作業は、ほとんど俺と古河がやってたってこと。で、自分らのノルマが遅れた」

吐き捨てるようにして言った中山は、もう限界がきていたのだろう。一応は女の子だからと我慢していたようなのだが、もはや気遣うつもりもないようだ。

「もう俺いやだ。本気でここまで足引っ張られると思ってなかった。悪いけど市川、縫製できなさすぎだよ。よく二年にあがれたよな」

「そ、そんな、ひど……」

「ひどくねえじゃん。なんで俺が市川のぶんの作業、毎度毎度押しつけられてんだよ。先生に頼まれてチームにいれたの俺だしと思って我慢してたけど、もうやってらんねえよっ」

古河はさすがにそこまで言えないらしく、無言で突っ立っている。だが前回のように庇《かば》う気にはなれないのだろう、くまのできた目元をしきりにこすっていた。

「お、押しつけてとかないし……ただ、へたくそだから、できが悪いって言われるから、手伝ってってお願いしただけじゃん」

ふてくされたように口を尖らせた市川を見て、冲村はこめかみがびくびくと震えるのを感じた。その言いぐさはなんだ。ひとに肩代わりさせ、全員に迷惑をかけたあげく、自分は悪くないとでもいうようにふてくされて。

(もう、だめだこいつ)

目がつりあがり、唇がひとりでに歪んでいく。はっとした中山が止めようとするよりも早く、冲村は怒鳴りつけていた。

「手伝いってのは、てめえの作業ぜんぶやり直しさせることかよっ。言い訳ばっかりして、たいがいにしろよ！　もうてめえ、チーム抜けろ！」

部屋中に響いた怒号に、全員が呆気《あっけ》にとられていた。必死にこらえていたぶん、冲村の怒りはすさまじく、真っ青になった市川の様子すらどうでもよかった。

「そ、そんな、卒業できないじゃ」

「知るか！　俺ら全員そうなるより、てめえが留年したほうがマシだよ！　つうか、おまえ二年間なに勉強してたんだっ。こんなできねえんなら、やめちまえ！」

冲村が怒鳴りつけると、「ひどい」と市川は泣きだした。唖然《あぜん》としていた男子連中は、口口に暴言をたしなめてくる。

「ちょ、冲村。いくらなんでもそれは言いすぎだろ」

「やめちまえはねえだろ、自分だって作業遅れてんのに。泣かせるまで言うことないし」

「なっ……」

冲村がふざけるな、と言うよりさきに、その背中がいきなり引っぱられる。誰だと振り返ると、冲村のジャケットを摑んだまま冷ややかな声を放ったのは川野辺だった。

「そこまで庇うなら、市川のぶんの作業ぜんぶ、そっちがフォローしろよな」

「えっ？」

「泣かせて可哀想なんだろ？　だったら責任持って、なんとかしてやれっつってんの」

小型爆弾のような川野辺に容赦なく言いきられ、庇ったふたりがちらちらと目配せしあう。保身に走ろうとする態度には鼻白んだけれども、怒鳴った自分よりよほど不穏なものをにじませている川野辺に、冲村の頭は一気に冷めた。

(待て、おい、空気読め)

川野辺の腕を握って制止しようとしたが、熱くなった彼女を止めるには遅かった。

「遅れたぶん、中山と古河だけじゃなく、おまえらが手伝えよ。そんで予定通り仕上げろよ」

きっぱり言ってのける川野辺に、彼らは古河と中山をとっさに見た。

「冲村と違って、キレないんだよな？　そしたらこいつのぶんの作業、多少なりと引き受けるつもりはあるわけだよな？」

冲村の分担がほかのメンバーの倍以上あることは、誰もが知っている。今度は自分におはちが回ってくるのだと気づいたとたん、ぶるぶるとかぶりを振ってあとじさる。

「だ、だって俺らだって作業あるし」

「バイトとか……」

「はー!?　さっき言ったことと、矛盾してるんですけどぉ!?」

ぼそぼそと反論する男子に、川野辺があざけるような声をあげた。その場の空気はどんどん悪くなり、中山はすっかり青くなっている。

おまけに、川野辺の発言に同意だと脇田までが手をあげた。

「いままで放置してたくせに、そのフォローどうよ。あたし、川野辺さんに一票」

「あたしも。悪いけど、これ以上やばくなるのは勘弁。っつか、毎度毎度泣いてすむんだとでも思ってるわけ？　うざいんですけどー」

庇う男子に不信感をあらわにし、女子連は感情的になっている。遅れに遅れた制作に全員が抱えていたフラストレーションは、ついに臨界点を迎えた。

「ヒスんなよ、おまえらだって進行遅いのに、棚にあげて」

「市川みたいに、誰かに押しつけたりしてないっつうの」

市川をつるしあげることは免れたが、ますます収拾のつかない事態へと発展していく。

他人がキレているのを見ると、あっけなく冷めるものだ。冲村はそれを、なすすべもなく茫然《ぼうぜん》と眺め、自分の怒りが中途半端に萎《しぼ》んでいくのを感じた。

「なあ、おまえらそんなこと言ってる場合じゃねえだろ……」

頭を抱えてうめいたが、誰も聞いてはいない。しかも、さらなる爆弾発言をかましたのは川野辺だった。

「だいたいあんたらだって、いままで手が早い冲村にあまえてたくせして、なにいいこぶってんだよ。すっげえキモい」

非難されたうちのひとりが「キモいってなんだよ」と声を尖らせる。

「事実だろ。しかもてめえら、きのうは作業室で、市川の文句言ってたじゃん。こそこそっついて、悪口言って、うぜえのなんのって」

「え……」

ショックを受けたように市川が息を呑み、周囲はさっと目を逸らした。中山は「あちゃー」と顔を歪め、沖村は天を仰いだ。

「た、立ち聞きしたのかよ！　きたねえ！」

開き直ったように、ひとりの男子が怒鳴った。しかし男に怒鳴られた程度で怯《ひる》む川野辺ではない。

「陰口はよくて、正面切って言うのはだめ？　アホか」

「そうやってなんでもずけずけ言えばいいってもんじゃないだろ！」

「言わなきゃ仕事が終わらないだろうがよ！」

「だいたい川野辺のそういうところがさ……！」

一気に爆発した不満が、全員の罵《ののし》りあいに発展した。もはやあきれてしまってなにを言う気にもならなくなった沖村は、しくしくと泣いている市川をじっと色のない目で見る。

根本の原因であるのに、なぜだか彼女だけが別次元にいるかのようだ。

「……最悪だ」

ヒートアップする怒声を止める手はない。つぶやいて遠い目になる冲村の肩を、中山が同情たっぷりにぽんとたたいた。

小一時間ほど怒鳴りあったところで、川野辺、脇田をはじめとする女子一連隊が「きょうはもうボイコットする！」と宣言し、男子連中もまた「やってられっか！」と吐き捨ててその場をあとにした。

残された冲村はすでに遠い目で、本気で卒業制作は無理かもしれないという絶望感にかられていた。

「冲村、どうする……？」

「どうもこうも。とりあえず、もっぺん全員で話しあうしかねえな」

自分が怒鳴ったことが、あの不毛な時間の幕開けになってしまったことには後悔しか覚えない。だがいずれにせよ、どこかでもめごとは起きていただろう。

「いろいろ、限界きてたんだよな」

散らかった作業場を眺め、冲村はため息をつく。後かたづけもろくにせずに、ほとんどの顔ぶれは帰っていってしまった。布や紙類をまとめていると、中山も無言で手伝いはじめる。

「おまえバイトあるんだろ、帰れよ」

「片づけくらい、できるだろ。ざっとでいいんだし」

友情をありがたく感じつつ、無言で片づけをする。あらかた終わったところで、時計を見た冲村は中山をうながした。

「マジで間に合わないから、帰れよ」

「わかった。……なあ、最悪俺らふたりでチーム申請し直すってありか？」

「……本気で相談してみっかな、先生に」

疲れ果てた笑みを交わし、冲村と中山はふたり連れだってその場をあとにした。

＊　＊　＊

翌日の午後、冲村は本校舎のＰＣルームで、ひとり考えこんでいた。

実習所ではなく本校舎におもむいたのは、中山が提案したとおり、チームの編成を変更することは可能かどうかと担当講師に確認するためだった。

結果としては、かんばしいものではなく、「できなくはないが」と渋い顔をされた。

――すでに、ショーの構成は申請されたチームで組まれてるんだ。それを変更するとなると、ほかのチーム全員に許可をとらないと無理だよ。

おまけに、チームワークも評価点として考慮するため、一度申請したチームを変更――つまり仲間割れをした、ということだ——するとなると、いくら作品のできがよくても、解散チーム全員の評価がさがるのだそうだ。

——AがBになる程度のひとはいいけど、そうじゃない場合真剣に卒業がやばくなるよ。

それも、リーダーの沖村くんの責任だと言われかねない。

穏和な講師にそうたしなめられ、やはり無理な話だったかとあきらめた。こうなれば、どうにかもめごとを収束し、どうでもあのチームで制作にあたらねばならないだろう。

昨晩、電話で頼みこんだときも同じ返答だった。直談判《じかだんぱん》でなんとかならないかと、あきらめ悪く本校舎まで押しかけてみたが、結果は変わらなかった。

(まあでも、問題点はぜんぶぶちまけたし)

せめて市川に指導をするくらいはしてくれと頼みこんだのは、最後のあがきだった。担当講師も、中山を通して沖村に押しつけた罪悪感はあったらしく、話をしてみると言ってくれていた。

「説教ひとつで変わるくらいなら、苦労はねえけど」

手が遅いのはしかたないにせよ、まともに取り組む気になり、周囲の迷惑になるような行動だけは慎んでくれないだろうか。はかない望みを胸に抱《いだ》き、無人の部屋で沖村は肺が潰《つぶ》れそうなくらいの大きなため息をついた。

ＰＣルームを訪れたのは、ごちゃついたいまに較べ、ずっとシンプルだった一年前を思いだしたかったからだ。

絵がへたくそで、史鶴に画像ソフトの取り扱いを習い、どうにか取得しようと躍起になっていた。彼の作るアニメーションに感動し、独占欲を覚え、強引にキスしたのもこの場所だ。夢中で、楽しくて、ただただ突っ走っていた。それがなぜ、たった一年でこんなに面倒なことになっているのだろう。

（いや、あのころも面倒は面倒だったんだけどな）

ストーカーじみた男に絡まれ、しょっちゅう腹をたてていた。それでも、けっきょくのところものづくりに関わってくるほどのトラブルではなかったし、あまりの非日常ぶりに、却《かえ》って疲れを覚えることはなかったのだろう。

「なんだかなあ……」

足下から崩れるように、すべてに自信がなくなりそうだ。そしてこの程度のことでくたびれている事実がいやでたまらず、机に腰をおろした冲村は立てた膝《ひざ》に額をのせる。

リーダーでいることも、史鶴の冷たさも、ムラジや朗にあれこれ言われることにも、ほとほと疲れた。

「自分だけで、いっぱいいっぱいだっつうのに」

ひとり静かに落ちこんでいると、背後でドアの開く音がした。ほかに利用者がいたのだろうかと思いつつ、ぼんやり思考に沈んでいた冲村の背中に、細い声がかけられた。

「あの……沖村」

はっとして振り返ると、そこには意外な人物がいた。

「市川？　なんだよ」

「先生に、ここだって聞いたんで。ちょっといいかなあ」

おずおずとしたそぶりのわりに、いいも悪いも言うより早く部屋へとはいってきてしまう。顔をしかめた沖村をまえに、無言でもじもじする市川にいらついて、声が尖った。

「用事あるなら、さっさと言えよ」

「あ、ごめんなさい。あの、さっき先生に、お説教された」

きのうのきょうで、講師はさっそく市川を呼びだしたらしい。口先だけではなかったか、とほっとしたが、しかし市川がなにをしにきたのかわからない。

「俺になんか関係あんの？　それ」

「ていうか、先生、沖村くんに迷惑かけたから、謝ってこいって……」

そんなことまで頼んでいないのにと、沖村は顔を歪めた。どうやら苦労話をぶっちゃけすぎたらしい。

「べつに謝るとかいらねえし。今後はちゃんとやってくれりゃ、それで」

「うん……」

話は終わりだとばかりに沖村が顔を背けたけれど、市川はまだもじもじしながらその場にとどまっている。ひとりでいたいのに、そうさせてくれない彼女が不愉快で、冲村が「さっさと出て行け」と言いかけたときだった。

「ねえ、叱《しか》ってくれたのって、あたしのためだよね？」

「……は？」

いったいなんのことかわからず、冲村は目をまるくした。きょとんとした表情になった冲村に、市川は照れたように「その顔、カワイイ」とつぶやく。頬を染めて肩をすくめた彼女に、なぜだか冲村は悪寒を覚えた。

「あたしのためって？　なにが？」

「ほら、やめちまえ、って怒鳴ったじゃない。あそこまで、あたしのために怒ってくれたひと、はじめてだったから……びっくりしたけどでも、ちょっと、嬉しかった」

なにやら巨大な勘違いをしているらしい市川の言動に、冲村は開いた口がふさがらなかった。なんでそんな方向に行く。というより、見るに見かねて言っただけの話で、べつに彼女のことを思っての助言でもなんでもない。

「いや、あのな。あれは目にあまったから」

「いやなこと、わざわざ言わせちゃって、本当にごめんね」

目を潤ませて上目遣いをする市川の姿に、胃の奥が、不快な熱で満たされた。

そもそも、おまえはばかかと感情のままに怒鳴ったことが、なにをどうしたら『ために』

という解釈になるのだ。どれだけ自意識過剰なのだと、あきれて声も出なかった。

「市川おまえ、やばくね？」

「え、なに言ってんの－」

本気で問いかけたのに、照れ隠しはいらないとでも言うように彼女が微笑む。不快感はますます強くなり、冲村は悪心をこらえて深呼吸をする羽目になった。

（だめだ。こういう自意識過剰なやつ、いちばんだめだ）

ある程度我を通すくらいにプライドが高いのはかまわない。けれど、勝手な幻想を押しつけてくるタイプが、冲村はもっとも不愉快だった。一年前の平井を思わせる思いこみに、もともとなきに等しかった彼女への好意が、一気にマイナスへとかたむいた。

「あのな、おまえ……っ」

ぎりぎりと奥歯を食いしばり、うぬぼれもいいかげんにしろと怒鳴りつけようとした冲村は、しかし、彼女の突然の行動に口をふさがれた。

「冲村、あたし、ずっと……！」

「うぐっ」

芝居がかった声で目を潤ませ、市川が首に腕を絡ませ抱きついてくる。……と言えば聞こえはいいが、じっさいには背の低い彼女に体当たりをかまされ、息が詰まったところで強引に首をねじまげられたようなものだった。

（み、鳩尾《みぞおち》はいった）

一瞬の吐き気にうめいた冲村には気づかず、市川は自分に酔ったようにまくしたてる。

「ずっと好きだったの。いっしょのチームにはいれただけでも嬉しくって。かまってほしかったからいろいろ、迷惑かけちゃったんだけど……冲村がいつもフォローしてくれて。あたしのためにしてくれて」

首の筋が曲がり、息が詰まる。おまけに市川の使っている香水のにおいは、冲村が大嫌いな海外メーカーのものだった。

（なんだこれ、くっせえ！　どんだけ香水ふりかけてんだよ！）

一部の若い女子には人気なのだが、ショップの近くを通りかかったとき、数メートル離れていても鼻が曲がりそうな香りがきつい。そのため、冲村は、そのショップに近づいたときわざわざ遠回りするほどにそのにおいがきらいだった。

しかも告白に気合いを入れるためなのか、たったいまつけたばかりのフ、レ、ッ、シ、ュ、な香りが鼻腔を突き刺す。強烈な化学臭にめまいすら覚え、涙が出そうになった。

「べ……べつに、おまえのためじゃや、ねえ」

むせながらようやく告げる言葉を聞いているのかいないのか、市川はなおも言う。

「そのうち、冲村の好きなのはシヅルって……でもそんな女子、いないし。もしかしたら、ミツルの聞き違いなのかもって」

以前、川野辺が言っていたとおりの誤解をしていたことが、これで立証された。だがそれを冷静に指摘できる余裕が、冲村にはなかった。

「ねえ、あたし、期待していいかな？」

目を潤ませた市川に、冲村は真っ青な顔でかぶりを振った。お花畑の妄想はいいから、もう離せ。本当にこのままでは呼吸が止まる。

「い、いいから、どけっ……！」

息を止めていたせいで、顔が赤くなってきたのがわかる。ぜいぜいとあえぎながら強引に肩を摑《つか》んで引き剝《は》がすと「きゃっ」とわざとらしい声をあげて市川がよろける。

「うわ！」

がたん！　と激しい音を立てて、ふたりは床に転げ落ちた。だがそれも計算尽くであったのだと知れたのは、そうまでしても冲村の首筋に市川の腕が絡みついていたせいだ。スカートは乱れ、大胆に腿《もも》までまくれあがっているのを直そうともせず、彼女は膝まで立てている。

「おまえ、ふざっけんなよ！」

「あはは、転んじゃった。……ねえ、冲村」

露骨すぎる誘いにも、鼻が曲がりそうな香水のにおいにもうんざりだ。

怒りのあまり、頭がかっと煮える。もう手加減する気にもなれないまま、今度こそ冲村はその両手を摑み、引き剝がすと、床のうえに押さえつけた。

「やっ、痛いっ！」

「たいがいにしろ、いいかげん俺の言うこと聞けよ！」

叫んだとき、まえぶれもなく部屋のドアが開いた。そしてほっそりしたシルエットが飛びこんでくるなり、あわてたように声をあげる。

「あのっ、なにかもめ……え？」

はっとして振り向いたそこに、冲村はいるはずのない人物の姿を見た。

「おき、むら？」

なにを見たのかわからない、という顔で、史鶴はそこにいた。ぽかんと口を開け、冲村の選んだフレームのなか、ひどく目立つようになったきれいな目を見開いている。

「史鶴？　どうしたんだ」

「どうしたって……あの、話そうと思って、探してたから」

史鶴のあまりの顔色の悪さに冲村は驚いた。そして、はっと我に返り、目をしばたたかせる。

（ちょっと待て、まずいだろこれ）

赤い顔で息を切らした冲村が、女の子の手首を床に縫いつけるようにしてのしかかっている。はたから、いまの状況がどう見えるかに思いいたり、冲村は真っ青になった。

どう動けばいいのかわからず冲村が固まっていると、史鶴は奇妙なほどに平板で、感情がない声を出した。

「ＰＣルームにいるって、先生に教えてもらって、だから、きたんだけど」

言葉を切り、ごくりと喉《のど》を鳴らした史鶴が続けたそれは、冲村に衝撃を与えた。

「……あの、ごめん」

史鶴はどうにか笑おうとしたらしい。だが強ばった顔は奇妙に歪み、メガネの奥の目には疑念と衝撃があらわれている。

「——謝るなっ！」

怒鳴りつけ、とっさに市川を突き飛ばした冲村は史鶴へと駆けよった。きゃん、と悲鳴が聞こえた気がしたけれど、かまっていられる場合ではない。

「ごめんってなんだよ。誤解すんなよ史鶴！　いまのは事故で、単に倒れただけだし！」

信じてくれと見つめるさきの恋人は、視線が絡んだとたん、はじかれたように顔を背けた。

「う、うん。わかってる」

わかってる、とうなずきながら、史鶴はますます青ざめていく。だが表情は笑みすら浮かべていて、冲村はそれがひどく不安だった。

誤解されるような状況だったのはわかる。けれどなぜ、それなら問いたださない？　視線を逸らす？　胃の奥から、恐怖にも似た感情がせりあがってきて、史鶴の両肩に置いた手が震えた。

「……あの、彼女、いいのか？」

緊迫を孕《はら》んだ沈黙の末、史鶴が声を絞りだす。冲村はうつむいたままうなずいた。

「いいよ。つーか市川、もう帰れ！」

振り向きもせずに言い放った冲村の声は、いらだちにざらついていた。市川は、まだ状況が呑みこめないのか、茫然とした声を出す。

「え、あの……え、史鶴？　って、それ」

振り返ると、彼女は床に転がったままどうにか上半身を起こし、目をまるくしていた。乱れたスカートの裾から生足が覗いていて、それが冲村をさらに嫌悪させた。

「うっせえ、俺の彼氏だよ。だからおまえのくっせえ香水とか我慢できねえんだよ。さっさとどっかいけ！」

「ひっ」

これ以上ことをややこしくするな。射貫《いぬ》くような目で睨みつけると、市川はびくっと震え、あわてて立ちあがるなり部屋から飛びだしていく。

「あの、まっ……」

史鶴が呼び止めようとするのを「ほっとけ！」と叫んで止める。

「ほっとけって、だって！　また関係ない子にカミングアウトして、噂とか」

「中途半端な噂なら、公言したほうがマシなんだよ！」

いらだちが抑えきれず、沖村は史鶴を怒鳴りつける。よりによって、あの状態を見たあとに史鶴がまっさきに気にしたのは、噂のことか。

「……妬《や》きもしねえの？」

「え？」

自分でも言い訳がつかないと感じるほどにきわどい状態だった。なのに史鶴は「ごめん」と謝った。いまも同じだ。笑ってみせているけれど、視線が斜めに逃げて、沖村を直視するのを避けている。

（ごめんって、なんだよ、それ）

史鶴が口にしたのは、反射的な謝罪だと思いたかった。そうに違いないと信じたかった。けれど、信じることはできなかった。

史鶴はさきほど、まるで自分のほうが割りこんだのだと言うように、卑屈に笑った。そのおかげで、発せられなかった言葉は「邪魔してごめん」だと悟ってしまった。

沖村にはそれが許せなかった。

「史鶴ってさ、ほんとに、俺のこといるのか？」

うつろな声でつぶやくと、史鶴は驚いたように顔をあげた。

「な、なんだよそれ。なに、急に」

「答えろよ。俺が女押し倒してたとこ見るより、噂になるのがいやなのか？」

びくっと史鶴が震える。なにも感じないわけではなかったようだと悟ったけれど、その瞬間メガネの奥の目が疑いに揺れるのを見て、ますます気分は悪くなった。

「どうなんだよ」

苦い沈黙の果てに、史鶴はようやく口を開いた。

「……浮気、したのか？」

そのひとことに、冲村がどんな気持ちになるのかもわからないのだろうか。「訊いてんのはこっちだろ」ときつい声で言えば、彼は今度はまっすぐに、冲村の目を見た。

「確信も持てないのに、そういう意味のない二択は答えたくない」

いつものとおり、冷静で強情な史鶴だ。

(意味、ねえのかよ)

冲村も平常時であれば、「疑いたくないから弁明してくれ」というサインだと気づけたかもしれない。けれどもここずっとつきまとった、ないがしろにされているのではないかという感覚と疎外感が、言うべきではない言葉を言わせてしまった。

「おまえ結局、アニメだけ作ってられりゃ、それでいいんじゃねえの？」

肩を摑んでいた腕を離す。手のひらから史鶴の体温が消えた。たったそれだけの接触だったのに、全身が寒くなった。

顔を背けて吐き捨てた冲村に、史鶴は驚いたようだった。

「なに、それ」

「俺とか、いま、いてもいなくても同じって感じだもんな。考えてみりゃ、俺から迫ってばっかりで。史鶴、そこまで俺のこと好きじゃないんだろ。だから噂とかにびびるんだろ？」

どうなのだ、と沖村はふたたび史鶴の顔に目を向けた。だが、その小作りな顔に浮かんだのは、非難でも拒絶でもなく、さきほどと同じ、どこか卑屈な笑いだった。

「……そんなふうに沖村が思ってるなら、俺がなにを言っても、言い訳って思うだろ」

ああ、閉じてしまった。まっすぐに顔を向けているけれど、その心はまるで見えない冷ややかな視線にさらされ、沖村は自分の失敗を悟る。

「しばらく、頭冷やそう。お互い」

「またそれかよ。いっつもそれだな、史鶴」

あざけるように、沖村は笑った。

「つうかさ、どうやって？　頭冷やすもなんも、これ以上、どうやって冷えんの？　ちっとも熱くねえのに」

「え……？」

意外なことを言われたかのように、史鶴が目をまるくする。

「俺ら、もうどんだけ話してないか、おまえわかってるか？　朝晩、挨拶するだけ。それも俺が部屋にはいりこんで、邪魔にされながら声かけなきゃ、気づきもしないんだろうな」

「え、そ……」

史鶴の目が、動揺に泳いだ。本当に、気づいてもいなかったのかと、なんだかひどくがっかりした。そして腹がたった。

「そんで、ちょっと俺がしくじりゃ、すぐに『頭冷やそう』だ。そうやって逃げてばっか。一年前からなんも変わってねえよな、史鶴。切り捨てりゃいいと思ってんだもんな」

毎度簡単に投げ捨てようとする、そんな史鶴がわからない。自嘲に顔を歪めると、史鶴はあわてたように冲村の腕に手を触れた。

「ちが、そんな……ごめん、最近たしかに忙しくて、話はできてなかったけど、でも」

「けど、なんだよ！　ずっと無視しといて、いまさら『ごめん』か!?」

怒鳴りつけて腕を摑み、冲村は史鶴を、さきほど市川をそうしたように押さえつける。

「ちょっと、いやだ、冲村！」

「うるせえよ！　どうせこれくらいしか、俺にできることなんかねえだろ！」

言い放つと、史鶴が目を瞠った。言いすぎていることも、こんな真似をしてもなんの解決にもならないこともわかっていたけれど、荒れ狂う感情が抑えられずに唇を嚙む。

「んーっ！　んんん！」

いままでにしたことがないほど乱暴に唇を奪った。腹がたつのと欲情するのが似ていると、冲村に教えたのは史鶴だった。いつもいつもままならなくて、不愉快にさえ思うのに、冲村の身体と心を駆り立てるのは彼しかいない。

肩を拳《こぶし》で何度も殴られ、足を蹴《け》られる。それでも離さずに舌を使うと、思いきり噛まれた。粘膜が切れて血が滲《にじ》み、それでもキスをやめずにいると、史鶴の喉がぐぐもった音を立てた。喉が緊張して、舌を含ませた口腔がぐうっと鳴った。泣く前兆だと気づき、冲村はようやく唇を離す。血混じりの唾液《だえき》が糸を引いて、こんなときなのに妙にいやらしかった。

押し倒した史鶴の顔の横に手をついて、無表情に眺めおろす。泣いているのかと思ったけれど、涙はこぼしていなかった。それでも目の縁は真っ赤だ。

しばらく無言で見つめあったあと、史鶴は冲村の首筋あたりに視線を落とし、ぶるっと震える。ややあって、低く暗い声で問いかけてきた。

「冲村、俺にずっと怒ってたのか？　……怒ってたから、キスしたのか？」

「なんでそう思うんだよ」

「……浮気、したのか？」

不安に揺れている声すら不快で、冲村はさきほどの言葉をそっくり返した。

「そんなふうに史鶴が思ってるなら、俺がなにを言っても、言い訳って思うだろ」

史鶴は痛いのをこらえるように目を閉じる。けっきょく信じていないのだと自嘲しながら、自分の血がついた彼の唇を指でなぞり、拭き取った。

——嘘がないのは嬉しい。信じられるよ。ＳＩＺさんもそれは、同じじゃないかな？

ムラジの、そしておそらくは史鶴の信頼を真っ向から裏切った。胃の奥が重たくて、喘うほかになにもできない。

史鶴のうえから身を退け、冲村は背中を向けた。

「俺の気持ちとか、どうでもいいだろ。気づいてもいなかったんだから」

背後で、ちいさく息を呑む音がした。しばらくして、力ない足音が離れていくのが聞こえた。やつあたりで史鶴を傷つけた罪悪感と自己嫌悪に、あとを追うことはできなかった。

そして冲村も、傷ついていた。

「……いて」

切れた唇が急に痛んだ。乱暴な行為は、それでもひさしぶりで――史鶴の唇のあまさと、ざらついた胸の苦さに引き裂かれたまま、熱だけを共有した。

ほかにはなにひとつ、史鶴とともに持っているものはないような、そんな気がした。

*　*　*

学校は休みとなる土曜日の昼、冲村の自室では、ミシンの働くだだだだだという音が絶え間なく響いていた。

卒制ショーの進行については、もう一度頭を冷やしてから、全員でどうしたいかを話しあおうということになり、しばらくは個々人で縫製などの作業ができるものを持ち帰り、ノルマだけをこなすことに決め、メールで通知した。

ほぼ全員がそれを承諾したと返信がきたけれど、市川だけはまったく音信不通だった。学校に出てきている様子もないと聞かされたが、冲村はすでにどうでもよかった。

あれから、史鶴は家出した。ＰＣルームで大げんかしたその日の夜、わざわざ冲村の帰りを待ち、宣言しての家出だった。

――しばらく、帰らないから。

冷えきった声を発したとき、史鶴はまったくの無表情だった。出会ったころよりなお悪い、こちらになんの興味もなさそうな顔。

彼が出ていって五日がすぎたけれど、冲村は自分から連絡を取る気にはなれずにいた。怒っているというよりも、もうどうでもいい、という投げやりな気分だった。史鶴もまた同じ気持ちなのだろう。あちらからも連絡はないまま、冷戦が続いていた。

それでも心配がないのは、行き先も、どうしているかも、逐一報告してくれる人間がいるからだ。

「ねー。いいかげん折れてやってよ、オッキー」

「いやだ」

自宅でミシンを使う冲村のまえに陣取り、朗は「頼むよお」と頭をさげた。

「俺の部屋に陣取って、ずーっとパソコン叩いてんだよ。あーちゃんがごはん作っても、ほとんど食べないし。あのまんまじゃ、史鶴、骨と皮になっちゃうよ」

「ほっときゃいいだろ」

「そうできないから、お願いしてんだろ！　ほんとに頼むよ、この場合、オッキーが折れるしかないんだってば！」

「あいつは折れてほしがってんのか？」

問いかけると、朗は困ったように眉をさげ、「わかんない」と小声になった。

「ほんとに、ひとっこともしゃべらないんだ。史鶴がなに考えてるかわかんないんだよ。天の岩戸状態なんだよ」

「いままで散々無視されてたのはこっちだ。俺がなに言ったたって、意味ねえだろ」

「ちょっともう、ほんとお願いだからそっちまでひねくれないでくれよ。そういうのは史鶴だけでお腹《なか》いっぱいだってば」

史鶴が殻にこもると、朗ですらもお手上げ状態らしい。本当にどうしたらいいのかわからないと、彼は懇願した。だが、冲村は冷ややかな沈黙でもってそれを無視した。

(勝手にしろ)

飢えて倒れようが痩《や》せようが、もう知ったことではない。史鶴が持ちだしたのは携帯電話とノートパソコン一台だ。それだけあればたぶん、彼には充分なのだろう。

だだだだ、とミシンを動かす音だけが響く室内に、朗の大きなため息が混じった。

「……無視されんのしんどいよねえ。冲村が腹たてるのも、それはわかるんだよ」

冲村はこれにも答えず、生地をぴんと張ってしつけ糸のラインをミシンでたどる。朗はじっとその姿を見あげながら、「わかるけど、俺はめげないもんね」と歯を剝いた。

「冲村、女の子といたんだろ。誤解なのはわかってても、史鶴にはしんどいんだよ」

勝手にしゃべる朗を放置していたが、さすがにあちらの肩ばかり持たれては黙っていられなくなる。ミシンを止めて、冲村は吐き捨てた。

「しんどいって、邪魔してごめんねって、にやつくことか？」

「にやつくって……そういう顔するしかなかったんじゃない？　俺の言うこと聞けとか言って、押し倒してた現場で、ほかにどうすりゃいいのさ」

「なにしてたんだって怒鳴るなり、なんかあるだろが」

怒りもしなかったくせにと顔を歪め、冲村はしつけ糸を抜く。苛ついていたせいで、一部分ミシンが縫い込んでしまい、舌打ちして慎重に引き抜いた。

「史鶴は怒れないよ」

しばらく黙っていた朗は、ぽつりと言う。「なんでだよ」と、絡んだ糸に目を落としたまま冲村が問う。

「史鶴、浮気は、まえにつきあってた喜屋武《きゃん》のおかげでトラウマ満載だからだめなんだよ」

「なんだトラウマって」

「ベッドの現場、発見して、開き直られた。何度もそういうことあって、責めても無駄だってあきらめたんだ。だから、女の子にとられるって、それはしかたないって、そう思っちゃうんだよ。自動的に閉じちゃうんだ」

そんなことをいまさら知ってもどうなるものでもない。

「どうせ、つめたーく、『しばらく頭冷やそう』とか言ったんだろ。だから浮気されたんじゃねえの」

「……いまの本気で言ったんなら、そのミシンぶっ壊す」

ぐっと朗の声が低くなった。脅しが本気だと知れるのは、小柄な身体から噴きだす憤りのオーラがすさまじかったせいだ。

冲村にしても、言いすぎた自覚はある。けれど、こうなるまでまったく史鶴に責任がなかったとは思えないのだ。

「あのさ、冲村にも同情してるよ？　俺は。史鶴はさ……」

「うぜえよ、おまえ。どんだけ過保護なんだよ」

じっと睨むと、分の悪い朗はため息をついて怒りを逸らした。

「昔の男がやったことを、なんで俺が請け負わなきゃいけねえんだよ」

剣呑に吐き捨てると、「冲村」とたしなめるように名を呼ばれた。だが、今度は冲村が止まらなかった。

「一カ月も無視しておいて、いきなり女に迫られて泡くってるとこに遭遇して、いっさい俺を信用しなかったヤツに、なんで折れてやんなきゃなんねえんだよ」

「冲村、だから史鶴は」

「史鶴、史鶴、史鶴って、そんなに史鶴が好きならおまえがつきあってやれ！　さぞかし、誰よりも大事にしてやるんだろ！」

「……あーそーですか！」

さしもの朗も、このひとことには我慢がならなかったらしい。

「なんだよ、わざとじゃないのに無視されたくらいでふてくされて。そーんなケツの穴のちいさい男なんかいらねえよ！　だったら別れちまえ、ばか！」

わめき散らす朗に、冲村は冷たい一瞥をくれて黙っていようと思った。だが続いた挑発には、さすがに我慢がならなかった。

「もういいよ、帰って冲村が別れるっつってたって言うから！　幸い、うちはいっぱいゲイのひとくるからねっ。俺とあーちゃんで史鶴の彼氏くらい、いくらでも見繕ってやる！」

立ちあがり、部屋を出ていこうとする朗を捕まえ、冲村は怒鳴った。

「待てこら！　なに勝手なこと言ってんだっ」

「なんだよ、自分でほかの男斡旋《あっせん》したくせに。もう別れるんだろ」

「ふざけんな、別れねえよ、ばか！」

怒鳴りあった勢いで口にした言葉に、沖村ははっとなった。腕を摑んださき、朗は得意げににんまりと笑っている。

「んじゃ、折れるよね？　別れたくないもんね？」

「……引っかけやがって」

まんまと朗に乗せられた沖村は、「うあー」とうめいてうなだれる。

「わかったよ。話、すりゃいいんだろ」

「わあ、オッキーが素直」

「ほっといたら、おまえが見合いババアみたいな真似しかねねえからな」

渋々と承諾した沖村に朗は笑い、そのあとでふっと真顔になった。

「あのね、史鶴、冷たいんじゃないんだ」

「あ？」

「パニックなんだよ。どんな顔すればいいのか、なに話せばいいか、わかんないんだ。なに言っても無駄で、きらわれる、怒られるって考えるのがくせになってる。やめろって言っても直らないんだ」

あの冷たい態度は、傷ついていた心の裏返し。

数年かけて、史鶴が傷ついてきた様を見てきた朗は、「だから、折れて」と何度目かの同じ言葉を口にした。

「沖村が折れてくれないと、史鶴、ほんとにあきらめるから。俺、そうなってほしくない」

「ほんっとにともだち思いだな、おまえ」

「そうだよ。言っておくけど、それってオッキーのこともだからな」

「言ってて恥ずかしくねえ？」

友情ごっこかよ、と唇を歪めた沖村に、朗は静かに言った。

「ものごとはシンプルかつストレートにしたほうが効率いいよ。人生は短いんだから、後悔するような行動とってる暇ないんだよ」

「……相馬？」

「好きな相手に、どんなタイプの好きでも、好きって言えるうちに言わないとだめだ。まわりくどいことしてたら、間に合わなくなる可能性はいつだってあるよ。だから恥ずかしいとか思わないよ、俺は」

誰のことを話しているのか悟り、ひゅ、と沖村は息を呑んだ。そして、真剣な目でこちらを見つめる友人の抱えた重さに免じて、「折れてやるよ」とつぶやいた。

「そっか。よかった」

朗はひどくほっとしたように微笑んだ。すこしだけ自信なさげな、気弱にも見えるその笑みが、本当の彼の素顔なのかもしれないと、そんなふうに思った。

「史鶴にはきょう、帰るように言っておくから。出かけないで、ぜったい家にいろ！」

そう言い置いて朗は去った。「素直に帰るか？」と冲村が疑問を呈したところ、いざとなれば強制送還する！　とずいぶんな意気込みようだった。

＊　＊　＊

しかしながら、彼が史鶴のもとに向かったのは午後。いまはすでに夜も更けはじめている。戻ってこないのではないだろうか、という不安がじわじわとこみあげ、冲村は手にした携帯のフラップを無意味に開閉させていじった。

――冲村、あんまりそれやると金属疲労でフラップが壊れるよ。

くせのような手すさびを、史鶴はそういっていつもたしなめた。マシンオタクを自認する彼は電化製品や機器類をひどく大事にするタイプで、どう扱えばいちばん長持ちするかだとか、機種ごとの特性などを滔々《とうとう》と語ることもままあった。

ほんのちょっとまえまでは、うるさいな、と聞き流すだけだった。けれどそういうくだらない、思いだせば妙にくすぐったい会話がとぎれたとき、寂しさに気づいたのは冲村だけだった。

「なんで、こんなにズレたんかな」

つぶやいて、気まぐれにメール画面を開く。

そういえばこのところ、史鶴とメールのやりとりもしていなかった。冲村も史鶴も、しょっちゅうラブメールを飛ばすようなタイプではなかったけれど、ささやかなふたりだけのメッセージはそれなりに交わしていたはずだ。

メールフォルダを確認すると、送受信ともに数カ月まえから件数が激減している。

「やっぱ、ダレてたんかな」

それは史鶴だけでなく、冲村もなのだと証拠のメールで気づかされた。

いま冲村が座りこんでいる、共有スペースである居間でいっしょにすごしたのは、いったいいつのことだっただろう。二年になって、課題が増えて。後期授業がはじまったあたりから、帰宅するなり制作物を抱えて互いの部屋にこもることが増えた。

つきあって一年、お互いに慣れると同時に忙しくなって、ふたり揃って余裕をなくした。恋愛するよりも自分のことでめいっぱいで――。

（あれ？）

ならばなぜ自分は、いまになって寂しいことに気づいたのか。唐突に浮かんだ自問を掘り下げようとしたとき、玄関の鍵が開けられる音がした。

はっとして立ちあがりかけ、冲村はすぐに腰を落とした。じっと待っていると、大きな鞄を抱えた史鶴が「ただいま」とおずおずしながら顔を出す。

「おかえり。遅かったな」

「あ、うん。バイト、終わらせてきたから……」

気まずい空気に、もぞもぞする。史鶴は玄関からすぐのこの部屋のまんなかで突っ立ったまま、肩掛け鞄をおろそうともしない。表情は硬く、出ていったときと同じように青ざめたままだ。

史鶴が帰ってきたらなにを言おうかな、とずっと考えていた。ちょっといやみに頭は冷えたのかと言ってやったあと、ここしばらくの状況を当たり障りなく話せばいいかなとか、そんなことをたくさんシミュレートして、できれば仲直りしたいと思っていた。

だが、いろいろ想像したどの台詞を口にするより早く、怒っているような口調で史鶴は言った。

「俺、冲村のことどうでもいいとか思ってない」

「え？」

「俺、いっぱいいっぱいになってるとまわり見えてなくって、無視したみたいになったかもしれないけど、ぜったい、どうでもいいとか思ってない」

強ばった顔で、史鶴は睨むように冲村を見つめている。いきなりの発言にしばらく頭がついていかなかったが、ややあって、これは部屋を出るまえ、けんかしたときの続きの言葉なのだと悟った。

「女の子押し倒してたの、すっごく腹たった。でも事故なんだろうって、それか強引に迫られたんだろうって思ったから、怒ったらいけないって我慢したのに、冲村のほうが怒った」

「それは――」

「あれは納得いかない。俺が怒らないからって怒られるの理不尽だと思う」

口をはさむ暇もないほど、史鶴は早口でまくし立てる。それをあのとき言えと思うけれども、史鶴はとにかくメンタルが弱くて、とくに負の感情については考えをまとめて口にするまで時間がかかるのだ。

「……で、ほかは？」

「いてもいなくても同じなんかじゃない。冲村は俺の作ったもの……『ディレイリアクション』好きだって言ってくれたから、あれじゃなくてハッピーエンドがいいって言ったから、ちゃんとその続編になる話作ろうと思ってた。それ、ずっと書いてたんだ」

ふだん饒舌《じょうぜつ》ではない史鶴の、内側にこもった言葉はこんなにたくさんあった。そして冲村自身がすっかり忘れていたほどのリクエストを、一年もかけてずっとあたためていたことをはじめて知った。

「終わったら、がんばったなって言ってくれるって信じてたから、作業に集中できてた。喜んでくれるかなって思ってた。冲村のためにやってた。勝手に、俺が勝手にそうしたんだけど、でもおまえのこと好きだって、それだけは疑われたくない」

ここしばらく放置されていたことをぜんぶ精算するかのように、熱っぽく史鶴は語った。

そして冲村は、それにどう返せばいいのかな、と圧倒されながら考えた。

無表情なくせに、史鶴の手は甲が白くなるほど鞄のストラップをぎゅっと握っている。それを見つけたとき、よけいなことはいらないか、と冲村は思った。

「……なあ、史鶴」

「なに」

叩き落とすかのような、短く鋭い返事。だがそれは怒りではなく、怯《おび》えからだと知っている――知っていた。

感情を表すのが苦手で、面倒くさくて、勝手に暴走する。それが史鶴だ。そういう史鶴のことが、冲村はかわいいと思ったのだ。

「俺、史鶴好きだぞ」

はじめて彼に触れた夜、細かいことはどうでもいいと告げた言葉を口にすると、史鶴がはっと息を呑んだ。そして、冲村は座ったまま、両手を広げてみせる。

「ん？」

顎をしゃくってうながすと、史鶴は大事なパソコンが入っているはずの鞄を放り投げ、飛びついてきた。市川に抱きつかれたときよりもっとすごい力で、そのまま床にひっくり返ったけれども、冲村はその身体を離さなかった。

「怒ったからキスしたのかって言ったら、沖村、違うって言わなかった」

「浮気したって疑うからだ。史鶴が言ったこと、お返ししただけだろ」

「女の子の香水くさい状態で、あんなことするからだろ」

「ああ、あれマジでくっさいよなぁ」

沖村がうなずいてみせると、押し倒していた状態から起きあがった史鶴は、べちっと頭を叩いてくる。「いてっ」と大げさにうめいた沖村は、いきなり襟元《えりもと》を摑まれた。

「あのとき、ここに口紅ついてた」

喉を探られて、沖村は「え、まじで？」と目をまるくする。史鶴は悔しそうにうなずいた。

「気づいてなかったのか？」

「帰ってきてから、香水くせえんですぐ風呂はいったから」

あのとき、喉に視線を向けて顔を強ばらせたのはそのせいか。しつこく疑うのに腹がたちはしたけれど、状況証拠としては最悪だったのだと沖村は唇を歪めた。

「もうわかってると思うけど、一応。俺、あの女のことは、だいっきらいだから。浮気とかとんでもねえし、抱きつかれて鳥肌立ったくらいだから」

力いっぱい『きらい』に感情をこめると、史鶴はむしろ驚いたように目をしばたたかせる。

「そ、そんなにきらいなのか」

「きらいだね。っつーかそもそも、ぜんぶのはじまりはあいつ——」

感情のままに言い放って、冲村ははたと口をつぐんだ。

「なに？」

「……うん。ことのはじまりは、ぜんぶあのばか女だった」

さきほど、すくなくなったメールを見ながら気づきかけたのはそれだった。

同居して、お互いの時間を勝手にすごすことに慣れていたのに、突然史鶴のつれなさが気になりだしたのは、卒制ショーにとりかかったあたりからだ。

——最近、妙にあまったれてないか？　秋になって、人恋しくなったとか。

なにげない史鶴の言葉は、事実を言い当てていた。

市川のおかげで進行がめちゃくちゃになり、そのことにずっといらだっていた。たかが学校のショーひとつも仕切れず、連鎖的に将来にも不安を覚えた。

だから史鶴に抱きついて安心したかったし、話を聞いてほしかったのだと、いまさら思いたって冲村は赤面した。

「うわ、本気でガキじゃん、俺……」

「な、なに？　なんだよいきなり」

「いっぱいいっぱいなのは、俺もだったってこと！　うあー！」

自分にがっかりしつつ、もう一度史鶴を抱きしめて床に転がる。上下をいれかえ、べったりとのしかかったまましばし煩悶《はんもん》していると、史鶴は意味がわからない顔をしつつも、洗いざらしの髪をそろそろと撫でてくれた。

薄い胸に頬を寄せると、史鶴の心臓の音がする。ひさしぶりに聞く鼓動のリズムは、すこしだけ早い。この胸をかき乱すのが自分だというのは、単純に嬉しかった。

「そういえば、あのときなんで、ＰＣルームまできたんだ？」

なんだか眠気すら覚えながら、ぼんやりとした声で問いかける。史鶴がほんのすこし緊張したのが、触れた場所から伝わってきた。

「ムラジくんから、あの、話をしたほうがいいって言われて……」

冲村はなるほどとため息をつく。こちらに待ってくれと助言していた彼は、史鶴に対してもよく似たようなことを言っていたらしい。

「つか、なんで俺があそこにいるってわかった？」

たまたま本校舎にいることも、そういえば彼には話していなかった。わざわざ探したと言っていたけれど、どうやって見つけたのだろう。

「電話したんだけど、電源入ってないってアナウンスされて。どうしようって思ってたら、たまたま川野辺さんから電話きて、あの日は本校舎にいるって聞いたんだ。そのあとは、冲村目立つから、見かけませんでしたかって訊いて」

けっこう探したとちいさく笑いながら言う史鶴に「家に帰ってからでもよかっただろ」と告げたところ、彼はかすかにかぶりを振った。

転がったままでは表情がよく見えないと、冲村は史鶴を抱えたまま起きあがる。

もつれた髪を梳《す》いて顔をあげさせると「卒制ショーのこととか、いろいろ聞いた」と史鶴は目を伏せた。

「冲村大変だったって、さみしがってるって言われて、そんなことも知らないのがショックだった。ほとんど会話もしてなかったって気づいて、だから、早くしなくちゃって思って……俺も、自分のことでいっぱいいっぱいだったから」

「わかってるよ」

さっきそれは話しただろうと冲村が言えば、史鶴はかぶりを振った。

「わかってくれることにあまえてたと思う。だから申し訳ないなって思ってたとこに、あんなの見ちゃって、ショックだった」

「誤解だぞ？」

「うん、でも、俺がほっといたせいで浮気されたんなら、それはそれで言う権利はないんじゃないかとか、一瞬でめちゃくちゃ考えちゃって」

唇を噛んでうつむく史鶴に、冲村はため息を呑みこんだ。

「さっきは怒ってたけど我慢したたっつったくせに」

「それは、ここ何日かずっと考えて……理屈で言えば、怒っていいんだって自分が納得できたから、だから」

考えたら怒れたけど、反射的にはへこむほうにいくわけか。まずは自分が否定されるほうにかたむく、その自信のなさがもどかしい。

自分が思っているよりもずっと史鶴は繊細で傷つきやすい。昔のいやな経験のせいだというのはわかっているけれど、昔は昔だろうとしか言ってやれない。

「あるだろ、権利。つきあって同棲までしてんだから、放置されたくらいでふらつくなって言えばいいだろ」

「そんなの……」

できない、と史鶴は言葉にしなかった。けれど事実、反射的に行動できるほどなら苦労はしないのだ。

史鶴との距離のとりかたはひどくむずかしく、ときどき持てあましてしまう。

冲村はやっと二十歳になった若造で、恋人をまる抱えしてあまやかすような器など、あるわけがない。今回のように失敗もするし失言もする。おのがちいささを自覚しているだけマシなくらいだろう。

それでも、しゅんと肩を落としている史鶴を見ていると、強情を張るなと叱りつけるよりも抱きしめたくなる。

(ああ、もう、くそ)

惚れた弱みだとため息をついて、冲村はそっと薄い肩に手を触れた。びくっと震えた彼は、まだうつむいている。

「史鶴」

名前を呼んでも、返事はない。軽く腕をまわし、揺するように身体を揺らした。

「しーづる。しぃちゃん」

適当な呼びかけを繰り返すと、すこし肩が揺れる。ちいさめの唇が一瞬だけ歪む。笑った、とほっとして、冲村はもういちど「しぃちゃん？」と声をかけた。

「しぃちゃんて、なにそれ」

「子どもみたいに拗ねてっからだろ」

「拗ねてない、べつに……」

ため息をついて、史鶴は「反省したんだ」と言った。

「ごめん。これは俺が、自分で割りきらないといけないとこなんだ」

「……うん？」

「冲村は、女の子でもいいんだよな、とか。そのほうがいいのかなとか、すぐ考えるとこ。でもそういうふうに卑屈ぶるの、冲村好きじゃないだろ」

なんとか頑張って笑おうとしている顔が痛々しかった。じっさいに、史鶴自身がマイナスな考えを持ってしまう部分だけは、冲村にもどうにもできない。信じて強くなってもらうしかないために、返せる答えは見つからない。

「嫉妬していちいち突っかかったりとか、みっともないし、したくない」

「でも、まったく興味ないみたいな顔されっと、それはそれでショックなんだけど」

「……え？」

「やきもち妬かれねえのも、さみしいけど」

ストレートに告げると、史鶴は思ってても見なかったというように目を瞠り、ふたたびうつむいた。

「ごめん。どこまで妬いていいのか、わかんない」

「どこまでって」

「どのくらいなら冲村、うっとうしくないのかな。言っておくけど、俺、ほんとはすっごい妬くよ。めちゃくちゃ嫉妬深いよ。でもそういうの見せたら引くだろ」

史鶴の発言に冲村はすこしあきれた。そんなことを言う時点で、ふつうはかなりうっとうしい。口にしようかどうしようか迷って、けっきょく言わなかった。

ためこみすぎるから爆発するんじゃないかとも思ったが、いくら言葉で諭したところで無駄だ。史鶴はそんなことくらいわかっている。わかっていて、持てあましている。

弱さを自分で乗り越えたいと言う彼を、いまは尊重したい。そう思ったのだけれど。

「……それにさ、きらわれたんじゃなければ、いいんだ」

「え？」

「きらわれて、怒られたんじゃなければ、いい。……きらってないよな？」

不安を必死に押し殺して、歪んだ顔で笑うから、たまらなくなった。

(家出したのはどっちだっつうの)

ひたすら冷たかったのは史鶴のくせに、この態度。本当に面倒くさい。なのに、ちっともきらいにならない。それどころか、この面倒くささがかわいいのだ。

一点集中の彼につれなくされて手を焼かされて、腹をたてていたのに、シャツの裾を握って覗きこんでくる自信のない表情ひとつで、ぜんぶどうでもよくなった。

「史鶴、キスして」

「な、なんでそうなる」

「してほしいから。しろよ」

おずおずと両肩に手をかけられ、史鶴の顔が近づいてくる。「目、閉じろよ」と困ったように言われ、素直に瞼《まぶた》を伏せた。

ふわりと、相変わらずぎこちない口づけが押しつけられた。すぐに離れようとするから顎を動かして軽く吸うと、「んっ？」と驚いたようにちいさく声をだす。

「もっと」

横柄に言うと、史鶴が笑う気配がした。今度は顔の角度を変え、しっとりと唇が重なる。

けれどさらに深く押しつけようとしたところ、鼻梁《びりょう》に史鶴のメガネがあたって、どちらからともなく噴きだした。

邪魔な障害物をはずして、三度目に触れた唇。両肩に置かれた手を両手で握って引き寄せると、膝のうえに細い身体が乗る。ぎゅっと抱きしめ、けっきょくは冲村のほうから口づけを深めると、史鶴は安心したようにくたりと身体の力を抜いた。

（かわいー……）

史鶴は抱きしめるといつも最初は緊張している。キスを繰り返すうちに、徐々に力が抜け、ふっとやわらかく腕に委《ゆだ》ねてくるこの瞬間が、冲村は好きだった。

計算した媚びでもなく、押しつけてくるようなあまえでもなく、ちょっとずつ様子を見ながら無防備になる史鶴だから、もっと安心してくれと言いたくなるのだろう。

「史鶴、きらってない。好きだ」

「……ん」

ほっとしたように抱きついてくる細い身体を抱えたまま、冲村は「立って」とうながした。目を閉じてひたっていた史鶴は「え、なんで」とまばたきをする。

「きらってない証明すっから、あっちいって仲直りしねえ？」

指さしたのは冲村の寝室だ。史鶴はぽかんとしたあとに真っ赤になった。てっきり、即物的だと顔をしかめるかと思いきや、そっと手を伸ばして冲村の指を二本、ぎゅっと握る。

「……仲直り、するまえに、お風呂はいっていい？」

むろん沖村は、その申し出を受けいれた。ただし、自分もいっしょについていこうとしたのだけは、強硬に却下されてしまった。

＊　＊　＊

交代で風呂にはいり、下着一枚の格好でベッドへと向かった沖村は、驚いたことに史鶴のほうから押し倒された。

「え、なに？」

「じっとしてて」

恥ずかしいのか、わざわざTシャツとコットンパンツという寝間着まで着こんで待っていた史鶴は、ベッドに転がった沖村の両脚をまたぎ、口づけてくる。ほっそりした指が下着にかかり、なかば臨戦態勢になったそれを解放されると、期待にごくりと喉が鳴った。

やさしく握られ、こすられる。沖村も手を伸ばし、史鶴の服をめくりあげて薄い腹を撫でた。股間《こかん》を見ると、彼もまた興奮しているのがわかる。触れようとしたところで「だめ」と細い腰をよじって逃げられた。

「だめって、なんでだよ」

「いま、さわられたら俺、いっちゃうから。ほったらかしたぶん、ちゃんとしてあげたい」

薄暗い部屋でメガネをはずしたせいなのか、史鶴は大胆なことを言った。ふだんはエッチモードに至るまで長くかかるけれど、さすがにしばらくぶりの行為で、スイッチがあっさりはいっているらしい。

胸に顔を伏せ、乳首を舐《な》めてくる。史鶴ほど過敏でないにせよ、手淫《しゅいん》をほどこされながら性感帯のひとつである場所を、ベルベットのようなやわらかい舌でちとちとと舐められるとさすがにため息が出る。

「史鶴、口でして」

「もうちょっと」

冲村の身体中にくちづけながら、史鶴は焦《じ》らすように根元を揉んだ。禁欲生活は同じ期間だけすごしていたけれど、とにかくやりたい、いれたい、つながりたいと逸《はや》る冲村とは違い、史鶴はなんだかねっとりとした愛撫を仕掛けてくる。

(エロくなると、ねちっこくなんのか)

一年経っての発見かもしれない。案外まだ、知らない部分はあるのだろうと思うと楽しいような、ちょっと怖いような気になった。

「……あの、『ハーモニクス』のことだけど」

「えっ、なに?」

ぬるついたそれをこすりながら、突然史鶴が話しかけてきた。気持ちよさとじれったさにぼんやりしていた冲村が声を裏返すと、咎めるようにきゅっとあれを握られる。

「あの、『ディレイリアクション』の続編。アニメじゃないけど、いいかなあ」

「へ？　どゆこと？」

目をしばたたかせた冲村に、史鶴は羞《は》じらうような顔を見せて話しはじめた。その間も、巧みな指は冲村の濡れたものをいじり続けるから、会話に集中するのはけっこう骨が折れた。

「じつは、冲村にハッピーエンドがいいって言われてからどんどんアイデア膨らんじゃって。話が長くなりすぎて、アニメじゃとてもできないってムラジくんに相談したんだ。そしたら、いっそラノベにしてみたらどうかって言われて」

「え？　ラノベって小説？」

「うん。ムラジくんが挿画描いてる出版社で、新人の持ちこみも受付やってるって。それで、担当さんがもともと俺のアニメ見ててくれてるから、紹介するって言ってくれて」

——ストーリーは作れるから、脚本にまわるか小説書くほうがいいと思う。本人も、たぶん考えてはいるんだろうけど。

あんなふうにとぼけて言いながら、しっかり道をつけてくれていたわけだ。懐深いムラジらしいと思いつつ、なんだかあのぽっちゃりした友人にはしてやられてばかりだと、冲村は悔しくなった。

「できたら読んでくれるかな」

不安そうにおずおずと問われ、冲村は「あたりまえだろ」と即答した。とたん、ほっとしたように史鶴が「よかった！」と笑う。

（か、かわい……）

ひさしぶりに見た屈託のない笑顔に、手のなかにおさまっていたものがびくっと反応した。史鶴は驚いたように目をまるくする。

「え、俺、いまなにもしてない」

「んな顔で笑うからだろっ。くそ、史鶴、もういいからこれ」

しゃぶって、と頭を軽く押さえれば、従順に沈んでいく。ぬらりと絡んでくる舌の快美さにぞくぞくして背筋が痺《しび》れた。息をはずませながら、ガードするように肌を覆ったシャツをめくりあげ、ちいさな乳首をつまむ。んん、とうめいた史鶴がさらに深くくわえこみ、硬くなった粒を指で転がすとお返しのように顔を上下された。

もうひとつの手できれいに反った背中を撫で、体勢と服のせいで触れられない部分があることにいらだちながら、冲村はねだる。

「史鶴、脱いで。裸見せて」

「……やだ」

「やだってなんで？」

意外な返答に目を瞠る。表情を隠す前髪をかきあげると、史鶴はなんだか拗ねたように目を尖らせながら冲村のものをいじっている。その表情に、ぴんときた。

「ああ。おっぱいないから？」

図星だったらしく、史鶴はますます顔をしかめる。

「なにそれ、いまさらだろ」

「だって……」

まだ引きずっているのかとあきれながら、両手を腋《わき》の下にいれて軽い身体を持ちあげ、「うら！」と声を出してひっくり返した。

「あっ、なんだよ、途中で――」

「うっせえ。さっさと脱げほら」

のしかかったまま、がばりとシャツをめくりあげる。腕の部分はどうにか抜いたけれど、首がひっかかったせいで布地に顔を覆われたまま、史鶴はじたばたともがいた。その隙に下半身の服を下着ごとはぎ取り、ベッドから放り投げる。

「冲村、やだってば！」

もがもがと顔を覆うシャツを引っぱる史鶴の姿はかなり間抜けでもあったが、おかげで抵抗がやんだ。どうにか鼻と口が解放されるころには、冲村は史鶴の脚を押し広げてその間に陣取り、さきほどのお返しとばかりにちいさな胸を舐めてはさすっていた。

「冲村、ばかっ」

「ばかはどっちだ。つるぺたでも俺はこれが好きなんだから、好きにさせろっつの」

これ、と言いながら、ぴんと尖った乳首を指ではじく。言葉と刺激に肩をすくめた史鶴の性器が、重なった腹のしたでびくっと震えた。「持ち主と違って正直だよな」と笑う冲村を、いまだにシャツと格闘しながら史鶴は「ばかばかばか」と罵った。

「うるせえよ、根暗ツンデレ」

「そ、そんなオタク用語どこで覚えて」

「ムラジくんが教えてくれましたー」

いやみったらしく語尾を伸ばして、指でいじっていたものに吸いつく。とたん、「あう」とあまったるい声をあげて仰《の》け反《ぞ》った史鶴の素直なものを握りしめると、すでにぬるついて熱くなっていた。

「うわ。へたにいじると、出そうだな」

「だ、だから言って、あっ、あっあっ」

ただきゅっと力をこめただけなのに、史鶴はシーツから尻が浮くほどに反応した。涙目になって顔を背ける姿に喉が渇いてたまらず、あまい唾液をもとめて口づける。

「んんんー……っ」

舌を差しいれると、必死になって吸いついてくる。どうにかシャツを脱ぎ、腕を首筋に絡めた史鶴に好きなようにキスをさせながら、冲村はベッドサイドにある小物入れを探り、ジエルのチューブとコンドームをシーツに落とした。

「……なあ史鶴、我慢できないから、もう突っこんでいい？」

「うん、うんっ」

「奥までがんがんやっていい？」

あからさまな言葉で告げると、ぶるっと震えた史鶴が困ったような顔で冲村を流し見る。すでに興奮を表した身体はうっすらと赤くなり、もじもじと腰が動いていた。

（おお、完全にエロスイッチはいってる）

ひさしぶりに見る強烈な媚態《びたい》に、こちらのほうが暴発しそうだ。いささか急《せ》いた手つきでチューブを絞り、抱えた腰の奥へと指を滑らせる。欲しがる気持ちが身体にも影響しているのか、しばらくぶりのはずの粘膜はあっさりと冲村の指を呑みこんだ。

「ぬ、塗ったら、いれていいから」

「いいの？」

数回抜き差ししただけで、史鶴は苦しげに胸をあえがせる。この程度でおねだりまでしてくれるとは、と冲村が驚いていると、史鶴は赤らんだ目を恨みがましくすがめた。

「キスばっかして、俺がやだって言ったら、引いて」

「え？」

「中途半端にちょっかいかけるから、いつも、すっごいつらかった」

だめだめと拒んだくせに、強引に迫らなかったことをなじられる。勝手なやつだとあきれながらも、見た目ほど平静ではなかったと知れたのは気分がよかった。

「わかった。じゃあ今度から史鶴がだめっつっても押し倒す」

「そ、それはそれで困る……あっ！　あああ！」

話しながら、不意をついていきなり挿入すると、さすがに衝撃が強かったのか史鶴が悲鳴じみた声をあげた。焦りながら「痛かったか？」と問えば、史鶴はびくびくと震えてかぶりを振る。

「び、びっくりしただけだから。それより……いいよ、動いて」

背中にまわした腕で引き寄せられ、脚を絡められる。深まった挿入感にぶるっと震えると、中断された愛撫のお返しとばかりに締めつけられ、冲村はたまらずに腰を振った。

「あ、史鶴、気持ちい……あ、あっ」

「ほ、ほんと？　冲村、きもちい？　俺、いい？」

「ん、溶けそ」

ぬかるんだ場所を行き来するそれが、言葉のとおりとろけそうにいい。

史鶴は、感じさせられるより冲村が感じているほうが嬉しいらしい。以前、乱れる彼を淫乱と罵った連中のせいでか、自分を律しよう律しようとする悪いくせがある。

こういうときは強引に言っても無駄で、素直になれと唆《そそのか》しても却ってかたくなになる。けれど、面倒見のいい史鶴ならではの攻略法が、そして年下には年下の強みというものがあるのだ。

「史鶴、よくない？　俺、へた？」

「……んん、きもち、いいよ」

薄い胸に頬ずりしながら上目遣いに問うと、赤くなって目を逸らす。ほっとしたふりで息をつき、過敏な乳首にそれがあたるように仕向けると、史鶴のなかがひくりとうごめいた。

「ほんとに？　これとか……こう、でいい？」

「あっ」

「違うか。こっち？　な、いいとこ教えて。わかんねえし」

徹底的にあまったれてやると、恥ずかしがりながらもちいさな声で「そこ……」と史鶴は口にする。そこをどうすればいいのかと重ねて問えば、「つよく」「いっぱい」とぼそぼそと、あまい声で答えが返ってくる。

「単語じゃわかんないって。具体的に言えよ」

「だ、から、あっ、そこ……も、もっといっ、いっぱい、して」

震えながら涙ぐんで告げる史鶴に、位置がわからないと言えば腰をあげもするし、自分から動いてもみせる。その動きに便乗して、本当はとっくに覚えた弱い場所を小刻みにさするようにして動くと、ふだんは聡明に澄んでいる目がとろりと重たく潤む。

恥ずかしがるけれど、史鶴はセックスが好きだ。許すという形で欲してみせる彼を、冲村が嬉々として、そして強引に奪うようにして抱くと、とろとろになって嬉しがる。

やさしく言葉でいじめるのも、想像力豊かで感受性の強い史鶴には有効らしく、足りないぶんのテクニックはそちらで補うことを覚えた。

「なにでいっぱいすんの？」

「あぁあうっ、おき、むらのっ、……っ」

言えない、とかぶりを振って噛みしめた唇をキスでほどかせ、「冲村じゃない」と耳を噛みながら激しく腰を使った。こうなった史鶴は、多少乱暴なくらいのほうが感じるし、乱れに乱れまくる。

「ほら、これ？　史鶴の好きなのこれ？」

「やーっ、ああ、ああ、ああ！　やめ、やめて」

音が立つほどのそれを揶揄《やゆ》して「すっげえ。聞こえる？」と笑った冲村は、汗に濡れた頬を舐めながらさらに唆した。

「なあ、言えよ、かわいい声でエロいこと言うの聞きたい……」

「そ、そんな、それっ、ああっ」

「好きなの言ったらやめるから。な？　言って、しぃちゃん、言って？」

史鶴はひいひいと鳴き声をあげ、ついに冲村が唆した卑猥《ひわい》な言葉を口走る。

「お、冲村の——が、好き、ああ、あっ、好きっ」

瞬間、史鶴の全身が燃えるように熱くなった。冲村もまた背筋にざわりとしたものが走る。同時にぎゅんと締めつけられ、冲村は「うあっ」と呻《うめ》きながらも口の端だけで笑った。

「な、エロいこと言うと、史鶴、燃えるだろ」

「ば、かぁ、へんたいっ」

「泣くなよ。かわいいよ。すげ、興奮する……」

にやつきながら言うと、さらに史鶴は怒ったけれど、抱きしめて離さず、全身を使って揺さぶった。腰をまわし、史鶴の腿を片方抱えて持ちあげさらに奥を突くと、律動のたび揺れる性器が粘ついたものを滲ませる。

「いっちゃう……いっちゃう……」

交差させた腕で自分の顔を覆い、うわごとのように史鶴はつぶやく。肌が汗に光り、痙攣《けいれん》の頻度が高くなったところで冲村はだめ押しにささやいた。

「んん、なあ、史鶴。きょう、なかで出していい？」

「えっ……あ、あ、ゴムはっ⁉」

「いまさら言っても遅い」

挿入するときに気づけと笑って、冲村は逃げを打つ史鶴の腰を鷲摑《わしづか》み、最後のスパートをかけた。驚きと狼狽《ろうばい》に強ばった史鶴のなかはきつく窄《すぼ》まって、冲村の理性を根こそぎ奪った。

ただひたすら射精したくてたまらず、容赦なく押さえつけて身体をぶつける。

「史鶴、史鶴。気持ちいいから、このまんまにさせて。いいだろ？」

「ちょ……ずるい、それっ」

「そんで史鶴もいっしょに出そ。な？」

いや、と泣いた顔を手のひらで押さえてキスをした。力のないこぶしで肩をたたかれ、

「だめ、出しちゃ」と史鶴は訴えたけれど、逆効果なのをわかっているのか、いないのか。

「うあ、なんで、おっきいっ」

はじけるように震え、信じられないといった顔で史鶴が目を瞠る。にやりと笑った冲村は、

「いまのは自業自得」と冷たく言った。

「なんで、だって、さっきより……っ、あ、やだ冲村、やだっ」

動きが激しくなり、射精寸前だと気づいたのだろう。半狂乱でかぶりを振るくせに、史鶴の腰はひっきりなしに上下して、冲村のそれを搾り取るように収縮を繰り返す。

「あー……すっげ。も、もう、出る」

「あ、だめだめっ、冲村、あ、あ、あ！」

「んん！」

最後の瞬間、力いっぱいに史鶴を抱きしめ、いちばん奥へと自身を打ちこんだまま射精した。「いや……」とか細い声で泣いたくせに、史鶴もまた冲村の腹をねっとり濡らし、粘膜

をひくつかせて悦《よろこ》んでいる。

貧血でも起こしたかのように、頭がぐらぐらした。感覚のすべてをつながった場所に持っていかれてしまった気がして、ぜいぜいと肩をあえがせながら沖村は史鶴のうえに倒れこむ。史鶴はまだ余韻が去らないのか、口元を手の甲で覆ったまま、両脚を不規則に痙攣させ、嗚《お》咽《えつ》を嚙んでいた。

「……史鶴、よかった？」

問いかけても、ひくひくと喉を鳴らしてかぶりを振る。やりすぎたか、と沖村が顔をしかめたところで、涙に濡れた目がとろりとしたまま妖《あや》しく光った。

「沖村、なにした？」

「え？」

「なんか、変なことした？　俺、い、いったのに……」

しゃくりあげながら、困惑したようにつぶやいた史鶴のあそこが、萎《な》えかけた沖村を逃がすまいとするかのようにぎゅっと握りしめてくる。はっと息を吞んだ沖村の頰に、ほっそりした指が添えられた。

「沖村、たすけて」

感じすぎて、そのくせ足りなくて、どうしていいかわからない。求めすぎるのが怖いとでも言うように史鶴はかすれた声でせがみ、その瞬間沖村の性器は一気に強ばり、跳ねあがるように史鶴の体内で体積を増した。当然ながら変化を感じたのだろう、「うあん!」と史鶴はあまったるい声をあげ、冲村はごくんと喉を鳴らす。

「なに、史鶴。もっと?」

すすり泣きながら、こくこくと史鶴はうなずく。「なにが欲しい?」と続けたところ、今度は唆しもしないのに、すごくいやらしい言葉を自分から放った。

あげくの果てに、逃がさないとでもいうように冲村の腰に脚を絡みつけ、手を握って自分の股間に引っぱった。

「いじりながら、して……冲村の手に、出したい。あと、キスも、したい……」

お願い、と熱に浮かされたような目でせがまれたあとから、冲村はぶっつりと記憶がなくなった。


翌日になって、史鶴はひどく腰が痛いとうめき、一日中ベッドから出られなかった。おかげで不機嫌になった彼を、対照的に上機嫌な冲村はせっせと世話をした。

「おとなしく寝とけよ」

「ゆうべのぶんのノルマ、終わってないんだよっ」

なにもできないのが悔しいらしく、史鶴は寝転がったままノートパソコンを抱えこみ、ぽちぽちとキーボードを叩いている。「いいけど、無理すんなよ」とやさしく告げれば、泣きすぎて腫れぼったくなった目で睨まれた。

「……ほんっとに、むかむかとむらむらが直結してるよね、沖村って」

皮肉を言われても、ここ数カ月の鬱屈をすっかり晴らした沖村にとってはどこ吹く風だ。そもそも、ふくれているのは照れのあまりだと理解しているから、まったく腹もたたない。

「あー、そうかもなあ」と答えたところ、史鶴はさらに目をつりあげた。

「なにその顔。セックスでことがすむなら、さっさとやっちゃってくれよ！」

やけくそのように言い放たれ、沖村はにやりと笑った。

「していいならするけど。史鶴、定期的に寝こんでもいいのか？」

「な……」

「ゆうべ、新記録達成したよな。それ更新してもいい？」

にやにやしながら追いつめると、蓋《ふた》を閉じたノートパソコンを盾のように抱えこんだ史鶴は、怯えたように顎を引き、ぶるぶるとかぶりを振る。じりじりとにじりよって、ガードにもならないそれをあっさり乗り越え、キスのしすぎで腫れた唇を音を立ててついばむ。

「沖村っ！」

「今度から遠慮しねえ。だから史鶴も、本気でじゃまならそうやってちゃんと怒れよ」

その言葉に虚を衝かれたのか、ぽかんと口を開いた史鶴の額をつついて、沖村は言った。

「俺が喜ぶだろうと思ったんなら、それ、言葉でちゃんと教えて。俺も、もうちっと粘って聞きだすようにするし、自分のこともちゃんとすっから」

「……うん」

「これで仲直り。な？」

うん、ともう一度うなずいた史鶴は、今度は自分から腕を伸ばし、やさしいキスをくれた。

＊　＊　＊

それから数日、史鶴とひさしぶりのあまったるい時間をすごした冲村は、制作のノルマを数日前の倍のペースで進めた。

ようやく全員の頭が冷え、あらためてミーティングをすると決めたころ、市川はこともあろうにチームを抜けた。

「……あいつ、それで卒制ショーどうすんの？」

「個人エントリーにするって泣きいれたってよ。親が乗りこんできたらしいけど、どうなったかね」

「あ、さすがにそこまで譲歩できないって、先生が突っぱねたらしい。もしかすっと、学校やめんじゃねえの？」

正直、まったく役に立たなかったどころか、トラブルの最大要因であった彼女が去ったことについては、全員がほっとしていた。

しかも市川が冲村に迫ってふられたことについては、すでにチームの全員が知っていた。誰にも話していないのになぜ、と驚いたところ、中山がうんざりしたように教えてくれた。

「誰彼かまわず捕まえて、ホモとかだまされた、あんな男知らないって言いふらしてんだよ」

ばかじゃねえの、と吐き捨てた中山に、脇田がげらげら笑いながら「いや、それ全員知ってるし」とくだらない報復行動を一刀両断した。

「しかし、シヅルとミツルって……なんであんな曲解してたんだ？　俺、史鶴とつきあってるってちゃんと言ってたよなあ」

冲村が首をかしげたところ「あいつ、ともだちいないからね」と川野辺も容赦ない。

「適当な噂かいつまんで聞いてたから、中途半端な情報だけまわってたんじゃね？　冲村、無駄に目立つから、話題になりやすいしさ」

「だから気をつけろっつったんだよ、それをてめーはよ」

脇田と川野辺に「顔のいい男は本当に迷惑だ」とさっくり告げられたが、冲村はようやく噂というのがほとほと迷惑なことを理解したため、なんの反論もできなかった。

「へたな相手の耳に入れるもんじゃねえな」

今後は自重すると史鶴に詫びを入れねばなるまい。冲村はしみじみ思った。
「そういえば冲村、おまえ松宮さんとこの就職、やめたって？」
川野辺に問われ、「ああ、うん」と冲村は苦笑した。
このところのトラブルで悟ったけれども、まだいろんな意味で自分は未熟すぎる。このま
ま社会に出て、きちんとやっていけるとは思えないと、遅まきながら悟った。
さんざんひとりで頭を抱えたあげく、冲村がまず相談したのは結論次第でもっとも迷惑を
かけることになる松宮だった。
――おまえ、悩んでるなら早く言えよ。
アルバイト後に彼を訪ね、こうなればすべてを打ち明けようと話したところ、苦笑しなが
ら「迷うならもっと勉強したらどうだ」とあっさり言ってくれた。
――実践で学んでいくのももちろんアリだと思うけど、いっぺん就職してから学校に入り
直すってすげえ根性いるぞ。時間もないし、惰性で流れる。だから状況が許すんだったら、
あと数年勉強するのも全然アリだろ。
ついでにいえば、そんなにぐらぐらしたまま就職されても困るので、内定は取り消してや
るというありがたいお言葉までいただいた。
――べつにおまえひとりこなくても困らないしな。
さくっと切られて、悔しいとは思えなかった。むしろ、迷惑をかけずにすんだと安心すら

覚えて、そういうところもやはり覚悟が決まっていなかったのだと悟った。

(ほんと、半端。痴話げんかとかしてる場合じゃねえんだよな)

ひっそりと自分自身を鼓舞していると、好奇心と心配が半々の川野辺が問いかけてくる。

「……史鶴、就職やめたこと、なんて言ってた?」

「ん? なんも。がんばれって、それだけ」

さらりと答えると「なあんだ」と彼女はつまらなそうに口を尖らせる。

「さっさとけんかして別れろよ」

先日、かなりのトラブルがあったことはおくびにも出さず「やだよ」とだけ告げて冲村は顔を背ける。川野辺がなにやらキイキイ言っていたけれど、それもすべて聞き流した。

「俺のことはどうでもいいだろ。とにかく、せっかくガンがいなくなったわけだから、あとは踏ん張るべ」

「おうよ」

泣いても笑っても、卒業まであと数カ月。おそらくクセモノ揃いのチームは、最後の日までぶつかりあうだろうけれども、成長する時間を共有する、大事な仲間なのだろう。

さきにプロとして独り立ちする彼と、学生をやり直す自分ではまたいろんなズレが出てくる可能性はある。その不安があると素直に打ち明けた冲村に、史鶴は言った。

——プロっていっても、俺の場合は専門職のフリーターに近いよ。

卒業後の史鶴はいままでのとおりネットのアニメーション作家として企業契約もしつつ、ゲームやアニメの動画の下請けに就くのだそうだ。自分の時間が持てなくなりそうだから、アニメーション系の会社にはいるつもりはないらしい。

——小説書いてみて思ったんだけど、作る側にいるならなんでもいい。でも、俺の話を俺の思うとおりに、作っていきたいから。脚本コンペにも出してみるつもりだよ。

目を輝かせてそう言った史鶴の小説が完成するのは、まだもうすこしかかるだろう。あれが本当にものになるのか、それもまだわからない。

冲村にしても、再度専門学校に入り直したところで、本当にデザイナーになれる保証はどこにもないし、途中で方向転換することもないとは言えない。

可能性は、いくらだってあるのだ。それを活かすも殺すも自分次第だ。

いまは、やれるだけのことを、精一杯やるだけだ。

冲村は無意識のまま微笑みながら、本番用の布地を摑み、ばさりと音を立てて作業台のうえに広げ、裁ちばさみを手にとった。

シュガーコート

夏が完全に終わってしまうと、いろんな意味で乾いた感じがする。

肌をひりつかせていた陽光が薄らぎ、木々の色が変わり、なにかの終わりに向けて進むための準備の季節になったのだと、身体で実感するからだろうか。

秋にそんな感傷を覚えるのは、ゆるやかな四季を体感した世代のみなのかもしれない、と栢野志宏《かやのゆきひろ》は考える。

それとも、卒業を待つ教育者としてのセンチメンタリズムだろうか？

考えたはしから「それはないな」という心の声がかぶさり、栢野は現実に意識を戻し、目のまえで爪《つめ》をいじる生徒を説得にかかった。

教員室の奥、パーティションで区切られた窓際の一角、もう二十分ほど続いているお説教タイムは、不毛のひとことにつきる。

「――だからな。無事に卒業したいなら、どう考えてもあと十二単位は稼がないと」

「えええー、そんなの先生が適当にしてよ」

面倒そうな声に、栢野は本日何度目かわからないため息をかみ殺した。必修単位に下駄を履かせるにも限界はあるのだと、やる気のない生徒相手に何度説明すればいいのだろうか。

なにより専門学校は義務教育でもなく、単位を落とすのは自己責任でしかない。

（それは俺の仕事じゃなくて、おまえのやることだろ）

金を払ってまで、なにを勉強しにきたのか。言葉が喉《のど》まであがってくるけれど、このご時世、口にしたら大問題になるのは目に見えている。

言えない言葉たちがまるで毛穴から噴きだしたかのように空間を漂い、みっしりと空気を重くする。密室のようでいてそうではない、狭い空間のなかで繰り広げられる不毛なやりとりに、神経がすこしずつすり減っていくのがわかる。

（落ちつけ。べつにこういうことは、はじめてでもない）

とにかく投げやりにだけはなるまいと、栢野はどうにか気持ちを立て直した。

「適当にするわけにはいきませんよ。というわけで、あと五十点、このロゴマークのデザインを、来週までに提出したら単位はやろう」

栢野がテーマの書かれたプリントをひらひらさせると、これがどれだけあまい措置だかわかってはいないだろう相手は「げっ」とうめいた。

「五十点ってなにそれ！　しかも来週って！」

「なにそれって、特別課題。〆切破ったら単位なし。以上、話は終わり！　ほら帰って！」

「うっそお……」

強引に切りあげ、栢野は文句を垂れる生徒を部屋から追いだした。一応プリントを持っては帰ったが、じっさいに提出するかどうかは未知数だ。

「はあ……」

ふかぶかとひとりでため息をついていると、目隠しのパーティションが軽くノックされる。

「はい」と答えるか否かのタイミングで、小柄な青年がぴょこんと顔を出した。

「お疲れさまでーす」

「ああ……相馬《そうま》」

栢野のげんなりした様子を見てとった相馬朗《あきら》は、手にしていた袋からクラフトボックスを「これ差しいれ」ととりだした。

「ありがと。なに?」

「アップルパイ。あーちゃん手作りです」

礼を言って受けとると、空いていた椅子にちょこんと腰かけた彼が、大きな目でじいっと見つめてくる。「なんだ?」と首をかしげてみせた栢野に向け、朗はストレートに言った。

「ひどい顔だね、せんせ。すっごいお疲れな感じ」

「ちょっとまえのおまえみたいなの相手にしてたからね」

思わず自分の顔を手でさすり、苦笑する栢野がそう言うと、彼は心外だと口を尖《とが》らせた。

「聞こえてたよ、話。でも俺ちゃんと課題はやってたじゃん」

「まあね。ただし、俺には反抗してばっかりだったけどね」

「昔のことはいいだろっ」

「なにが昔だ。就職問題で大暴れしたのは、今年の五月の話だろ」

ぺしぺしと額を叩いてやると、大げさに「痛い！」と朗は顔をしかめる。その表情はずいぶんと子どもっぽいのに、なぜか翳《かげ》りを感じる。

栢野はわずかに目を細め、そっと問いかけた。

「きょう、お見舞いにいってきた？」

「……わかる？」

「ちょっとだけ、消毒薬のにおいがする」

「あっはは、ばれるよね、それじゃ」

朗は、頼りない顔を一瞬だけのぞかせたあと、からりと笑う。一見はなんの屈託もない表情だが、目が冷めている。ふだん明るすぎるほど明るい彼だからこその違和感には、むろんのこと気づいたけれど、なによりいまこの場に朗がいる、そのこと自体が異変を表している。

（本気でへこまない限り、近寄ってこないくせに）

朗が明るすぎるときは要注意だった。弱さや痛みを認めようとしないあまり、心が折れる寸前まで我慢してしまうからだ。

二十歳《はたち》にしては小柄で童顔の朗は、よくて十代なかばにしか見えない。けれど彼はけっして見た目どおりの幼い少年などではない。むしろ年齢にしては達観しすぎている面もあって、人一倍気を遣うし、他人の感情や立場に敏感だ。

言うまでもなく講師と生徒の恋愛は御法度《ごはっと》。過去にそのせいでトラブルを起こしてしまった栢野のことも朗は知っていて、気遣うあまり校内ではろくに話しかけてくることもない。

そんな彼が、とくに約束もしていないのに教員室まで押しかけてくる理由など、ひとつしか思い当たらない。

「ひかりさんの具合、あまりよくないのか」

朗の、いつでもやわらかなカーブを描いている唇が一瞬だけひきつった。かすかに漏れた息を聞き逃さず、じっと見つめて答えを待つ。唇に続いて大きな目が伏せられ、やがて細い首がうなだれた。

「しゃべってる途中で、発作起こしたんだ」

「……ひどいのか？」

「まし、なほう。でもまたしばらく会えないかな。パイ、食べてもらいそこなっちゃった。あまったのはムラジくんにあげるけど……あ、でも先生のは最初から用意してあったからな？」

あわてたように手を振った朗の母、ひかりは、まだ三十七と二十歳の息子がいるにしては若いのだが、先天性の心筋症をわずらっているため、長い入院生活を送っている。そもそも医師の反対を押し切って朗を出産できた、それ自体が奇跡だったそうだ。

生まれてすぐに長生きはできないだろうと言われ、医師が〝寿命〟と告げた年齢よりは長らえているらしいが、楽観視はできず、いつどうなってもおかしくないと聞いている。

「せんせーがそんな顔しなくていいよ。ほんとに慣れてるんだ」

ひらひらと手を振ってみせる朗は、いつものように明るく微笑《ほほえ》む。

「慣れてても、平気じゃないだろ」

やさしく告げると、ほんのかすかに目を伏せる。だがけっして表情を曇らせはしない。

「ひかりちゃんの病気のこと知ってるひとからさ、毎日つらいだろうとか、苦しいだろうとか言われるけどさ。俺はふつうにともだちとも遊んでるし、テレビも見るし、笑うよ」

知ってるだろ、と笑いかけられ、栢野はうなずいてみせるしかなかった。

無言で身体《からだ》に見あってちいさな手を握りしめると、朗が弱々しく唇だけで笑った。

「正直、遊びにいってるときに、ふっと考えることあるよ。家族が大変なのにって罪悪感みたいなの持ったこともあるけど、それはするなってひかりちゃん、言ったから」

「するなって？」

「俺が落ちこんだり、遊ぶのやめても病気が治るわけじゃない。だからひかりちゃんのぶんまで、めいっぱい楽しんでおけって。ヘビーなことって、そればっか意識してるとほんとにしんどいし、そんな原因に自分はなりたくないって」

だから俺は平気。そんなふうに言う朗が、栢野には痛ましくてたまらない。

（そんなに必死になって、なんでもなくしてみせなくてもいいのに）

——ひかりちゃんのぶんまで、めいっぱい楽しんでおけって。

ひかりの言うことは、ある種もっともでもある。見舞いも制限し、必要以上に気を遣わず、明るく楽しくしていてくれと願った、それも親心ではあるのだろう。

だがそのおかげで大事な息子が、ひとまえで嘆き哀《かな》しむことをみずから禁じてしまうなど、ひかりも予想していなかったに違いない。

（泣いたり、落ちこんだりしたってかまわないのに）

ほがらかであれとつけられた名前に背かないよう、朗は必死に元気だ。どれだけその小柄な身体につらさや苦しさを抱えていても表には出さない。それが自分だからと、きゃしゃな肩を精一杯突っ張っているのが痛々しくてたまらない。

それでも、こうして自分を頼ってくれるようになっただけ、マシなほうだろうか。栢野はため息を呑《の》みこみ、素直なくせに奇妙にひねくれている朗をじっと見つめる。

「なに？」

小首をかしげる朗の頭を、栢野は無言でくしゃくしゃと撫《な》で、髪をかきまわした。唐突なそれに「やめろよっ」と朗はふくれた。

「なんだよ、そうやっていっつも、子ども扱い！」

「だから、ちょうどいいんだよ。手の置き場に」

「う、うるさい！」

身長差が二十センチ以上あることをからかうと、朗は目をつりあげた。

「これでも身長伸びてんだから！」

「へえ。じゃあ、ここ一年で、どれくらい伸びた？」

意地悪く笑ってやると、たっぷりの間をとったのちに「……一センチ」という返答があった。栢野がなにか言うより早く、朗はぷいと顔を背ける。

「成長期遅いひとは二十五歳くらいまで、伸びしろになる骨端線があるんだよ。この調子で伸びれば、二十五までには一七〇センチになるんだから」

「おまえ、それは贅沢《ぜいたく》だろう。今後も年間一センチずつ伸びる保証はどこにもないぞ」

さすがに笑いだすと、ますます彼はふてくされる。

「なんだよ、自分がちょっとでかいからって……ほんとに気にしてんのに」

「いいじゃないか、この間だって映画館で学割、いちばん安いので通っただろ」

「それは言うなっ！」

先日のデートの際に、朗は学生割引を使おうとしたのだが、学生証を忘れてしまった。あわてて一般料金を払おうとしたけれど、小さめの映画館だったせいか受付のひとは「今回だけよ」と笑って割引料金のみでいいと言ってくれた。しかしあとになって妙に安いと首をかしげた朗が確認してみたところ、それは中学生の料金だったのだ。

「屈辱だ……もう成人してるのに……」

　本気で悔しそうな顔をするから、栢野は喉奥を震わせて笑いをこらえた。そして同時に、しみじみと世代差を感じた。

（まだ、若く見られて嬉しいとかって感覚自体が、まったくないんだよな）

　背伸びをして、大人に見られたいと焦るほうが強いのだ。三十代の栢野からすれば、ほんの一瞬で終わる若さを堪能《たんのう》するほうが、よほどいいと思うのだが――それもいまの年齢だからこそ覚える感傷なのだろう。

「なんだよ、先生だって年齢不詳のくせに。伊勢《いせ》さんより年上のくせして、ぜんっぜん若いじゃん」

「私服が多いからだろ。あのひとみたいに、びしっとスーツってわけじゃないし」

　朗の叔父、昭生《あきお》の友人である弁護士、伊勢逸見《いつみ》と栢野は既知の間柄だ。以前、栢野が巻きこまれた面倒ごとの始末に伊勢が関わっていたという、あまり穏やかでない話を朗も知っている。

「伊勢さんの場合は仕事柄、若く見えないほうがいいんだ。俺はおまえらみたいなのに囲まれてるから、どうしてもね、こうなる」

　栢野が苦笑すると、朗はそっぽを向いたままぼそりと言った。

「……若作り」

「あ、それかわいくないよ？」

「ぎゃあ！」

ちいさな頭を摑《つか》んでぐりぐりとこめかみを圧《お》してやると、朗は笑いながら痛いと叫んだ。そこにはもう、さきほどの翳りはなく、屈託のないこの表情が曇らないように、栢野は自分ができることならなんでもしてやりたいと思う。

（でも、だからこそ……）

伊勢の名前を耳にしたと同時に、胸の奥にひっかかっている事柄を思いだし、栢野はこの日何度目かわからないため息を呑みこんだ。

「どしたの、せんせ」

朗は、栢野に乱された髪を撫でつけながら目をしばたたかせる。気配に敏感な彼のまえで、あまり気鬱《きうつ》を顔に出すまいと笑顔を見せながら、「いや、なんでもない」と栢野は言った。

「それより朗、きょう、うちにおいで」

「え……きょう？　なんで急に」

突然の申し出に驚いたように目をしばたたかせる。栢野は子どもっぽいその表情に、すこしばかり罪悪感を覚えた。

「ひとりでほっときたくないから、おいで」

「ひ、ひとりじゃないし、べつに、あーちゃんだっているし」

「昭生さんは、夜中まで仕事忙しいだろ。かまってあげるから、おいで」

母親の病状に心を痛めつつも、平気だと笑う朗は、相当な意地っ張りだ。それでも見舞いのあとにすぐ、栢野を探してわざわざこの場所を訪れたのが彼なりのＳＯＳだとわからないようでは、つきあっている資格はない。

言葉にならなかった理由を汲《く》み取ったのか、朗が困ったように笑いながら言った。

「でもさ、悪いよ。先生、忙しいだろ。俺なら平気だし」

「俺が平気じゃない」

あっさり断られ、むっとした栢野は前触れなくちいさな身体を抱きしめる。いきなり胸のなかに引きこまれて、朗は声を裏返した。

「な、な、なにっ？」

「どこまで、わかってんのかねえ」

驚きすぎた朗が抵抗できないのをいいことに、ぎゅうぎゅうと抱きしめながらぼやいた。

「彼氏に家にこいと言われて、なんで、ときたよ」

「えっ……あ、あわっ⁉」

そっと耳元でささやくと、しばらく経《た》ってからようやく意味を察したらしい。びくっと震えたあと、もがいて腕を抜けだした朗は椅子ごと飛ぶようにしてあとじさった。

「こ、こんなことしたら、まずいよ」

警戒気味に栢野を見る彼に「うん、まずいね」と栢野はうなずいた。

「じゃ、なんですんのっ」

「朗がつれないから」

動揺に染まった赤い顔で軽く息をはずませるのが、すこし可哀想で、かなりかわいい。強引に追うことはしないまま、朗が目を泳がせるのを見守った。

「おまえといっしょにいてやりたい、これも本音。でもさらに言うと、俺のほうがいっしょにいたいので、きてくれたら嬉しいと思ってる」

「う……」

してあげる、と言われれば遠慮がさきに立つ。けれどねだる形で言えば、朗はぜったいに断れない。案の定、困ったように唸《うな》ったあと『いいのかな』というように上目遣いでこちらを見た。

「きょうはあと授業ひとつだけだし、六時には家に戻れるから、うちで待っててな。鍵持ってるだろ」

「でも、泊まるの無理だよ……平日だし」

「わかってるよ。それでも、おいで」

重ねて言うと、しばらく逡巡《しゅんじゅん》したあと、こくんとうなずいた。彼の手が栢野の服をきゅっと摑んでくる。頼られるあまさに酔いながら「かわいいな」と笑うと、朗は真っ赤になった。

きょときょとと目を動かす彼がかわいくていとおしく、そっと周囲をうかがった栢野は、健康そうな額に唇を押しつける。「わ」と朗が声をあげるから、栢野は噴きだすのを必死にこらえる羽目になった。

「もちょっとこっちおいで、朗。逃げないで、もっぺん抱っこさせて」

今度は強引に抱きしめるのではなく、ちょいちょいと手招く。一瞬だけ毛を逆立てた猫のようにびくっとして、そのあとおずおず身を寄せてきた朗を、栢野は包むように抱きしめた。

(ほんと、かわいい)

首まで赤くなりつつ、こうして抱えこまれるのが好きな彼は抵抗する気配もない。

「相変わらず、抱き心地いいね？　朗」

ひそめた声は、朗のちいさな耳元でささやかれた。さらに赤くなりながらも、ねだられたことを断れない彼はじっとおとなしい。

「き、聞こえるよ」

「誰に？」

もうとっくにそれ以上のことをした間柄なのに、朗は可哀想なくらいに硬くなり、息を呑んでいる。うぶでかわいい恋人のやわらかい頬《ほお》へと唇を移動させると、慣れないくせに悩ましげな声をあげる。

「せんせっ……」

「聞こえるよ？」

うろたえる彼がもがく。逃がさないように抱きしめなおし、今度は唇にキスを落とした。ほんの一瞬だけのあまい接触に、朗は額まで真っ赤になり、どんと栢野の胸を両手のひらで突き飛ばした。不意打ちに「おっ」と声をあげて離れると、唐突に立ちあがった朗は、クラフトボックスを指さして叫ぶ。

「それっ、手作りだから早めに食べて！　あっためるなら、チンするとぐにゃぐにゃになるんで、オーブントースターで焼いてください！」

「はいはい」

にやにやと栢野が笑うと、朗は目をつりあげた。「それじゃ！」と声をうわずらせ、駆けだしていく。しばらくしてから「わっ！」と叫ぶ声が聞こえた。おそらく焦って飛びだしたせいで、誰かとぶつかりでもしたのだろう。

「かっわい……」

くすくすと笑って散らかっていた机のうえを片づけた栢野は、朗の持ちこんだクラフトボックスに目を止めて、忘れないようにと腕に抱える。

そのとき、ポケットにいれておいた携帯電話から、メールの着信音がした。くぐもったそれを耳にしたとたん、栢野の唇に浮かんでいたあまい微笑はすっと消える。

デフォルトの着信音が数回繰り返される間、軽くポケットのうえからそれを押さえ、無表情にその場で立ちつくす。やがてとぎれた着信音が聞こえていたのは、時間にすればほんの数秒間だというのにひどく長く感じられ、栢野は目をすがめた。

画面を確認するどころか、ポケットからそれを取りだすことすらしないまま、その場をあとにする。

廊下に出て、生徒らに会釈されながら穏やかな笑みを浮かべていた栢野の目が、まったく笑っていないことには、誰も気づいた様子はなかった。

＊　＊　＊

予告した時間よりすこし早く、栢野が自分のマンションへ帰宅すると、鍵を開けた音に気づいた朗が「おかえり！」と玄関まで飛んできた。

「いらっしゃい。お留守番、ご苦労さん」

靴を脱ぎながら朗の頭をくしゃくしゃと撫でてやる。学校でそうしたときとは違い、首をすくめてくすぐったそうに笑った。

「腹減ったろ。すぐ作るから、待ってな」

ジャケットを脱ぎ、袖《そで》をまくりながら栢野が玄関に隣接した台所に立とうとすると、あとを追いかけてきた朗が口早に言った。
「あ、ごはんあるよ」
意外な言葉に「作ってくれたのか？」と驚けば、彼は「まさか」と苦笑した。
「時間あったから、いっぺん家に戻ったんだ。そしたらあーちゃんが、いつもごちそうにな
ってるから、持ってけって」
こっちきて、と腕を引っぱられて向かった居間のテーブルには、タッパーにはいった料理
がいくつか並んでいた。
「うわすごいな。ミートローフ、これ自家製か？　こっちなに？」
「店でよく出す、イモピザ。オーブントースターで焼けばいいだけになってる。あと、こっ
ちはシーフードサラダと自家製ドレッシング」
店のメニューで仕込み済みのものをわけてもらったと朗は言った。
「パンだけは、くる途中で焼きたての買ったよ。ほかのあっためればすぐ食べられる」
「ありがと。すぐいただこうかな」
あたためて器によそうだけの作業だったけれど、朗は妙に嬉しそうだった。平気だと言い
張っていたけれど、ひとりでいたくはなかったのだろう。鍵を開けたとたん、ほっとしたよ
うに笑ったのを栢野は見逃していなかった。
「朗？」

「ん？　イモピザ、もう焼けるよ」

皿を持ったまま、忠犬よろしくオーブントースターのまえでじっと待っている彼に、もう一度「朗」と声をかける。なあに、とでも言うように目をきょろりと動かして振り返った彼に、不意打ちでキスをした。一瞬ぽかんとなった彼は、「はわっ」と叫んであとじさる。

「はは、間抜け顔」

皿を手にしているせいで身動きが取れないのをいいことに、鼻の頭を指でつつき、そこにも唇を落とす。茹《ゆ》であがった朗の頭に顎《あご》をのせ、頭を撫でたり髪をいじったりと好き放題かわいがっていると、さすがに朗が「先生なにしてんの？」と怪訝《けげん》そうな声を出した。

「朗くんをかわいがってる」

「じゃなくて……変だよ。どしたの？　いつも、さすがにここまでスキンシップ激しくないじゃん。やっぱりなんかあった？」

「……ばれたか」

顎のしたからじっと大きな目で見つめられ、栢野はため息をついた。ふわふわと朗の髪を揺らしたそれに、彼は眉《まゆ》をひそめた。

「俺、いるほうがいい？　いないほうがいい？」

「ぜひに、前者でよろしく」

朗は、こくん、とうなずいた。ふだん、じゃれるようなスキンシップや愛撫《あいぶ》には叫んで逃げだすくらい照れ屋な彼が、栢野の腕のなかにすっぽりはまったままおとなしくしているのが新鮮で、頼りないやわらかさがある身体を一度だけ強く抱きしめる。

しばらく無言でいたところ、オーブントースターのタイマーが『チン』という音を立てて止まった。それを機に、栢野は「うん」と言って身体を離す。

「充電も完了。あとはごはん食べながら話すよ」

「……うん」

さっきまでぎゅうぎゅうに抱きしめていたというのに、朗は照れるどころではなく、顔中に『心配』と貼りつけたままイモピザを皿に移している。

「きょう、きてくれてちょうどよかった。電話しようと思ってたから」

火傷《やけど》しないよう真剣な背中にそう告げると、「え、なんで？」と朗が振り向く。反射的に、こちらはレンジであたためていたミートローフを並べるふりで栢野は視線を逸《そ》らした。

「話は食事しながらにしよう。ほら、お皿運んで」

「あ、うん」

不安そうに眉をさげた朗は、早足で居間へと向かう。昭生は適当料理だ、などと言っているらしいが、さすがに店で出すレベルの料理は非常に美味で、しばらくはお互いに無言でミートローフを崩し、サラダをつつく。さきに口を開いたのは、もくもくとパンをちぎって口に運んでいた朗だった。

「あの。話って、なに？」

沈黙に耐えられなくなったのだろう。緊張した面持ちで、大きな目をいっぱいに見開いている。母親の容態が悪く、不安がっているところにこんな話を持ちだした自分を呪《のろ》わしく思いながら、栢野は内心舌打ちしながら、用意していた言葉を並べた。

「ここんとこ、じかに会うのちょっと減ってただろ？」

「うん。いまのカリキュラム、栢野せんせの授業がないし」

近ごろ学校で朗を見かけなくなったのは、関係がばれないよう、なるべく顔をあわせないようにつとめていることだけが理由ではない。二年後期になって実習が増え、同じ校舎にいることもすくなくなっていた。そのため、もっぱらメールや電話でやりとりをし、週末には栢野の自宅に招いたりしていた。

しかも保護者に関係がばれているため、泊まらせるのは数回に一度。正直いって、毎日べったりしたあげくに数カ月も経てば破局する、朗の世代の『つきあい』と照らしあわせれば、信じられないくらいに会っていないことになる。

――仕事だろ？　しょうがないじゃん。

ふだんですら文句も言わず聞きわけのいい朗に、これを言うのはつらい。けれども、それこそしょうがないのだと意を決して、栢野は口を開いた。

「じつは、しばらく会えそうにないんだ。週末も無理だと思う」

朗の顔が曇った。さきほどまでふざけて笑っていた、あの明るさはみじんもないまま、表情豊かな目でじっと見つめられ、栢野は胸がちくりと痛むのを感じた。

「……えっと、理由、訊《き》いてもいい？」

耳によみがえるのは、数日前、伊勢から受けた忠告だ。

――朗は隠しごときらいですよ。へたにごまかすほうが傷つくと思いますけど。

伊勢が言わんとするところはわかる。それでも、明るく見えて繊細な恋人の心を必要以上に乱したくないと思うのも事実で、栢野は我ながらいやになるほどうまくなった嘘を、さらりとついた。

「昼間も聞こえてたよな？　この時期は進級だの、転科だの、卒業の単位不足だのって相談ごとが山積みなんだよ。たまった仕事片づけるのに休みの日も返上しないとだめっぽい」

もっともらしい言い訳に、朗は食いさがってきた。

「返上って、なんで？　それ、家でできないのか？　そばにいるだけでもいいよ、俺、じゃましないよ」

小動物めいた大きな目で見あげながら、健気《けなげ》なことを言わないでほしい。ぐらぐらと揺さぶられる理性と、彼のためとはいえ嘘をつく罪悪感に同時にさいなまれつつも栢野は微笑んでみせるしかなかった。

「家では無理。単位不足のやつらのための補講あるから、出勤しないといけないんだよ」

「あー、そっか……」

ただでさえ細い肩が落ちて、しょんぼりと頼りなくなる。そんな顔をされるのは本当にたまらない。さきほど自分の手で乱した、朗のくせのある髪をやさしく撫で梳《す》いたついでに、栢野はやわらかい頬へと触れた。

「しばらくの間だから。おまえも、就活あるだろ」

「う、ん……まあ」

夏ごろまで、就職は一般事務でと言い張っていた朗だけれども、栢野が尻を叩いてイラストレーションの公募にいくつか作品を出したところ、そこそこの賞を取ることができた。企業の公募で、それほど大きな賞ではなかったが、彼自身の創作モチベーションをあげることには成功し、できればイラストの仕事もできるほうがいいと考え直したらしい。

とはいえ、イラストレーターとしてそう簡単に身を立てられるわけでもなく、この就職難の時代に専門学校卒では、あまり多くを望めない。

栢野自身、学生時代の友人たちと『エスシティコス』という総合デザイン会社を運営していて、広告代理店の下請けやテレビCMのイメージボード作成、書籍の装丁など、幅広く請け負っている。

しかしまだまだ駆け出しの零細企業で、各々が副業を持ちつつ会社を維持している状態であり、栢野が講師を続けているのもそのためだ。

「俺自身、デザイン業界で生きていくのが厳しいのは知ってる。それでも、やりたいことをやってるぶん、充実はしてるし努力してほしいと続けようとした栢野の声を制するように「あのっ」と朗が大きな声を発した。驚いて顔をあげると、緊張した顔の朗が口早に言った。

「じつは、しーちゃ、……父がやってる会社の、パッケージ部門にはいらないかって」

「え？　そうなのか？」

相馬家が経営する会社は、もともと輸入販売の中小企業だったのだが、十数年前に『サボン・ジョヴィアル』という天然素材のせっけんをヒットさせたことで一躍有名になった。

現在ではコンビニ御用達の自然派コスメ商品なども手がけていて、不況時にもまずまずの業績をあげている。

「いい話じゃないか。それなら心配ないだろう」

栢野が微笑むと、「でも、コネだよ？」と朗は気まずそうに上目遣いになった。

「コネでなにが悪いんだ。もともとヒット商品のパッケージデザイナーだろ」

「あれは、親ばかなだけだよ……」

まだ口コミで『サボン・ジョヴィアル』を売りはじめたばかりのころ、パッケージに使われていたのは幼い朗が描いた絵だった。少年が笑っているようなそのイラストは、イメージキャラクターとして現在も流通している。

「ばか言うな、十年以上売れ続けてるヒット商品に使われたイラストを描いたのは、立派な実績だよ」

デザインリニューアルをすることで巻き返しを図るのがいい例だが、パッケージひとつで売れなくなる商品もある。しかも幼い朗にはとくにデザイン料などは支払われていなかった。

「長年流通している商品のイラスト使用料となれば、本来ならすごい金額になるはずだ。それを無料で提供してたんだから、経費の面でもお父さんは助かったはずだ。立役者として、胸を張って就職すればいい」

栢野の言葉に、朗は渋々ながらうなずいてみせた。

「チャンスがあるならそれを活かせよ。新しいパッケージだって提案してみればいいだろ」

発破をかけると、「簡単に言うなよなあ」と彼はうめいた。

「そりゃ、そうだけどさあ。ほんとに俺、やってけるのかな」

手慰みに描いたイラストがヒット商品となっている事実こそが朗にとってはプレッシャーなのだ。だがここでしりごみしている場合ではないのだと栢野はたたみかけた。

「コネに気が咎《とが》めるなら、親の七光りだって言われないくらいにちゃんと働いてみせればいい。最終的には実力勝負だよ。どこの会社にはいったって、それは同じことだろ」

これといった野心もなく、自分に自信もない彼には厳しい選択だろうかと思っていたが、意外にも朗はあっさり「まあ、そうだよな」とうなずいた。

「どっちにしろ、もともと事務仕事でかまわないって言ってたんだし。だめもとで当然か」

「そうそう、その意気」

がんばれ、と頭を撫でたけれど、照れて振り払われることはなかった。しばらく会えないと告げた言葉を噛《か》みしめているのがわかり、栢野は眉をかすかにひそめる。

「朗、そんな顔するなよ」

テーブルを押しのけ、朗が座っていたほうのソファに移動する。やわらかい頬に手を添えて、うなだれる顔を持ちあげる。視線だけ逸らした朗は、拗《す》ねたように唇を曲げていた。

「……そんな顔って、どんな顔」

「しょげた顔。慰めたくなるだろ」

そっと唇を吸うと、おずおずと噛むように動かしてくる。まだまだぎこちない口づけだけれど、そのぜんぶを教えたのが自分かと思えば、どうしようもなく身勝手な満足感を覚えた。本当は貪《むさぼ》るようにして味わいたい。喉の奥までいれる勢いで舌を含ませ、我慢できずに身をよじる、そんなさまを見てみたい。

(そんなことしたら、泣くよな……間違いなく)

経験の浅い朗が怯《おび》えないよう加減をしてはいるけれど、欲求はうごめく舌の動きに滲《にじ》んでしまったのだろう。「くふ」とちいさな声をあげて朗がゆるくかぶりを振る。もうキスをやめたいという合図に渋々唇をほどいたけれど、細い身体をあらためて強く抱きしめた。

「あ、やっ……」

「……していい？」

腰を撫でてうながすと、びくっと朗は身体を強ばらせた。そして自分の過剰な反応に驚いたように目をまるくして、困惑顔で栢野を上目遣いに見つめてくる。

「あの！　きょう、泊まるって言ってきてないから、だからっ」

首筋に顔を埋《うず》めた栢野を正気づかせたのは、朗のうわずった声と、かすかなにおいだった。深々と息をついて興奮を逃がすと、栢野は抱きしめていた腕をそっとほどいた。あっさりと解放されて、朗は、驚いたように顔をあげた。

「そんなにびびらなくてもいいよ。無理になんて、ぜったいにしないから」

本当はしたいけど、しないから。呑みこんだ言葉に苦笑いして、栢野は朗の頭をくしゃくしゃと撫でてやる。腕のなかでうつむいた彼は、所在なさげに自分のボトムについた飾りポケットをいじっていた。

「でも、あの、やなわけじゃ、ないんだけど、あの……」

「ひかりさんが心配なんだろ。わかってるよ」

さきほど一瞬で栢野の頭を冷やしたのは、彼の服にしみついた強い消毒薬のにおいだ。むしろ、状況を忘れて盛りをつけた自分に対して情けなく思った。

「謝らなくていい。こっちこそごめん。しないから、安心して」

「う……」

ぎゅっと抱きしめると、朗はさきほどとは意味あいを変えた抱擁に安心したように息をつく。小柄で痩《や》せているのに、力を抜くと、とたんにやわらかくなる身体を腕のなかで包んで、栢野はこっそり苦笑した。

（ほんとに、お子様だ）

同じ年齢でも、たとえば彼の友人である冲村功《おきむらこう》などは、男として成熟しかかっている。恋人をまえにすると、ときおり欲望にぎらついた目が隠しきれていないほどだ。

それに較《くら》べると朗はまだまだうぶで、覚えたばかりの経験に臆《おく》することも多い。教えこむ愉《たの》しみもないわけではないが、ときどきもどかしい気もしていた。ことにストレスを抱え、しばらく会えないのが確定しているいまだからこそ、抱いて安心したかった。

（でも、俺だけ満足してもね）

強引に求めれば応《こた》えてくれるだろうとはわかっているけれど、本当の感情を抑制することの多い朗に無理強いをしたくはないし、これ以上の我慢をさせると想像しただけで萎《な》える。

奪うのではなく与えるだけ与えて、満足しきった朗を愛でていたい。栢野はそういう愛しかたが好きだ。朗がこの腕のなかで安心して笑っていてくれないのなら、栢野にとって抱きあうことには意味がなかった。

「片づいたら、うんとデートしような」

あえて軽い口調で告げると、「……うん」と朗は胸に顔をこすりつけてくる。

「ちゃんと、お泊まりこみだぞ」

「う、うん」

「そのときは、セックスするよ？」

からかうように念を押すと、うなだれていた首筋が、さっと赤く染まっていく。いまどき、こうも初々しい反応をする相手はめったにいない。栢野がなかば感心していると、朗はあわてたように腕を突っ張り、抱擁から逃れた。

「えっと、ほんとに時間遅いから、帰るね」

言いながら、足下に置いていた鞄を拾いあげ、帰り支度をはじめる。

へたくそな言い訳をしながら目を逸らす彼に、栢野は「そう？」と眉をさげた。腕のなかにいたやわらかいものが離れて、なんだか肌寒さすら覚える。

「送っていこうか？」

「いい。先生疲れてるし、電車、まだあるし」

「でも、もうちょっといっしょにいられる」

朗はその言葉に、はっと顔をあげた。本当はまだ帰したくないのに。そんな気持ちで栢野がじっと見つめると、視線の意味を察した朗はキャスケットをかぶって顔を隠し、もぞもぞと足先をもじつかせた。

「……帰れるうちに、帰りたい」

「ごめん。俺、困らせた？」

さすがに押しすぎたかと、栢野は苦笑した。だが朗はぎゅっと帽子の端を握ったまま、やけくそのように言った。

「じゃなくて！　このままだと帰りたくなくなるから！」

「え」

「だから、いま帰るっ」

セックスは怖いくせに、嬉しがらせを言うのは天然だから困る。「ああ、もう」とちいさくうめいた栢野は、鞄ごと朗を抱きしめ、キャスケットのうえから強く唇を押し当てた。

（ずるいなあ）

してやられた気がするけれど、ここはとりあえず、逃がしてあげるしかないだろう。なによりこれ以上いっしょにいると、さすがに自制が効かない可能性も出てくる。きれいごとを言ったところで、朗が本気で拒んでさえいないのなら、栢野のストッパーはないも同然なのだ。

「待ってあげるのも限界あるから、次は覚悟決めてきて」

「せっ、せんせーが、そういうことばっか言うから！」

真っ赤になった朗は、叫んだと同時に栢野の足を思いきり踏んだ。「痛っ」とうめいたすきにするりと腕から逃げていく。

「んじゃ、またね。送らなくていいからね！」

「……はいはい」

ぱたぱたと玄関まで走って逃げる朗に手を振る。「お邪魔しました」と礼儀正しく言いつつも、最後まで目をあわせようとはしなかった。

ドアが閉まり、さきほどまで明るかった部屋がすこし、暗くなった気がした。それでも朗の気配がそこかしこに満ちている。

「からかいすぎたか」

ごまかすのがへたくそすぎる恋人は、本当にかわいらしい。くすくすと笑っていると、テーブルのうえに置いた携帯がメールの着信メロディを奏でた。一瞬身がまえたけれど、朗専用に設定されたゲーム音楽に気づいて、ほっとしながらメールを開いた。

【言い忘れ。会えないのはさみしいので、ちゃんと暇になったら連絡よこしてください】

意地っ張りの朗らしく、ふくれ顔の顔文字つきだ。思わず笑みこぼれた栢野は、しかし受信フォルダにずらりと並んだメールの文字列を見て、すぐに表情を引き締めた。

「こっちを、どうにかしないとな」

無視し続けていたメールの着信画面には、【連絡ください】という件名のものが、ずらりと並んでいた。日によっては数分おきの場合もあるけれど、きょうのぶんはいよいよ危うげで、【さっき薬のみました】【頭がくらくらしてます】という、ぞっとするものも合間に混じり、栢野はきつく顔をしかめて冷ややかに吐き捨てた。

「勝手に薬飲むなら、飲め」

メールの送り主、錦木《にしきぎ》有一《ゆういち》の存在は、栢野の苦い過去そのものだ。

前職だった専門学校の講師を続けられなくなった原因である有一は、一見するとはかなげな美青年だが、実体は容姿のよさと手先の器用さによってちやほやされた、わがまま放題のだだっ子だ。

見た目の繊細さと頼ってくる態度にだまされ、ああまで地雷系なのを見抜けなかったのは、数年前の自分があまかったのだとしか言いようがない。

しかも栢野と別れたあと、彼はなんの成長もしなかったと見えて、去年の夏につきあっている男との仲を親に反対され、性懲りもなく似たような大騒ぎを起こした。

——許してくれないなら、駆け落ちする！　そうじゃなきゃ、死んでやる！

親に対して、かつて栢野と別れた際に持ちだした脅し文句をまたぞろ持ちだしたと伊勢から聞かされたとき、栢野は冷めきった気分でこう吐き捨てた。

——バリエーションのない男ですね。

どうせ死ぬ気もないくせに、という言葉は言わずとも聞こえていただろう。伊勢はなんともつかない顔で苦笑いしていたのを覚えている。

数年前、栢野が専門学校の不正事件絡みでトラブルに巻きこまれ、結果として有一とのことが明るみに出て、彼は狂言自殺を起こした。

去年、別の男と別れた際にも同じ手を使ったと聞いたときは、ただあきれた。自分のときと同じく、過保護な親が大騒ぎしたせいで引っこみがつかなくなったのだろう。

——有一が死んでしまいます。栢野さんとしか話をしないと言うんです。

いっさい関わりたくないと何度も拒んだが、本当に死んだらどうするとほとんど脅迫され、渋々説得しに向かったときの不毛な会話は、思いだしたくもない。

それから一年以上、栢野は有一と一度も顔をあわせてはいない。説得を条件に今後いっさい関わりたくない旨も伝えてきたし、場合によっては法的措置を執るとまで言った。

有一と別れたあと、住んでいた家を引っ越し、電話番号も変更した。しかしこのメールを防げないのは、これがＰＣ用、会社のサイトで連絡用として公開し、携帯に転送するよう設定しているアドレスだからだ。講師の仕事だけでなく、フリーデザイナーとしての仕事の依頼がくることもあるため、アドレス変更をするわけにはいかない。

またあちらからの受信を拒否しても、数日経つと拒否に気づいた有一がアドレスを変えて送ってくるため、完全なシャットアウトをできずにいる。

しかしなぜ、このタイミングで執拗《しつよう》に連絡をしてくるようになったのか。

「どこからか、俺が朗とつきあってることでもばれたか？」

理由はそれ以外に考えられない。つきあっているときも嫉妬《しっと》深くて、ほかの生徒と口をきくのすらいやがったほど執着心と依存心の強い彼のことだ。すでに別れた相手とはいえ、栢野が他人のものになるのが我慢ならないのだろう。

ストーキングでもされたか――もしくは、なんだかんだとあまい親にねだって、素行調査でもやった可能性はある。

メールが届きだしたときから伊勢には相談しているけれど、ここ数日とみに執拗になってきた。本気で接近禁止について念書をとるなりしてもらうほうがいいだろう。

「ヘタしたら、今度こそ本当に裁判だな」

物騒な話になりそうだ。つくづくとんでもない相手と関わってしまった過去の自分を呪っていた栢野は、携帯のフラップを閉じたところではたと我に返った。

「しまった、朗に返事」

メール作成画面を開き、手早く【了解。連絡待ってて】と返信する。

正直、栢野自身はメールは携帯よりもパソコンのほうが楽だと思うし、いままでつきあった相手にもこまめに返信するようなこともなかった。着信後、数分以内で返信しないとマナー違反と見なされるという若者特有のルールも、どうにもなじめないと感じていた。おかげで、メールの返事が遅いと文句を言われてうんざりしたことは多々ある。

けれど朗に対しては、まったくその面倒くささを感じたことがない。

――仕事あるだろうし、無理して返事しなくていいよ。俺も用事なかったら、なるべく送らないようにするしさ。

はじめてメールアドレスを交換したとき、さらっとそう言われたのが原因だ。

朗は口では生意気を言ったりするけれど、本当に相手がうんざりするようなわがままなどを口にしたことがない。むろん、メールの返信について文句を言ったことも一度もなかった。

彼の叔父の昭生がそもそも携帯もメールも嫌いで、他人に返事を強要されることをいやがるため、〝オトナ〟のなかにはメールが苦手な人間がいることを理解しているのだそうだが。

(三歩さきくらい、気を遣ってんだよなあ、あれは)

病弱な母。忙しく、母推奨の愛人がいる父。面倒を見てはくれるけれども、繊細すぎる叔父。朗はそんな周囲に囲まれたせいで、無邪気なふりが上手な大人びた青年になった。

まだまだうぶで、幼くて、そのくせこちらが怯《ひる》むくらいに健気な芯の強さも持っている。

彼自身に告げたこともあるけれど、本当にその懸命さは、見ていてたまらなくなる。

会えないと告げたとき、朗は案の定、「いやだ」とただを捏《こ》ねることはしなかった。ああいう反応をされるたび、朗の子どもっぽさが見せかけだけだとわかる。

だからこそ護ってやりたくなる、などと言おうものなら、子ども扱いするな、ばかにするなと怒るだろう。

(言えば、理解はするんだろうけど)

栢野とて、未熟ながら自分の足で立とうとしている心も、ちゃんと尊重はしてやりたい。だが、かつて有一の件で裁判一歩手前まで至ったことを鑑《かんが》みるに、楽観視はできないし、将来を見据える大事な時期に、朗をごたごたに巻きこむような真似はしたくない。

なにより栢野が危惧《きぐ》しているのは、母親のおかげで死というものに敏感な朗のまえで、自殺をほのめかされでもしたら最悪だからだ。

かつて栢野と別れたとき、有一はせいぜい手首をうっすら切って見せる程度のことしかしなかったが、目のまえでやられたため、精神的なダメージはひどかった。

あんな真似を朗にやられたらと考えるだけで、身体の芯から冷たくなる。我慢強すぎる恋人は、そんなの平気だと笑いながらきっと限界を超えるまで耐えてしまうだろう。

夏まえ、朗は喜屋武《きゃん》という男から脅迫されていた。合成写真を友人のハメ撮りだとだまされ、誰にも言えずに痩せて怯えきっていた朗のことは、記憶に新しい。

(そんなこと、させてたまるか)

思いに沈む栢野の手元で、ふたたび携帯が振動する。速攻の返信は朗からだった。

【お仕事がんばれ!】

メールの本文は、その短いひとことと、エールを送るアニメーションの絵文字だけ。自分のことを語り尽くし、わかってくれと押しつけてきて当然の年齢なのに——本当は誰よりあまえたい感情が強いはずなのに、気遣いのひとことだけで終わらせてしまえる。

「……もうちょっと、わがまま言いなさいよ」

ものわかりがよすぎるのも寂しいとは、こちらのほうがよほどわがままかもしれない。苦笑して、栢野は決意を新たにする。

(ごめんな。片づくまで、会わないよ)

あのやさしい子を傷つける可能性のあるものから、できる限り遠ざけておきたい。

どうか理解してくれと思いながらメールの画面を指でなぞる。錯覚だと思うけれども、冷えきった指先がほんのりとあたたまった気がした。

＊　＊　＊

栢野と会えなくなってから二週間が経過した。

なにも変わらないまま日々はすぎ、朗はテンションの低さを全身で表しながら、実習室で卒業制作のための絵をせっせと描いていた。

朗が作ろうとしているのは、童話をモチーフにした手描きイラストを、飛びだす絵本のように切り抜いて立体化させ、ジオラマふうにしあげたものだ。

ハイライト場面を選んで四つに絞ったが、それでもかなりの大作になる。

以前、ムラジといっしょにゲームを作っているミヤに頼まれ、実写と合成する3Dアニメーションの舞台に『白雪姫』のミニチュアハウスを作ったことがあり、それが面白かったため、あれのアレンジしたものを作ってみたかった。

選んだ話はアンデルセンの『スズの兵隊』。錫《すず》でできた一本脚のオモチャの兵隊が、不運な偶然で家から飛ばされたあげく、あちこちを彷徨《さまよ》って家にたどりつくけれど、「もういらない」と暖炉で燃やされてしまう。そこに彼が恋した紙の踊り子の人形が偶然風で飛んできて、ふたりともに燃え尽きる、という哀しい話だ。

朗はそれをちいさいころに読んだとき、なんで哀しい終わりになるんだろう、といやな気分になった。なので今回作っている作品では、ラストを結婚式に変更した。

（やっぱ、ハッピーエンドがいいもんな）

ひとりうなずきながら、ラストシーン、一本脚の兵隊が踊り子と幸せそうに踊る部分のラフを何枚も描いた。だが嬉しそうなふたりの絵が描けず、朗の顔も、およそ幸せなものではなかった。

どう描いても哀しげな顔になってしまうのは、完全に気分が反映しているらしい。朗は舌打ちして、ラフ用のカンプ紙を破り、くしゃくしゃと丸めた。

「だめだあ……」

ちいさくつぶやいて、鉛筆を放りだす。机に突っ伏してうんざりとため息をついたところで、昼休みにはいることを知らせるチャイムが鳴り響いた。昼食のため、その場にいた全員がわらわらと動きはじめるけれど、朗は動く気力がなかった。

「あれ、相馬、飯は？」

「え、うーん……お腹空《なかす》いてないし」

どうでもいいや、と机になついていたところ、声をかけてきた同じ専攻の彼は「ふうん」とあっさり去っていく。そのままふて寝しようかと思っていたけれど、机のうえに出しっぱなしだった携帯がバイブ機能のおかげで振動しながら躍りだした。

【お昼いっしょに食べよう。食堂でムラジくんと待ってるからね】

史鶴《しづる》からの呼び出しは、めずらしく朗の返事を求めない、一方的なものだ。しかし、それもしかたがないかと顔をしかめる。

（きのうもおとといも、ずっとつきあわせちゃったもんな）

栢野にしばらく会えないと言われ、わかったとは告げたものの、朗はすこしばかり落ちこんでいたが、それでも平日まともに会えないのには慣れていた。

滅入るのは、週末。ぽっかり空いてしまった予定のない休日を持てあまし、それが二度目になった時点でどっと寂しさがこみあげてきた。

暇だから遊んでほしいと頼んだところ、ふたりとも忙しいはずなのに、わざわざ時間を空けてストレス発散のカラオケや買いものにつきあってくれた。

ありがたいとは思うけれども、うっかり事情を話してしまったのはよけいだったかもしれない。完全に気を遣われてしまっている。

（ほっといてくれていいのになあ……）

とはいえ、こういう強気な史鶴に逆らうと、あとが怖い。はあ、と肺から空気を出し尽くすようなため息をついて、朗はのろのろと立ちあがった。


「……七回目」

「えっ？」

「ため息の数だよ。席に座ってからだけでも、七回目」

突然の声に顔をあげると、うどんを食べていたはずの史鶴が手を止めてじっと朗を見ている。目があうと、彼は困ったように苦笑してみせた。

「そんなにへこむなら、いいこぶらないで、素直に会いたいって言えばいいのに」

やっぱり突っこまれた、と思いながら、食欲のない朗は売店で買った卵サンドをもそもそと咀嚼《そしゃく》した。

「だって先生も忙しいしさ。俺みたいに面倒かける生徒、いっぱいいるだろうし」

「相馬……」

明るく振る舞っているけれど、しょげているのは一目瞭然《りょうぜん》らしい。史鶴もムラジも心配そうにしていて、朗は大丈夫だと強がりを言った。

「夏前には迷惑かけまくったし。ひとりで、ちゃんとしてなきゃだめじゃん。それにもともと、そんなにしょっちゅう会ってたわけじゃないし」

「だからよけい、会えないときついんじゃないの？」

意地っ張りだなあ、と史鶴はあきれたように言った。それでも、ちゃんとしなきゃ――というのは本音でもある。

面倒見のいい栢野は、頼られたり面倒をかけられても決して不快そうな顔を見せない。それでも、恋人としてつきあうようになってから、疲れた顔を垣間《かいま》見ることが増えた。

単位をなんとかしてくれ、と栢野に丸投げしていた生徒の声は聞こえていた。自分の将来がかかっているのに、いつまでも大人にあまったれた態度をとっていられるわけはないのに、ああして言える神経がわからない。そう思ったとたん、言われたのだ。

――ちょっとまえのおまえみたいなの相手にしてたからね。

冗談めかした栢野の言葉にひどいとむくれて見せたけれど、本当はぎくりとした。

(俺も、あんなふうに見えたのかな……見えたよな)

ぼんやりした想像しかできず、これといった目的もなく。事務仕事ならひかりの看病をしながらでもできるだろう、そんな程度の浅い考えしかなかった朗を、根気強く説得し、道はあると教えてくれたのは栢野だ。

「会えないのはきついよ。でもわがままはもう、言わないんだ」

きっぱりと朗が言うと、史鶴はかすかに眉をひそめた。心配はいらないと、おおげさなくらいに明るい声で朗は言った。

「それにほら！　俺も、卒制やんなきゃだしちょうどいいかも。あと一応、入社試験っつか面接あるし。しーちゃんに、ポートフォリオ作って持ってこいって言われてるから」

自身の作品をファイリングしてまとめたポートフォリオは、美術系に属する学生ならば就職活動時の必須アイテムとなる。提出されたものでまとめあげるセンスや美的レベルも計られるため、ただの作成歴としてのファイルではなく、ポートフォリオ自体が作品として見せられるような、作品集としてのレベルの高さも要求される。

いろいろ忙しいから、と笑ってみせると、ムラジが首をかしげた。

「でも、相馬くんの就職、もう決定なんだろ？　簡単に作ればいいんじゃないのかな？」

「それは俺がいやだよ。やっつけでなんて、いかにもコネ入社ですって自分で言うようなもんじゃないか」

ムラジは「なるほど」と感心したようにうなずいた。

「具体的にどんな感じか、決めてる？」

「俺パソコン苦手だし、作品も手描きが多いしさ。こうなったら、市販のクリアファイルとか使わないで、ぜんぶ手作りで製本しちゃおうかなって思ってる。見だしのサムネイルだけは、写真撮るかスキャンしてレイアウトしようと思ってるけど」

「ああ、いいんじゃない？」

その後は、どういう紙を使ってどうレイアウトするかなどの相談に終始した。

史鶴やムラジはさすがにアイデアも豊富で、とくに同人誌活動も長いムラジは紙類にも詳しく、見栄えがするのはどの紙か、製本しやすいのはどんな紙で、どれが丈夫かなどを、紙見本もないのにすらすらと教えてくれ、選ぶときにはつきあってくれるとも言った。

「スキャニングと出力の色調整は、手伝ってあげるよ」

「なんなら、パソで見だし部分作ってあげるし」

それぞれが協力を申し出てくれて、朗は「ふたりとも忙しいのに」と恐縮したけれど、彼らは笑って「気にするな」と言った。

「ぼくはそもそも就活ないからね」

「俺は、卒業後はしばらく、フリーター状態決定」

「え？　でも史鶴は、もういろんな仕事きてるだろ？」

すでにアニメーション作家として有名だろうにと朗が目をまるくすると、「まだこれだけで食べていけるレベルじゃないよ」と史鶴は苦笑した。

「何社かにシナリオ送ってみてる。ほかにもいろいろやってるけど……駆けだしだから、ほんとにぼちぼちだね。ムラジくんみたいにバリバリやりたいよ」

「ぼくのほうだってまだまだだよ。会社のほうも、準備段階だし」

仲間内ではもっともプロとしての活動が早かったムラジは、現在、同人ゲームサークルを会社にするべく準備をしているところだ。といっても、同人ゲーム自体はすでに全国の同人取り扱いショップで販売もされているレベルの彼にとっては、正式にスタジオをかまえ、法人手続きをするかしないかといった差でしかない。

「とか言って……挿絵したラノベのアニメ、また決まったじゃん」

「そ、それは、同じ作家さんの作品だからで……気にいってもらえたから。たまたまだし」

ご謙遜《けんそん》をとからかうと、ムラジはいつものくせでもごもごとなる。全国レベルどころか、海外でも〝MOE〟イラストレーターとして人気が出はじめているのに、相変わらず彼は謙虚だった。

それぞれが、それぞれの道をいく。数年のつきあいでしかない彼らと、いまのように密接にはつきあえなくなる日がくるのはわかっているけれど――。

「ねえムラジくん、人気作家になっても、ともだちでいてくれる？」

からかうように朗が言うと、真っ赤になってムラジは怒った。

「なっ、なに言ってるんだよ！　ぼ、ぼくのこと、なんだと思って」

「あは、冗談だよ、冗談」

「ずっとともだちに決まってるよ！　だいたい、人気作家がどうとか、そんなの関係ないじやないか。立場で関係性が変わるなんて、そんなのちゃんとした友情じゃないよ」

「ムラジくん……」

「ぼくは、この学校でＳＩＺ《シズ》さんとか相馬くんとか、冲村くんとかに出会えて、本当に嬉しいんだ。一生つきあえるともだちだと思ってるんだから、冗談でも言わないで」

直球すぎて恥ずかしいとも思える台詞《せりふ》だ。けれどムラジの口から発せられた、きっぱりとしたその言葉は、朗の胸にひどく響いた。史鶴もまた、感動したように目を瞠《みは》っている。

「いやあ……ムラジくんて、ほんっと、男前だよね。かっこいい」

「うん、惚《ほ》れる。兄貴、ついてく！」

「や、やめてよっ」

いまの男気が嘘のように、あわあわと真っ赤になって両手を振るムラジをさんざんからかいつつも、朗がこっそりため息をつく。

「……先生と会えなくて、さみしい？」

「う、いや、えっと」

またもやめざとく見つけた史鶴に突っこまれ、朗はへどもどと言った。

「さみしいけど、我慢することにしたんだ。納得してるし、しかたないし」

「じゃあ、なにか心配事でもある？」

史鶴にそっと問いかけられ、朗は返事をためらった。ふたり揃《そろ》って心配そうに覗《のぞ》きこまれ、朗はしばし口をつぐんでいたけれど、思いきって問いかけた。

「えっと、あのさ。お、俺って色気ない？」

突然のそれに、ふたりは目をまるくしている。朗は自分でもなにを言っているのかわからなくなりつつ、まくしたてる。

「いやさ、あのさ、先生がさ。いっつも俺のこと子ども扱いばっかで、えっと、泊まってていけないいんだけどって言ったら、その……」

「ああ、エッチしようって言われて、断っちゃったみたいになっちゃった？」

ずばっと言ったのは、なにげに天然なムラジのほうだった。史鶴は「あー、はいはい」と訳知り顔で苦笑している。からかわれるならば怒ってごまかしもしただろうけれど、微笑ましいような顔で見つめられるから、意地も張れなかった。

「べつにヤダとか言ったわけじゃないんだけど、あの、どうしていいか……」

「びっくりしたら、気を遣われちゃったと」

「うん……」

経験値の低さが本当にいやになる。軽く腰を抱いて、あまい声でささやいてくる栢野の手管に、どうしても一瞬、朗は身がまえる。すると年上の恋人は、困った顔で笑って、いつでもやさしく手を離してしまう。

正直に言えば、しなくていいと言われるとほっとする。けれど、いつまでも待たせっぱなしで本当にいいのかと思うし——朗にしても、まったくキヨラカというわけでもない。帰り道、キスをされた唇が疼《うず》いた。家に帰っても、身体を撫でた栢野の手のひらの熱っぽさのせいで、眠れなかった。

いっそ強引に押しきってくれればいいとか、そんなずるいことすら考えてしまう。いざ、そういうふうに出られたら、たぶんまた怯えたり驚いたりして、栢野に気を遣わせるのは目に見えているのに。

「したくないわけじゃないんだ？」

そっと史鶴にうながされて、朗は赤くなった耳を意味もなくいじりながらうなずく。泊まることはできない、と告げたとたん、栢野はあっさりと身体を離した。しないから安心してと気遣うように言われて、本当はがっかりしたことはわかってもらえなかった。もうちょっと強引に押してもらえれば、びっくりしたりびびったりしても、ちゃんとできると思うのだけれど、栢野はぜったいにそういう真似はしない。

おかげで朗はいつまで経っても慣れることができず、いつまで経っても関係に進展がない。夏からつきあいはじめて、すでに三カ月以上経つ。だというのに最後まで抱かれたのは、正直言えば片手の数ほどだ。

「素直に、したいって言ってあげたら？」

「い、言えないよそんなっ！　引かれたら、どうすんだよ！」

くすくす笑って「引いたりしないと思うけどな」と史鶴は言った。

「栢野先生なら、相馬がほんとに恥ずかしかったり、傷つくようなことはしないだろうし。ちょっと素直になって、あまえてあげればいいと思うよ」

「それができれば苦労しないよ……」

無理を言うなと朗が顔をしかめる。その隣で、なぜかムラジが微妙な顔をしているのに気づき「どしたの、ムラジくん」と朗は目をしばたたかせた。

「あ、うん。なんでもない」

「なんでもなくないんじゃない？　その顔」

史鶴もまた気づいたようで、小首をかしげて彼を見る。ムラジはなぜかじっと史鶴を見つめたあと、「いや、あはは」とごまかすように笑った。

「SIZさんも、あんまりひとのこと言えないんじゃないかな、って……」

言いにくそうに語尾をごにょごにょとちいさくする。史鶴は驚いたように「どういうこと」とムラジにつめよった。

「俺、なんかした？　なにが、ひとのこと言えないんだ？」

不安そうに口早に問いつめる史鶴に、ムラジはしばし逡巡したのち、おずおずと告げた。

「ぼくが言ったって言わないでね。……冲村くん。ちょっとさみしがってるみたいだよ」

とたん、今度は史鶴の顔が赤くなった。朗はここぞとばかりに身を乗りだす。

「え、なに。オッキーてば、ムラジくんにそんな相談までしてるのか。制作忙しくて、かまってもらえないって愚痴ってたから、拗ねてるのは知ってたけど」

「相馬にまでそんな話してたのか⁉」

「だっていっしょに聞いたんだもん」

ねえ、とムラジに首をかしげてみせると、彼は苦笑しながらふっくらした手を振った。

「いや相談っていうか、雑談してて、話の流れ的に、だよ。あ、えっと怒らないであげてくれるかな？　いま、ほかにもいろいろ行きづまってるみたいだから」

史鶴はとたんに心配そうな顔になった。朗もまた、そこまでの細かい話は聞いていなかったので「行きづまってるって、なに？」と首をかしげる。ムラジは話しだした。

「ファッション科とメイク科って、卒制で合同のショーをやるのは知ってるよね？　そのチームの足を引っぱってるひとがいて、うまくいってないみたいなんだ」

我の強い人間が多いこともあって、進捗《しんちょく》の遅れにいらだちが募り、内部分裂のようなことも起きているらしいのだとムラジは語った。

「冲村くんがリーダーなんだけど、彼は説明するより実践っていうタイプだから、コンセンサスがうまくとれないのかも。ノルマが遅れるたび、そのぶんを引き受けて片づけて……って対処するしかなくて、不満も出てるし本人もいらついてる」

「そんなことになってたんだ。ショーとか、人数多いから大変だよね」

朗が顔をしかめると、おっとりした友人は「ぼくらみたいに個人での作品制作なら楽だけどね」と笑った。

最初はあの派手なルックスを怖がっていたというのに、ムラジはいまではすっかり冲村と仲がいいようだ。人見知りがひどいため出会ってしばらくはおどおどしていたけれど、ムラジは本来、頭もいいし頼りがいがある。精神的な安定度は仲間うちでも随一だから、相談事をもちかけるのも当然だ。

そもそもあの冲村がおいそれと他人に弱音を吐くわけもなく、打ち明け話をしたのも、ムラジの人徳あってこそだろう。

けれど、それはただの友人の朗だからそう思うのであって、恋人の内心を他人から聞かされた史鶴としては、かなりショックだったようだ。

「知らなかった。俺、自分の制作にかまけて、ぜんぜん話、聞いてなくて」

「史鶴は一点集中だからね、しかたないよ。いま、大変なんだろ?」

落ちこんでいる史鶴にそうフォローしたけれど、「それでも気づくべきだった」と彼は顔をしかめている。表情を凍らせ、食欲もなくなってしまったのだろう。食べかけのうどんの丼に箸《はし》を置き、両手を膝《ひざ》のうえに置いてうなだれる。

「俺、だめだな。いっつも自分のことばっかりになって」

「そう思うなら、冲村とちゃんと話したほうがいいと思うよ。史鶴は気持ちが走っちゃうタイプだけど、口にも出さないと」

朗がそう告げると、何度か史鶴はうなずいた。

「うん……うん、そうだね、話、する。ありがとムラジくん。相馬も」

史鶴は気が急《せ》いたように立ちあがり、携帯をとりだした。たぶん帰宅を待てず、これから沖村に会いたいと言うのだろう。

「冲村くん、きょうは実習所にいるの？」

「……わかんない。聞いてなかった」

なにげないムラジの問いかけに、史鶴の表情はますます曇った。本当に、思った以上にコミュニケーションがとれていなかったらしい。

「わかんないけど、探すよ。電話もしてみる。ふたりとも、悪いけどごめん、行くね」

「いいよ、またね」

朗とムラジは、あわてて走っていく史鶴を見送った。「ほんとに一点集中だなあ」と朗がつぶやけば、ムラジも笑ってうなずいた。

「あそこのふたりは、お互い好きすぎて、手一杯になるんだよね。すこし落ちつけば、うまくバランスとれるようになるんじゃないかなあ」

穏やかかつ冷静に分析するムラジは、本当に大人だなあと朗は感心する。

「それってムラジくんの経験談？　ミヤちゃんと落ちついたから、そう言えるのかな」

「え、まあ、うーん。そうかな？　もう、つきあって五年目だからね」

照れておたおたするかと思いきや、予想以上にあっさり認められた。余裕の態度に感動すら覚えつつ、朗は身を乗りだす。

「あのさ、すっごい聞きたいんだけど。なんでミヤちゃんだったの？　彼女めちゃくちゃ気い強くて、ムラジくんの彼女って聞いたとき、正直言って意外だった」

おまけに美女で長身で高学歴のお嬢さま。へたをすると、釣りあわないとか怯む男も出てきそうなものなのに、ムラジはじつに自然に彼女とつきあっている。

興味本位の問いかけではなく、いま現在、大人の恋人を相手にあっぷあっぷな朗としては、真剣に聞いてみたかった。その気持ちを理解してくれたのか、ムラジはちょっと照れつつもあっさり答えてくれた。

「やっぱり、趣味があったからってのはある。もともと、ゲーム作成支援のSNSで知りあったんだけど、ミヤちゃんがぼくの絵、すごく好きだって言ってくれたんだよね。まだそのころ、ぜんぜん無名だったんだけど、認められて、嬉しかった」

「それ、すっごいわかる」

朗は深くうなずいた。自分の作品に自信がまったくなかった朗の絵を、栢野はとても褒めてくれたし、大事に飾ってもくれた。それが好意を持つきっかけだった。

「最初はメールとかメッセンジャーでやりとりしてて。まだぼくも中学生だったから、あんまりネットの知りあいを警戒もしてなかったし、いっしょに同人ゲーム作ろうって言われて。でも初顔合わせは、じつはゲーム初売りのイベント会場なんだよね」

ミヤもムラジも当時は未成年で、サークル代表はミヤの高校のＯＢだったそうだ。ムラジはチケットもなくて一般参加で、あとから顔を見せにいった、となつかしそうに語った。

「え？　でもそれが初対面って、ゲーム作ってる最中とかは？」

「ぜんぶネットでデータのやりとりできたから。ぼくは言われたまんま、イラスト描いただけだったし。で、まあ……いろいろあって、つきあいだしたんだけど」

「いろいろってなに？」

「いろいろはいろいろ」

肝心の部分を思いっきり端折《はしょ》られて、不満顔の朗を無視したままムラジは続けた。

「もう五年だしね、けんかもしたよ。でもぼくの場合、ミヤちゃんが不満だとかなんとか、すぐに言ってくれるから改善できたんだと思う。もちろん、ぜんぶ直せたわけじゃないけど折り合いはつけられたと思うんだよ」

徐々に彼がなにを言いたいのかを悟り、朗は「……うん」とうなずいた。

「相手のためにって気を遣うのは大事だけど、我慢しすぎるとコミュニケーションの欠如を生むよ。さっき走っていったひとたちが、いい例でしょ？　せっかく好きなひとがいるんだから、話しあわなきゃ」

朗は顔をしかめて、再度うなずいた。ムラジはおかしそうに微笑む。

「栢野先生はもっと大人だから、相馬くんがよっかかるくらいでちょうどいいんじゃないかなあ。たぶんだけど、あのひと、あまえられるの好きだと思うよ」

「あまえる……」

ひそかに気にしていたことをまたもや指摘され、朗はぐっと顎を引いた。あれ、という顔でムラジがちいさめの目をまるくする。

「ひょっとして、ネックはそこ？」

「あまえるのって、むずかしいんだよ。どうすればいいんだかわかんなくて」

基本的に朗はひとりっ子体質で、あまり他人にかまいつけられたことがない。そして自分が周囲に迷惑をかけない程度の、大人が喜ぶためのわがままのふりは得意だけれど、心から自分が望んでいることを要求するだとか、単にあまえたいからとあまえた覚えがほとんどなかった。

なにより、彼に頼るだけ頼っては振りまわし、職を失わせる羽目になった『生徒との恋愛』という過去、それも朗の行動にブレーキをかけている。

それすら、未熟な子どもの考えすぎだと言われるのはわかっているけれど。

「加減わかんなくて、迷惑かけたくないんだ。たぶん、それでも受けとめてはくれると思うけど……だから、したくないっていうか」

かたくなな顔でそうつぶやく朗に、ムラジはにっこりと笑った。

「そういうふうに気を遣うひとって、最後の線を越えることは絶対にないんだけどね。すくなくとも相馬くんは、そういう図々しいことはしないじゃないか」

「それは、ともだちだからだろ。ともだちはいままでもいたもん。どこまで言っていいか、なんとなくわかるよ。でもさ、つ、つきあうとかはじめてだし。わかんないんだよっ」

恥ずかしいしむずかしい。頭を抱えてテーブルに突っ伏した朗を眺めながら、ムラジは「うーん」と妙な感慨をこめてうなった。

「相馬くんのそういうとこが、ものすごく萌《も》えなんだろうなあ……栢野先生」

「萌えとか言うなよっ、俺まじめなのに！」

「え、ぼくまじめに言ってるよ？　萌えるか萌えないかって、めちゃくちゃ重要だよ」

なにかおかしなこと言ったかな、と首をかしげたムラジに、朗は「もういいよ」とふてくされるしかない。

「あのね、心配しなくても、あまえられるのってけっこう嬉しいよ。応えてあげようって思うと、自分でも思った以上のことできたりするから」

あげくにさらっと大人な発言をされて、どんなふうにムラジはあのミヤをあまやかしているのだろうと想像したせいで、よけいに彼の顔を見られなかった。

＊　＊　＊

それから数日は、すこしばかり面倒な事態になった。

史鶴が沖村と話をしにいった日、なにがあったものかわからないが、こじれてひどいけんかをしたらしい。史鶴は数日間、朗の家に居候状態で、「しばらく泊めて」と言ったきり、ほとんど口もきかないまま部屋の一角に陣取り、ひたすらキーボードを叩き続けていた。一応学校にはいっているようだったが、月曜から金曜まで、朗が見かけた史鶴の姿はすべてを拒絶するようにパソコンと一体化しているものだった。

「これでなんとかなってくれるといいんだけどなあ……」

見るに見かねて、沖村の部屋を急襲した土曜日。殻に閉じこもる友人よりも、直情型の沖村のほうがまだ見こみはあるだろうと見当をつけ、さんざん挑発したところ、どうにか折れてくれる気配をみせた。

――史鶴にはきょう、帰るように言っておくから。出かけないで、ぜったい家にいろ！

自信たっぷりに啖呵《たんか》を切ったものの、本当のところ天の岩戸を開く方法など、まだ見つかっていない。機嫌を損ねたときの史鶴の頑固さは自分の叔父、昭生とどっこいどっこいで、あのふたりは血がつながっていないのが不思議なくらいによく似ている。

感情表現がへたくそで、裏切られ傷つけられたことをなかなか忘れられない。けれど裏返せば、それだけ愛情深く他人を信じるということでもある。まっすぐに愛情を持って接するから、悲嘆にくれると激しい。だからこそ、朗はあのふたりがとても好きなのだ。ちょっとひねくれて厄介《やっかい》なところもあるけれど、基本的に自分の感情に素直だからだ。

(俺みたいに、自分に嘘つかないしね)

自嘲《じちょう》気味に朗は思う。負の感情を笑顔でごまかすのは、すでに朗にとって息をするのと同じくらいに簡単なことだ。むしろ、つらい、苦しいと訴えろと言われると困ってしまう。

「あまえろかあ」

本当にむずかしい。顔をしかめながらひとりごとをつぶやき、駅からの家までの道をたどっていた朗は、背後から「あの」と声をかけられて振り返った。

「はい?」

笑顔は反射で浮かべたものだ。そして相手がちょっと神経質そうにおずおずと微笑みかけてきたとき、朗は内心ひどく驚いた。

(うわ、なんかすっげえきれいな顔)

昭生や史鶴もたいがい美形だが、彼らと目のまえの男とではちょっと質が違う。色素が薄く、線が細くてはかなげで、耽美派の画家が描いたかのような美青年だった。

ぼうっと見入っていたことに気づき、朗はあわてて「えっと、なにかご用でしょうか」と口早に言う。相手はほっとしたように、手元のメモを眺めて言った。

「あのう、『コントラスト』ってお店、このへんにありますか？」

よくある質問に、今度は自然と顔がほころんだ。昭生の経営するカフェバー『コントラスト』は、住宅街のなかにあるせいで一見《いちげん》の客は見つけにくい。ゲイバーというわけでもないのだがその手の人種が集まるせいで、ネットでは隠れたゲイスポットとして知られているらしく、こうして道を訊かれたのは何度あったか数えきれない。

そういえば史鶴と知りあったのも、彼があの店にいく途中の話だった。目のまえの彼も、自分を探しにきたのかもしれない。なつかしい思い出のおかげで親近感を覚え、笑みを深めた朗は「それ、ウチですよ」と答えた。

「え？　ウチ？」

「うちの叔父さんがやってる店だから。どうせ帰り道だし、いくなら案内しますよ？」

にっこり笑った朗とは対照的に、相手は突然表情をなくした。いったいなんだろうと驚いていたところ、彼はすっと目をすがめて言った。

「じゃあきみ……相馬朗？」

「え、はい。そうですけど」

いきなり名前を言い当てられて驚く。いくら店が一部で有名になったとはいえ、朗の名前は昭生がしつこいくらいに伏せているため、よほどの常連でもない限り知られていない。

しかも相手は、「ふううん」と小ばかにしたような声を発し、じろじろと眺めてくる。態度を変えた相手に警戒心が芽生え、朗は顎を引いた。

「あの、なんなんですか」

値踏みされるような視線に我慢ができず、軽く睨《にら》みつけてしまう。だが戻ってきた言葉は朗の理解を超えていた。

「栢野先生から手ぇ引いて。俺に返してよ」

「は？」

朗はぽかんと目のまえの相手を眺めた。薄いリアクションにいらいらしたように、彼は「鈍いなあ」と舌打ちした。

「おまえ、栢野志宏とつきあってるんだろ？　別れろって言ってんの」

朗は耳に飛びこんできた単語のゲシュタルト崩壊を防ごうと精一杯だった。

(別れろ。手をひけ？　しかも、栢野先生と？)

しばし意味がわからず惚《ほう》けたのち、ようやく理解したあとにはめまいがした。

「なっ……なに言ってんだ、あんた！」

「なにって？　ホモだってばれたくなくて、とぼけてるの!?」

昼日中の住宅街で突然声を荒らげられ、朗はぎょっとした。もめごとと思われては厄介だと、あわてて周囲を見まわす朗に、相手はさげすむような目で見おろしてくる。

「なに、ひと目とか気になるんだ？　小心者だな。堂々とつきあってるって言えないなんて、どうなのそれ」

「なにそれ⁉」

勝手な決めつけと、かっとんだ理屈に啞然《あぜん》となる。朗が声を裏返すと、相手は鼻で笑った。

「まあいいか。その程度の相手なら、楽勝だし。とりあえず、わかったよね？　別れて」

たたみかけるように言われて、頭が混乱した。目のまえの男は意味不明すぎるし、正直不気味だった。なにより、なぜこんなことを言われているのかまったくわからない。

「そもそも、あんた誰……？」

朗の問いかけに、彼はむっとしたように「ユウイチ」とだけ名乗った。朗がその名前を繰り返すと「気になるなら栢野さんに訊いてみれば」とせせら笑った。

「訊くってなにを」

「ユウイチって誰、って。それだけ言えばわかるよ。じゃあね」

「あ、ちょ、まっ……」

引き留める間もなく、さっさときびすを返した彼に、朗は啞然としたまま追うことすらできなかった。

心臓がいやな感じでどきどきしている。見た目の繊細そうな印象とはまるで正反対の男だ。意味のわからないことを一方的に告げてきた。

「なんじゃ、ありゃ……」

その場に立ちつくした朗はユウイチの後ろ姿を眺めてあまりのことにぽかんとしていたけれども、驚きが徐々に落ちついてくると、すごい勢いで頭が回転しはじめるのがわかった。

栢野の名前。別れろ、自分の名前を言えばわかるという発言、きれいだけれど神経質そうで、どこか尖った印象。

「そういうことかよ」

おもむろに携帯をとりだし、連絡ができないとほざいていた男に向かって、すさまじい勢いでメールを打った。ボタンを押す指が強ばって痛い。

【ユウイチって誰⁉】

怒りの絵文字を添えた短文メールを送信し、目をつりあげた朗は店の二階にある自宅に向かって走りだした。

怒りにこめかみがずきずきしている。こんな形相で店からはいるわけにはいかず、息を切らしたまま外階段をいっきに駆けあがると、自室のドアを音を立てて開いた。

部屋のなかでは史鶴がヘッドホンをつけ、壁際にある机で書き物をしている。ずかずかと歩いて近づき、朗はその耳から音と外界を遮断するものを奪いとった。

「え、なに……」

「史鶴、冲村んとこ帰れ」

不機嫌そうに顔をしかめた彼になにを言わせる暇もなく、低い声で口早に告げる。史鶴は唖然と口を開いた。

「うじうじひきこもってないで、まともに話せ。冲村なら嘘つかないから、説明しろって言えば聞いてくれるし、きょうは待ってるって言ったから」

「そ……相馬、なに怒ってるの？」

「いまそれは史鶴と関係ない。俺も決着つけてくるから、史鶴もそうしろ」

ぎりぎりと奥歯を食いしばりながらびしりと指をさす。勢いに呑まれたのか、史鶴はいつの間にか床に正座して、こくこくとうなずいていた。

「あの、相馬、栢野先生となにか――」

史鶴の質問を、携帯の着メロがさえぎる。曲のフレーズで、栢野からの電話だと気づいた史鶴が「出ないの？」と言った。着メロも友人の言葉も、朗は怒りに頬をひくつかせながら無視した。

たっぷりAメロを聞き終えるまで放置していたら、ようやく音が消える。続いて、今度はメールの着信音が鳴った。ごくりと喉を鳴らして、朗は携帯のフラップを開く。

【家にきて。ぜんぶ話すから】

その文面を見たときの朗は、よほどすごい形相だったのだろう。無言だったというのに、史鶴はびくっと身体を震わせる。

「いまから、出かけるから。史鶴も、すぐに支度して速攻、帰れ」

「あの、でも、バイトが」

「じゃあバイトしたら帰れ。もし俺が帰ってきたとき、ここにいたら、本気で怒る」

じろりと睨みつけると、史鶴は「わ、わかった」と顎を引いた。ならばよし、と短く息を吐き、それでも肩を怒らせたままの朗に史鶴が問いかけてくる。

「相馬、ほんとになにがあったの」

「知らないよ」

皮肉に嗤《わら》って、朗は携帯のフラップを閉じ、いやな怒りを歯の奥で押しつぶした。

＊　＊　＊

朗にとんでもないハプニングが起きていると知らぬまま、栢野は元彼・有一について、伊勢へと相談するため、彼の事務所を訪れていた。

「結論から言えば、現在の栢野さんの動向を知るために調査事務所なり探偵を使う、ないしストーキングした可能性はあります」

涼しげな一重の目をした若い弁護士は、落ちついた口調で栢野の懸念を肯定した。それはないでしょう、と一笑に付してもらえたら気が楽だったのにと、栢野は肩を落とす。

「やっぱり、そうですか」

「……お耳にいれるのは不快なだけだと伏せていたんですが、以前、あなたと有一さんが別れた際に、本当に接触していないのか、しばらく調査させていたそうです」

意外な事実を教えられ、栢野は「えっ」と声をあげた。

「別れ話のあと、一度だけ有一さんがあなたのマンションを訪ねたことがあったでしょう？」

「ええ、でも会わないと言ってドアも開けませんでしたが……」

言いかけて、栢野ははっと伊勢の顔を見た。伊勢は苦々しい顔でうなずく。

「接触しないという話だったのに、話が違うとうちまで押しかけてこられたんです。その際に調査書類と、会話を録画したビデオを見せられました。どう見ても栢野さんは拒否しているのだから、そんなことをしたら逆に訴えられると諭しましたが」

「それは……ご迷惑をおかけしました」

「こちらとしても聞ける話ではなかったですし。そちらにも忠告したかったんですが、残念ながらその時点では、あちらがクライアントだったもので。やっと契約が切れたときには、栢野さんも引っ越されて、連絡がつかなくなってしまいましたし」

弁護士は職務上、依頼者の不利益になる行動は慎まなければならない。身動きがとれなかった伊勢のジレンマも理解できるだけに「説得してくださっただけありがたいです」と栢野は苦笑した。伊勢も疲れたように口元だけで嗤う。

「正直、今回ももめごとを持ちこまれてすぐに断ったんですが、まさか速攻でそちらにメールを送るとは予想外でした」

有一は一年まえのできごとからうつで引きこもり、現在もまだ自宅からろくに出歩かず、カウンセリングを受けているそうだ。しかし、と伊勢は顔をしかめた。

「あれは正直いって、仮病っぽい気がしますね」

「仮病ですか」

「ええ。あれだけアクティブな自己主張の激しさがあるのに、うつ病なわけがないでしょう。自己愛性人格障害だというなら、まだ理解できなくないですが」

伊勢は容赦がなかった。うつ症状の最たる特徴は自己否定だ。誰にも愛されない、認められないという不安から攻撃的になるケースもあるらしいが、有一に関しては真逆だと言う。

「何度か接見した印象ですが、彼はかなり駆け引きがうまい。自分がなにを言ってどう振舞えば心配してもらえるか――つまり、どれくらい泣いたり落ちこんだりすると、慰めてもらえるか、わかってやってるタイプです。要はあまやかされた、だだっ子なんですよ」

日々やっかいな人間と関わるプロの目からもそう感じられるのだと知って「ですよね」と栢野は肩を落とした。

「接近禁止命令、出すわけにいかないですか？」

うんざりした栢野がこぼすと「どうでしょうか」と伊勢は苦い顔をした。

「できないんですか？」

「念書をとる程度のことはできますが、迷惑行動の具体例はすくないですからね。たしかに迷惑をかけられたといえば、そうなんですが……」

勝手に自分の失恋騒ぎに巻きこみ、狂言自殺を引き起こした相手からのアクセスは大迷惑に決まっている。とはいえ恒常的にストーキングされているわけでもなく、前回についても言質《げんち》はとったような、とれていないような状態だ。

「正直ね、病院通ってるなら、ちゃんと安定剤飲んでおとなしくしててくれればいいんですけど、勝手に服用やめたり、ぷらっといなくなったりしてるそうなので」

苦々しげに語る伊勢の口調に、ふと栢野はひっかかりを覚えた。

「それにしても伊勢さん、ずいぶん詳しいですね」

思った以上に情報を握っているのが不思議で問いかけると、伊勢は深々とため息をついた。

「これもお伝えするか迷っていたんですが……現在、錦木有一さんは、河出尚人《かわでなおと》さんと係争中です」

「河出……って、去年別れる別れないでもめた相手ですか。なんでまた」

栢野が目を瞠ると、「錦木さんが通院する羽目になったのは、河出さんのせいだと訴訟を起こしたんですよ」と伊勢はげんなりとしながら打ち明けた。

「あと、同棲《どうせい》中に使ったお金のことだのなんだので、折りあいがつかずにずーっともめてるそうです」

しかも伊勢は、有一の親が河出に対して裁判を起こしたいと事務所に押しかけてきた際に「聞きたくもないのにまくしたてられた」のだそうだ。

「ええっと、断ったんですよね？」

伊勢は、深くうなずいた。

「すでに、何件か弁護士をあたって断られたあとだったようです。まあそれも当然ですが」

栢野が目顔で「なぜ」と問うと、伊勢は疲れた声で言った。

「個人的に関わりたくないのがひとつ、それから最大の理由は、錦木家の依頼内容がめちゃくちゃだからです。親は別れさせたい。有一さんと河出さんはふてくされるか泣いてばかり」

「え？　訴訟の依頼にきてる場に、河出がいるんですか？」

「ええ。いま栢野さんが座ってる場所で、ずっと錦木両親に怒鳴られて、真っ青な顔で震えてましたよ」

予想以上の錦木親のモンスターペアレンツぶりに、栢野は慄然《りつぜん》となった。

「な、なにがしたいんですか、それ」

「彼に直接苦情を聞かせるから、いかに悪いかその場で弁護士からも言ってほしいと。いじめに荷担しろと言われているようなもんですよ」

皮肉な顔で伊勢は嗤う。顔立ちが端整なだけに、嫌みな表情が妙に決まっていた。

「本人同士が直接やりあうなら、裁判なんて必要ないでしょう。正直、この手のことはそれぞれが落としどころを見つけて、示談でカタをつける以外、どうにもならないんですよ。感情面のこじれそのものを解決して、白黒つけるような法律なんてないんですから」

「あー……すみません、ほんとに」

自分も感情面のもめごとを持ちこんだようなものだと気づかされ、栢野は頭をさげる。伊勢は「栢野さんは結論を出したいと仰《おっしゃ》っているんだから、大丈夫です」と笑った。

「接触したくないから、方法はないか。そういう相談なら、道を探すお手伝いはできます。問題は、相談者がどうしたいのかわかってないときですね」

「わかってないって、わからないで相談にくるひとなんかいるんですか」

問いかけると「多いですよ」と伊勢は冷ややかに苦笑した。

「被害を被ったから、金銭で損害を賠償してほしい。法的に罰を与えたい。そういう、要求がはっきりしている場合はいいんです。いちばん面倒なのが〝腹がたってるからなんとかしてぎゃふんと言わせたい〟って場合ですね」

「ぎゃふん……」

「激怒してるクライアントは、たとえその疵《きず》をつけた相手に謝罪を受けても、まず気がおさまらない。誠意を感じないだとか……信じられないだとかね。そうなると、本気で謝っているという〝証拠〟を示すのはとてもむずかしい」

ほんの一瞬、伊勢の顔に浮かんだ、かすかに苦味を含んだ笑みが気になった。けれど彼はすぐに弁護士の顔になり、穏やかに告げる。

「あとは、途中で腹がたちすぎて、もうどうでもいい、縁を切ると言って訴訟自体を取り下げる方もすくなくないです」

「え？　その場合って、伊勢さんのお仕事的には……」

「……まあ、役に立たなかったんだから金を払いたくないとごねる方も、いなくはないですね。弁護士への相談は無料ではないというのが、おわかりにならないというか」

適当な書類を作るだけで法外な相談料をふっかける弁護士もいれば、誠実に仕事をしても報われない弁護士もいる。

情けないとこぼす伊勢に、わかる気がしますと栢野もうなずいた。

「デザインの依頼をしてきても、途中で現物を作るのをやめた場合、アイデアについての料金は踏み倒して当然って考えるひとは多いんです」

ややこしいものだ、とふたりは力なく笑った。物理的に『形があるもの』を作りあげないと、対価を払う必要がないと考える人間はどの業界でも多いということだ。

「知的財産の概念は、日本ではまだ浸透してないですからね」

ぼやいた栢野にうなずいた伊勢は、「脱線ついでに」と前置きして言った。

「朗には、やっぱり話してないんですか？」

答えずとも、顔に出たのだろう。伊勢は軽く眉をひそめた。最初にこの話を相談したときから、伊勢は繰り返し「朗に伝えたほうがいい」と忠告していた。

「ご心配はわかるんですけど、今回の件について朗のことをあれこれ案じるのは、杞憂《きゆう》じゃないかと思うんですよね」

「……どういう意味です？」

怪訝な顔になる栢野に、「朗とはね、つきあいが長いので」と彼は微笑む。

「あの子はね、誰よりも苦労してるぶん、誰より強くて逞《たくま》しいです。守ってあげたいと思うのはわかりますけど、簡単に折れる子じゃないですよ」

幼稚園児のころから朗を知っているという伊勢の言葉には説得力があった。けれどすこしばかり面白くないのは顔に出たのだろう、伊勢はますます笑みを深めた。

「傷つきやすくて脆《もろ》いところもありますけどね、すくなくとも自分で戦う気力はある。……それにね、栢野先生。あの子に降りかかった災難の全部から、守ってやるなんて不可能でしょう」

正論に顔をしかめた栢野をじっと見つめ、伊勢は言葉を切った。さすがに言葉を商売にするだけあって、いやな間のとりかたを知っていると栢野は思った。

「朗は、トラブルにはちゃんと対処できる子ですよ。見誤ると、むしろ面倒かもしれない」

「それは……」

どういう意味だと言いかけた栢野は、鳴り響く携帯の音に「失礼」と携帯をとりだした。

そしてメールの画面を開いたところで硬直する。

「どうしました？」

「……いや、ちょっと。忠告は、いろいろ遅かったようです」

携帯の画面には、せっかく根回しをして心配をかけまいとしていた恋人からの【ユウイチって誰！】という、激怒マークいりのメールが表示されていた。

無言でそれを見せると、伊勢もまた苦い顔になる。

「接近禁止命令、視野に入れたほうがいいでしょうね」

ため息混じりの伊勢の言葉に、「お願いします」と栢野は頭をさげた。

＊　　＊　　＊

数時間後。玄関前でちいさい身体を精一杯ふんぞり返らせ、腕組みのまま仁王立ちした朗をまえに、栢野はどうしたものかと眉をひそめた。

「きましたよ」

「……とりあえず、あがって」

全身に怒気をみなぎらせた朗に、もうごまかしはきかないだろう。ため息をついてうながすと、彼は無言で靴を脱ぎ、勝手知ったると言わんばかりにリビングへと向かう。

「えーと、お茶飲む？」

「いりません。説明してくれますか」

わざと乱暴にソファへと腰かけ、ちいさな身体を精一杯大きく見せようとするかのように朗はふんぞり返った。渋々、栢野もその対面に座る。

「まず、ユウイチ……錦木有一は、まえに話した俺の教え子で、つきあってたやつね」

やっぱり、と言うように朗は鼻を鳴らした。

「だろうね。じゃなきゃ、返せだの別れろだの言われるわけないし」

「そんなこと言われたのか？」

顔色を変えた栢野は、朗に「ストップ」と手のひらを見せられて浮かせた腰を落とした。

「とりあえず、俺の話はいいから、説明」

横柄に顎をしゃくられ、ため息を呑みこんだ栢野は伊勢から聞いた話をざっとかいつまんで話すしかなかった。その間中、朗は相づちも打たなかった。怒りに目をつりあげてはいるけれど、青ざめ、硬く強ばった顔。けっしてこういう顔をさせたくなくて隠し立てしたことが、完全に裏目に出たようだ。

「……そんなわけで、いま有一は、まえの恋人と裁判沙汰《ざた》になってるらしい」

話の途中で、錦木家の親たちの狂乱ぶりも告げたけれど、朗はまったく意味がわからない、とかぶりを振った。

「なんで？」

「え？」

「事情はわかった。でもそれがなんで先生と俺のことに関係あんの？　なんで会えないってことになるわけ？」

不服そうな顔で、ふだんより低い声を発する朗に、栢野は「さっきも言っただろう」と説明を繰り返した。

「その裁判がはじまった時期くらいから、ずっと俺に連絡がきてるんだ。感情的になると、なにをするかわからないやつで。……巻きこみたくないから言わなかった」

「意味わかんね。巻きこむもくそも、あいつが出てきちゃったら、先生が言わなくてもどうしようもないじゃん」

理屈がとおらないと指摘する朗に、栢野は顔をしかめてうなずいた。

「そうだな。読みがあまかったと思う。そこまでするとは思ってなかったけど……結局は迷惑かけて、ごめん。もっと早く、接近禁止命令出しておけばよかった」

法的に拘束力があるか否かは別としても、警告にはなったはずだ。自身の手ぬるさを栢野が苦く噛んでいると、朗がうなだれたまま震えていた。

「なんだよ、それ。先生、ぜんっぜんわかってねえじゃん」

「……朗？」

「そんな理由で俺、会えないとかって何週間もほっとかれたのか？　なにそれ？」

睨みつけられても、分の悪い栢野は「しかたないだろう」としか言えなかった。

「なにがしかたないんだよ。あんなひょろいのに絡まれたって、ひとりでなんとかできるっつうの」

「有一だけならそうかもしれないけど、あっちの親がだな」

「出てきたならなに？　まったく関係ない俺に、なにができるってのの？」

「それはわからない。けどなにをするかまったく予想できない相手なんだ。事実朗はこうして絡まれて、いやな気分になってるだろ」

とにかく息子を守るためなら、どんな手を使うかわからない相手だ。有一自身もおなじくで、朗についても興信所なりに調査させただろう事実を打ち明けたが、朗はなおも「わからない」とかぶりを振った。

「起きるかどうかわかんないことについて、あれもこれも想像してたって意味ないだろ。けんか売られたら買う」

話は平行線をたどり、栢野もいささかいらついていた。自分の失敗に余裕がなくなっていたのもあって、思わず声を荒らげてしまう。

「けんかって、だからおまえにそんなことさせるわけにいかないだろう」

「だからってなに⁉ したっていいだろ、勝つんだからっ」

「就職とか卒制とか、ただでさえ大変な時期なのに、ばか言うな！」

食ってかかる彼を栢野がたしなめれば、彼は興奮したように立ちあがり、いらだちもあらわにどんと床を蹴《け》った。

「話すりかえんなよ、そこ関係ねえだろ！　なんで俺がけんかしたらだめとか、先生が決めるんだっつってんだよっ」

「おまえが大事だからだよ！」

どうしてわかってくれないんだと、双方が険悪な空気で言いあった。だが次に朗が言い放った言葉で栢野は自分の間違いを悟った。

「……いっつもこれだよ。いっつも、俺、大事なことは教えてもらえない」

ごくちいさな、うめくようなその声に栢野は「え？」と眉をひそめた。唇を震わせながらうつむいた朗は、握った拳が白くなるほど力をこめている。

「ひかりちゃんのときだってそうだ。発作起こしたこととかも、俺があの場にいなかったら教えてもらえたかどうか、わかんないんだ。いまだにそうだよ」

その言葉に、栢野ははっと思いだした。

——なんで俺、こんな目にあってんの？　なんでお母さん死にそうなのに内緒にされん

の？　なんで喜屋武が俺のことといじめんの⁉

数カ月まえ、栢野の胸を震わせたあの悲痛な声。それと同じ色を帯びた朗の言葉が、胸をきつく締めあげた。

「先生も同じなのか。俺に知らせないで、勝手に俺のこと決めるのか？」

かつて、朗のあずかり知らない大人たちの過去に振りまわされ、ただただスポイルされていたことを彼はひどく憤っていた。むろん栢野にとっても、そのことを忘れるにはまだ日が浅い。だからこそ朗をわずらわせまいと思ったのに。

自分の対処が完全に失敗だったことを悟って、栢野は顔を歪《ゆが》めた。

「ごめん、そんなつもりじゃなかった」

朗は目をぎらつかせたまま、「じゃあどんなつもりだよ」と吐き捨てた。

「喜屋武のことがあったばかりで、俺のことに巻きこみたくなかったから――」

そのへたな言い訳を、朗は許さなかった。

「だったらなんで本当のこと言わなかったんだ。元彼が面倒起こしそうだから、ちょっと距離置くって言えばいいだけの話だっただろ。それが言えなかったのは、俺のこと信用してないからじゃないのか」

心を開け、あまえろと言っておきながら、そのじつ栢野のほうこそが線を引いている。朗の指摘はもっともすぎて、もはや言い訳すら浮かばない。

「先生は、そんなことしないと思ってたのに」

睨んできたその目は潤んで、いまにも雫《しずく》がこぼれそうだった。悔しさのあまりと知っていても、栢野の胸はずきずきと痛んだ。

「朗、ごめ……」

「子ども扱いすんなってのは、こういうこと全部含めてだよ！　ばか！」

涙目で怒鳴ったあと、朗はその場から飛びだしていってしまった。

「……ああ、もうっ」

涙に動揺したせいで追うことすらできず、栢野は頭を掻《か》きむしったあと、遅まきながらあとを追ったけれど、駿足の朗の姿はもう見えなかった。

そもそも追いかけて、なにを言えというのか。彼のためと言いながら、もっとも朗をないがしろにしていたのが自分だと突きつけられた動揺は、まだ去っていない。そんな状態で、どう言葉をかければいいのかわからない。どこから謝ればいいのかわからない。

すごすごと部屋に戻り、栢野はどさりとソファに腰かけて目元を腕で覆った。

「大失敗だ……」

過保護にするのはけっしていいことではないと、理性ではわかっていたのに手を出しすぎた。厄介ごとから遠ざけようとした。

――朗は、トラブルにはちゃんと対処できる子ですよ。見誤ると、むしろ面倒かもしれない。

ああ、まったく伊勢は正しかった。とほぞを噬《か》んでも遅い。

なんのことはない、彼のためと言いながら、保護本能を剝《む》きだしにした男の身勝手なエゴだ。手のうちで護《まも》ってやっているつもりで、悦にいっていただけなのだ。

——俺はのめりこみすぎるから。

栢野はかつて朗に、そうこぼしたことがある。彼は本当の意味をわかってはいなかっただろうけれど、あれは自分の視野の狭さを自嘲した言葉だった。

いれこみすぎて、手をかけすぎて、失敗する。有一にしても、栢野のそういう部分がわがままを助長し、つけあがらせた結果、トラブルを引き起こした可能性は否めない。

怒らせてしまったことについては、頭を抱えるしかない。けれど——心のどこかで愉快に感じている自分を知っていた。

「けんか売られたら買う。勝つんだから……か」

頭から湯気を噴く勢いで怒鳴った、あの言葉に心配のあまり腹はたったが、そのじつ爽快でもあった。

有一と朗は違うのだ。拙《つたな》いながらも自分で立とうとする彼に、よけいなフォローは必要がなかった。脆い面もあるけれど、弱いわけではない。

迷ってもあがいても、自分でなんとかしようとするし、あまえない——それはいっそ、寂しくなるくらいに自立心が強い。

(あまえられたかったのかな)

そして方法を間違えた。だから怒らせた。だが悪いことばかりではないはずだと、すこし冷静になった頭で栢野は考えた。

――先生は、そんなことしないと思ってたのに。

泣かせてしまったくせに、なじられたことを嬉しく感じている。マゾヒスティックな意味ではなく、悔しそうに言った朗に、それくらいには信用されていたのだと知れたからだ。

「汚名返上するには、どうしたものかな」

つぶやいた栢野は、目元を覆っていた腕をゆっくりとはずした。その目に、惑いによる曇りはもうなかった。

＊　＊　＊

週が明け、沖村と仲直りをしたらしく、史鶴はひさしぶりに穏やかな顔をしていた。

「あの、ほんとにごめんね、相馬。迷惑かけちゃって。ムラジくんも、ほんとにごめん」

講義が終了したあと、わざわざデザイン科まで訪れ、同行していたムラジと朗に「おごるから」と言ってきた彼には驚いた。

「おごってくれるって、史鶴余裕ないのに。ほんとにいいの？」

「そうでもしないと、気がすまないよ。巻きこんじゃったし」

ふたりとも遠慮したが、頑固な史鶴はどうしてもと言い張った。

生活費もアルバイトやWEBアニメの収入で得ている史鶴に、あまり金銭的な負担をさせたくないと思ったのだが、返ってきた言葉に朗は苦笑するしかなかった。

「沖村からも、そうしてって言われてるんだ。きょうは卒制ショーの打ちあわせあるから会えないけど、お礼言っておいてって言われたから」

彼氏の名前を口にしたとたん、ほわっと史鶴の表情がゆるんだことには、本人は無自覚なのだろう。

「でもSIZさん、ちょっと疲れた顔してない？」

「えっ、あ、寝不足で」

ムラジが心配そうに指摘したとたん、彼は妙にあわてながら赤くなった。語るに落ちたその反応に、朗は「へーえ」と目をすがめる。あの直情径行な男のことだ、心理的なわだかまりがなくなったなら、身体的なほうでもそれを求めるのは火を見るよりも明らかだ。

「あんだけ意地張ってたのにねー。しあわせそうで、よかったねー」

棒読みで告げると、史鶴は顔を曇らせた。

「……相馬は、しあわせそうじゃないね？」

ぎろりと睨みつけても、ただ心配そうに見つめられては怒れない。ため息をついてそっぽを向くと、ムラジと史鶴は顔を見あわせた。

「なにが言いたいんですかあ」

「いや、なにも」

ほうっておいてくれるのは、ことの次第をすでにメールで打ち明けてあるからだろう。気まずげなふたりに気を遣われるのにもいらいらして、朗はあえて明るい声を出した。

「マックでいいよ、早くいこう」

「え、もっとほかに――」

「いいよ、お腹空いてるし」

言い捨てて鞄を取りあげ、朗はすたすたと歩きだした。あわてたようにムラジと史鶴が追ってくるけれど、とくに声をかけてくる様子はない。

(態度悪いな、俺)

反省しつつもかたくなになってしまうのは、もやもやしたものが晴れないからだ。

栢野の家を飛びだしたあと、帰り道で怒りのあまりの長文メールを作成し、ムラジと史鶴に送っておいた。その返事はふたりとも似たり寄ったりだった。

――腹がたつのはわかるけど、事実として有一に絡まれているし、先生の気持ちも理解できなくはない。心配だったんだと思う。

理性的なその言葉に対して、朗は当初、わかってもらえないという悔しさしか覚えなかった。おかげでよけいに腹がたち、返信をしなかった。そのためふたりとも、どこか腫《は》れ物にさわるような態度だ。

（なんだよ。みんなして、もっともらしいこと言って）

悔しくて涙ぐみながら、自宅に居合わせた――というよりあれは、話をしにきたのかもしれない伊勢にも、けんかを売った。

――いっつも蚊帳《かや》の外にされるのは、もうやだって言ってんのに！

怒りまくってそうわめきちらした朗に対して、伊勢は困ったような顔をしていた。やつあたりと知りつつも感情がおさめられなかった。

あげくには、ふだん朗と栢野の交際について複雑そうにしている叔父までもが、「傷つけたくなかったんだろ」とフォローするようなことを言いだしたのだ。

――俺も、いやなことは朗の耳にいれたくないと思ったから。それこそ関係ないことだったら、なにもないまま終わるなら、栢野先生も、知らせずにいたかったんじゃないのか？

誰も彼もが、わかってくれない。その腹立たしさと失望に「もういい！」と叫んで部屋に閉じこもった。

週末いっぱい、昭生とすら会話をしなかった。そのおかげで、ふつふつと滾《たぎ》ったままの怒りはやわらがないままだ。

「……自分の始末くらい、自分でつけるって言うのは、そんなによくないのか」

ぼそりとつぶやいた朗に、背後にいたムラジはなだめるように「そんなことないよ」と言った。だが史鶴は、「場合によるかも」と冷静に言った。

「場合？　どんな？」

「いまみたいな場合。言ってもらえなかったって悔しさはわかるけど、相馬だってなんでもかんでもひとに話すわけじゃないよね？　喜屋武に俺のことで脅されたとき、黙りこんでたことあったじゃないか。それは今回の先生がやったことと同じじゃないかな」

自分でも薄々わかっているだけに、よけいにむっとした朗は「それとは違う」とふてくされたように言った。

「違うって、どう違うのさ」

「あのときは、具体的にやばかったじゃんか。今回は、なにがどうなるかわかんないのに、勝手に隠しごととして――」

「なにがどうなるかわかんないから、言うに言えなかったんだろ？　よけい危ないかもしれないじゃないか」

つきあいが長いぶん、史鶴は容赦なく朗の矛盾を突いてくる。そういうことじゃない、と地団駄を踏みたくなった朗は、唇を噛んでこらえた。悔しさに、瞼《まぶた》がちくちく痛くなる。

「……だって、会えないって」

「え？」

ぽつりとつぶやくと、聞こえなかったと史鶴とムラジが近づいてくる。

「黙ってる、のは百歩譲るけど。俺、先生が忙しいっていうから、大変だろうなって心配してたのに、それ嘘だった」

いちばんショックだったのは、気持ちを踏みにじられたような気がしたことだったのだと、口にしてはじめて朗は気づいた。

さきほどまで厳しい表情をしていた史鶴も、ふっとやさしく笑う。

「会いたいの我慢したのに、だまされた気がした？」

こく、とうなずくと、となりにきた史鶴にぽんぽんと肩をたたかれた。ムラジも反対側に並び、穏やかに話しかけてくる。

「でも相馬くん、我慢したのはお互いだし、寂しいのは、先生のほうがもっと寂しかったかもしれないよ」

頼りなく眉をさげたまま「なんで」と問えば「あまえられるの嬉しいって言ったよね」と彼は笑った。

「頼ってくれると、それ以上の力が出るって。逆も同じだよ。あまえられないと、自分はいらないのかなって寂しいし、どうしたらいいかなって迷う」

「……俺が悪かったってこと？」

「そうは言ってないよ。ただ、もめたら誰だって意固地にはなるでしょ？　そういうの、人間関係が深くなればなるほど、しょっちゅう起きるよね。失敗の記憶があれば、そのぶん身がまえる。それぞれ自分の経験に照らしあわせて、最善だと思った行動を選ぶんだと思う。で、逆に筋がとおってないことしたりする」

ムラジはそう言って含み笑い、史鶴と朗を交互に眺めた。このところ、ムラジに助言されてばかりのふたりはなんとなく顔を見あわせ、気まずく目を逸らす。

「でもさ、恋人ならもっと簡単に、単純に、抱きあって好きって言えばすんじゃうんじゃないかな。細かいことは、おいといて」

「……ムラジくんは、そうしてんの？」

「うん、してるよ」

またもやさらっと大人な発言をされ、朗は目をまるくする。史鶴はなんだかにやにやしながら、「あ、でも、手を出してもらえないんだっけ？」と先日の話を蒸し返した。

「な、なんだよ。先生はね、史鶴んとこの冲村みたいに、手ぇ早くないんだよっ」

「この程度で赤くなってる。子どもだ」

「子どもだね」

したり顔でうなずきあう友人に「うるさい！」と叫んだ朗は、恥ずかしさにうつむいたまま、ずんずんと足早に外へと向かった。笑いながら「ごめん」と謝ってふたりが駆け足で追ってくる。

「相馬、まえ見てないと危ない」

「そんなこと言ってまた――」

「そうじゃなくて、ほんとに危ない……あっ！」

史鶴の忠告に「なにが！」と叫んで振り返ったとたん、衝撃を受けて朗は転びかけた。

「ああ、だから言ったのに。すみません！」

焦ったように声をあげた史鶴が、よろけた身体を支えてくれる。朗も焦りながら詫《わ》びをいれようとして、そこに見つけた男の姿に凍りついた。

目を細め、いやみな笑いを浮かべていたのは、有一だった。

「またあんた？」

史鶴に支えてもらっていた腕を離してもらい、うんざりとした顔を隠さずに朗が対峙《たいじ》すると、有一は同じく険悪な顔で睨み返してくる。事情がわからずふたりを見比べていたムラジと史鶴に、「錦木有一」とちいさく告げると、彼らは表情を硬くした。

「で、話、考えてくれた？」

にっこり微笑み、小首をかしげる。妙に媚《こ》びた感じの仕種《しぐさ》に胸が悪くなった。先日は一瞬の邂逅《かいこう》だったから気づかなかったけれど、全身からあまったれた気配が滲んでいる気がする。それともそう思うのは、栢野に昔の話を聞いたせいだろうか。

「考えるまでもないよ、お断り。それより、わざわざひとのこと待ち伏せするとか、なんなの？　暇なの？　それともばか？」

ずけずけと言い放った朗に、有一はすこし驚いたようだった。

「顔に似合わず、口が悪いんだね。そういうの栢野先生は好きじゃないと思う」

「てめーが思ってるのと、先生がそう感じてるのとは別の話だろ。そんじゃ」

ぷいっと顔を背けて足早に歩きだす朗の腕が、いきなり摑まれた。

「勝手に帰るなよ、話終わってないだろ」

「終わってるもなにも、最初から話すこととかないし」

びしばしと火花を散らすふたりを、ムラジはおろおろと見比べ、史鶴は「相馬、落ちついて」とたしなめる。けれど腹の虫はおさまらず、朗は目のまえの男を睨みつけた。

「だいたいさ、あんた気持ち悪いよ。俺のこと調べたりしたんだろ。そういうの卑怯《ひきょう》って思わないわけ？」

ここしばらくの鬱憤もあって、思った以上にきつい声が出る。とたん、有一は目を潤ませ「だってしかたないじゃないか」と言った。

「なにがしかたないってんだよ」

「どうしても、先生を取り返したいんだ。そしたら手段なんか選んでられない」

まるで自分に酔っぱらったような有一の発言に、朗は心底うんざりした。あきれを隠さずに眺めても、自分の世界にはいったままの彼は目を潤ませるだけだ。

「ねえ、お願い。別れて。栢野先生、返して」

「……俺に言うな。っつーか、こんなとこでする話かよ。TPO考えたら？」

しかもこんな公衆の面前で。ぐるりとあたりを見まわし、もめごとの気配にざわついているひとびとを確認して、朗はため息をついた。だが、有一は心外そうな顔をした。

「TPOってなに？　ひと目が気になるの？　その程度の気持ちなら、よけい譲れない」

「はあ？」

「この間もそうやってまわりを気にしたよね。先生とつきあってるの恥ずかしいの？　そういうのって卑怯だよ。ぼくはいつだって、好きなひとのことは好きだって言うし、そのためならがんばるよ」

「がんばって興信所も使うわけ？」

史鶴がぼそりと放った皮肉には気づかないのか、有一はわざとらしく唇を噛んでみせる。

「好きなら、ちゃんと誰にだって、堂々と言えばいい」

いかにも弱々しく涙で訴える有一に、先日と同じく斜め上の理論を展開されて、朗はあっけにとられていた。なんだか世界が三十度ほどスライドして、変な方向に曲がったような気分にすらなる。

「あのさ、あんた、本気でばかじゃねえの」

しばし言葉もなかったけれど、心底あきれてそう言うと、有一はむっとしたように「なんで」と顔をしかめた。

「なんでもなにも当然だろ。相手の立場考えたら、迷惑かけないように慎重になってあたりまえだ。なんだかんだ言葉飾ってるけど、あんたは単に勝手なだけだよ」

「そんなの詭弁《きべん》だろ。保身に走るなんて、本気じゃない証拠だろ。卑怯だよ」

せせら笑って決めつけてくる有一に、朗は血が煮えるほどの猛烈な怒りを感じた。

（なにこれ。こんなあまったれとつきあってたのか、あいつ）

これにべたたべたされて喜んでいたとするならば、それは朗の態度では物足りないだろう。

こんな人間を目《ま》の当たりにしたら、よけいにあまえるのが苦手になりそうだ。

むかむかしすぎて言葉を失っていると、史鶴がそっと腕を引いた。

「相手にしちゃだめだ。無視しな」

「史鶴……」

「こういう話が通じない相手に、なに言ったって無駄だよ。いこう」

うんざりとかぶりを振る史鶴は、哀れむような目で有一を見た。それにかっとなったのか、彼が声を荒らげる。

「邪魔するな。関係ないやつは引っこんでろよ！」

いきなりキレた有一が、史鶴を突き飛ばした。不意打ちだったせいか、史鶴は「うあっ」

と声をあげてよろめく。ムラジが抱きとめたので転ばずにすんだけれども、朗の沸点は完全に超えた。

「おまえ、史鶴になにすんだ！」

血相を変え、摑みかかろうとした朗をムラジが背後からあわてて止めた。

「待って待って相馬くん、けんかはだめだよ」

「相馬、たいしたことないから。とにかく相手にするな！」

「でも、こいつっ……」

体格のいいムラジに腕を摑まれたまま、朗がふうふうと息を荒くしていると、有一が睨みつけてきた。

「……いいよね、そうやってきみにはともだちだっている」

「だから、なんなんだよ」

関係あるのかと朗が嚙みつくと、彼はいかにも哀れそうに表情をくもらせた。

「ほかのひとだって慰めてくれるだろ。でも、ぼくにはあのひとしかいないんだよ？　可哀想だと思わないの？」

切々と訴える有一は、その美貌《びぼう》も相まってたしかにはかなげに見える。けれど言っていることの身勝手さに、朗はひたすらあきれて、反論すらする気も失《う》せた。

「可哀想とか、自分で言う？」

「きみは強いんだから、栢野先生なんて必要ないじゃないか。返してくれたっていいだろ！　彼がいなかったら、死んじゃいたくなる。そんな気持ちなんか、きみにはないだろっ」

「……死んじゃう」

有一は涙をこぼすけれど、芝居がかった態度にはしらけた気分しか覚えない。なにより、朗はいまの言葉について、絶対に許せないと感じた。

「死ぬ気もないのに言うのってどうなの？」

沸騰しているかのように熱かった朗からは想像もできないほどに低い声が発せられ、隣にいた史鶴がはっと息を呑んだ。

「親とか、すっごい心配したんじゃない？　先生も心配しただろうね。死ぬ死ぬ言ってわがまま振りかざして、それ脅迫だろ。ばかじゃないの」

「なっ……」

命を盾にとられてしまえば、周囲は言うことを聞くほかにない。母は——ひかりは、だからこそ夫に恋人を作れといい、息子に恋をしろと告げた。

——わたしがいなくなっても、いっしょにいてくれる誰かを、ちゃんと見つけて。

ひかりの存在にこだわりすぎてほしくない。それを自分のずるさだと笑って、朗に『幸せに生きろ』という呪いをかけたのだと自嘲したことがある。

——勝手なママで、ごめんね。でも本当に、幸せになってほしいと思ってる。

それでも彼女の思いも愛情も、ぜんぶ本物だ。必死だと知っている。だから朗がひかりの願いを叶えたいと思うのも、彼女がかけた『呪い』同様、朗自身のエゴでもあるのだ。

ひかりの、いつとぎれるかわからない時間のおかげで、相馬家の家族たちはぎりぎりの選択をせざるを得なかった。はたから見れば理解不能と言われるような関係だろうけれど、それでも全員が、彼女を中心にお互いを思い、絆《きずな》を大事に大事にしてきたのだ。

だからこそ、安易に脅迫のために命を粗末にする——その真似事で他人を従えようとする有一を、朗は心から嫌悪した。

「俺が強いって、どこ見て言ってんのか知らないけどさ。見ず知らずの相手にこんだけけんか売れるのって、そっちも相当神経太いと思うんだけど」

軽蔑《けいべつ》もあらわに吐き捨てると、有一は青ざめた。うわ、俺すっごい悪者っぽい。他人事《ひとごと》のように朗は皮肉に考えた。

「死ぬ気とかまったくないくせに、いい歳してなにやってんの？　俺あんたみたいな人間、だいっきらいだ！」

鋭く言い放つ朗に、有一が息を呑む。

（もう、本当に、本当に許せない）

わななく強ばった腕をぎゅっと握られ、それがムラジのものだと気づいた。振り返った朗は、どうにか笑おうとした。けれどできずに歪んだ顔が、心の痛みを訴えている。

MILITARY

「……さっきは、一応先生のフォローもしようと思ったんだけどさ」

「史鶴？」

反対隣にいる親友は、無表情なまま朗の顔をじっと見つめた。史鶴のこんな顔がなにを意味するのか、知らないほど浅いつきあいではない。

「こんな低脳とつきあってたあげく、相馬にこんな顔させたことについては、あとで先生とじっくり話をさせてもらうことにする」

案の定、怒り心頭の史鶴の冷えきった声に、朗は思わず笑いそうになった。けれど、背後から聞こえた声のせいで、その表情は驚きに変わる。

「それについては、心底謝罪するよ」

「え……」

走ってきたのか、軽く息を切らした栢野がそこにいた。近づいてきた彼は、朗の強ばった表情に気づいて一瞬眉をひそめると、いつものように軽く、ぽん、と頭に手をのせた。

そのとたん、重たくなっていた肩が軽くなったような錯覚を覚える。

「遅かったですね」

冷ややかに史鶴は言ったけれど、その目はすこしだけ笑っている。どういうことだと朗が目をまるくすると、彼は無言で手にした携帯を振ってみせた。どうやら、朗が有一と言い争っている間に、速攻で栢野にメールしたらしい。

「ツールは有効に使わないとね」

史鶴のすました声に、栢野は朗の頭から手を離さないまま、からりと笑ってみせた。

「北《きた》、呼び出しありがとう。ところでこの件、昭生さんには内密にしてくれない？」

「いやですよ。昭生さんと伊勢さんと俺とで、囲んで説教です」

「そこまであまくはないか。……うんまあ、今回は俺が全面的に失敗したしね」

深く息をついて呼吸を整えた栢野は、朗の肩をそっと抱くようにして手をかけたまま、冷めきった目で有一を眺めた。

「本当にしつこいね。何回、顔も見たくないって言えば納得してくれるんだ」

「……か、栢野先生……」

容赦のない言葉に驚いたのは、有一だけではなかった。朗もまた、聞いたことがないほどの栢野の声にぎょっとして、背の高い彼を振り仰いで見つめる。視線に気づいた栢野は、怖がらないで、というように微笑み、肩にかけた手が一瞬だけぎゅっと握られた。

しかしその笑みは、有一に向けた顔にはかけらも残っていない。

「本音を言えば、話す必要もないと思ってるけど。言いたいことあるならついてきなさい」

「な、なんで」

「また俺に学校やめさせるつもりか？　今度こそストーカーで訴えてほしいなら、それでもいいけど」

「そんな……」

ひどい、と言うように有一が目を潤ませた。その姿を見ても栢野はまったく動じず、それだけはほっとしたけれど、朗は予想外の展開にまだついていけずにいた。

「……ずるい女の子みたいな涙の使いかたするやつだね。好きじゃないな」

隣にいた史鶴の声も冷ややかで、朗はさらに戸惑う。どうやらムラジは平常モードだと気づいてそちらに目をやると、彼は苦笑してかぶりを振るばかりだ。

「とりあえず、当事者同士で話しあったらどうかな。いまなら、PCルーム空いてると思いますよ、先生」

「ご提案ありがとう、田中《たなか》。北も、あとは大丈夫だから」

「信じましたからね。あしたの相馬の顔つき次第では、覚悟してくださいね」

しつこく釘を刺す史鶴に「わかった」とうなずいて、栢野は朗と有一についてくるようにうながし、さきに歩きだした。

渋々あとに従う有一の背中を眺めたあと、朗はふたりの友人を交互に見つめる。

「史鶴、ムラジくん、あの」

「話はまたあとで聞くよ。とにかくいっておいで」

「おごりは、今度ね」

両肩を友人たちそれぞれが軽くたたき、がんばれ、と伝えてくれる。うなずいて、面倒な過去を持ちこんだふたりのあとを追いかけた。

ムラジの言うとおり、ＰＣルームは無人だった。先導した栢野はふたりがなかにはいったのを確認したのち、ご丁寧に鍵をかけ、その横の壁に寄りかかって腕を組む。

「……さて、まずはふたりとも、さっきの話の続きからどうぞ」

「あんたが言うか」

まるで他人事のように栢野が仕切るのを、朗はじろりと睨みつける。言い合いから間が空いてしまったせいで、なんとなく感情がくすぶっているけれど、さきほどのようにヒートアップもしていない。

妙な沈黙が流れたところで、栢野がうながすように言った。

「錦木くん。わざわざ俺の朗に迷惑かけにきたくらいなんだから、主張はしたら？」

「お、俺のってちょっと。なに言いだすんだよ！」

挑発するような物言いに、朗はぎょっとなる。有一は憎々しげに朗を睨みつけたあと「見せつけるつもり？」とうめいた。

「なんで先生は、そんなのがいいの？　ぼくとぜんぜん違うのに」

「ぜんぜん違うからいいんだろ」

有一も有一だが、栢野もたいがいだ。しかもなんとなく目が笑っていて、おもしろがってさえいるのがわかる。そのくせ有一に対して向ける視線は徹底して冷たくて、朗のほうが怖くなってしまった。

「なにそれ？　許せない！　先生、ずっと大事にしてくれるって言ったじゃないかっ。ずっと、ずっとぼくのこと好きって！」

裏切られたとわめく有一の言葉に、過去のこととはいえ朗はつらくなった。栢野が誰かに、そんなあまったるいことを言っていたなんて、知りたくもなかった。

だが朗の痛みを察したように、栢野はよりかかっていた壁から離れて歩み寄り、そっと肩を抱いてくる。

見あげた顔には不安が滲んでいたのだろう、なだめるようにやさしく笑いかけてきた栢野は、そのまま朗の顔から目を離さず――だが表情と裏腹の、冷えきった声で言いはなった。

「大事にしようと思ってたよ。そっちが浮気するまではね」

「……え？」

朗は面食らった。かつて別れた理由は、有一のメンタル面が弱かったことと、その関係を学校に知られたせいだとは聞いていたけれど、浮気だなんだは初耳だ。

「そんなことしてない！　知ってるくせに、ひどいよっ」

有一の涙声に、栢野はゆっくりと視線を向けた。見たこともないほどの冷たい笑顔に、朗のほうがぶるりと震える。

「してない？　ああ、そうか。単位もらう代わりに、俺以外の人間と寝るのは浮気じゃないのか。ただの取引だよね」

「そ、そうだよ。べつに相手を好きになったわけじゃないのに――」

「悪いけど、感情面の浮気よりも売春のほうが俺、許せないんだよ」

あえてずばりと言った栢野の言葉に、朗はますます驚いた。茫然《ぼうぜん》とする朗をよそに、過去の膿《うみ》を出すかのように彼らは冷えた声で言いあっている。

「なにより許せなかったのは、おまえがそうして楽を覚えたことだ。まともに作品も描けなくなったのはあたりまえだろう」

気持ちが濁ったまま、いい絵が描けるわけがない。厳しい栢野の指摘に有一は唇を噛んだ。

「だってっ、あれは、あっちが無理やり」

「二十代の女性がどうやって無理やり？　拒まなかっただけだろう」

声こそ荒らげていないけれど、栢野はいまだ、過去のできごとに激怒しているらしい。当時の彼の気持ちを思って、朗は哀しくなった。

昔の話をしながら、寂しそうで、悔しそうだった栢野の顔はまだ鮮明に覚えている。

――コンペの賞金渡す代わりに、単位よこせって言い出す生徒まで、いた。

――俺とつきあってたやつ。どんどん壊れてっちゃって、すさんで……俺はほんとに、なにもできなかったよ。

ずいぶんと荒れた学校だったこと、彼との別れ際はかなり最悪だったとも聞いていたけれど、あの言葉にここまでの事実があったとは思わなかった。

どんなに手のかかる生徒に対しても、口ではぼやきつつも栢野は精一杯親身になっている。ましてつきあう相手にどう接するかは、朗がいちばんわかっている。そんな気持ちをまるごと踏みにじられて、どれほど栢野はつらかっただろう。

放つ言葉の容赦なさが、声の厳しさが、当時の痛みを反映しているようで、朗は胸が痛かった。

「たとえ最初に不正を働きかけたのが講師の側だったとしても、それを利用したのは事実だ。そうしなかった子のほうが大半だった。おまえは違った。それだけのことだ」

「そんなのっ、栢野先生が冷たかったからだろう！　ぼくはいつだって、あなたが頼りだったのに！　いまだってそうなのに、なんでわかってくれないんだよ！」

理解されて当然だと言い放つ有一こそが、朗には理解できなかった。どこまで彼の精神は幼いのだろう。言っていることがめちゃくちゃだと、なぜわからないのだろう。

(もしかして、わかってるけど、わかりたくないのかな)

史鶴に自分の矛盾を指摘されたとき、朗は反射的に認めたくないと意地を張った。有一のそれはもっとタチが悪いけれど、自分の欠点から目を逸らしたいのは誰でも同じだ。そしてそれがいきすぎたあげく、どんどんひどいことになっているのではないだろうか。

（彼氏と別れさせられたって言ってたっけ）

これだけ依存心が強ければ、恋愛する相手にはべったりになるだろう。栢野とのことは自業自得の部分も強いが、いま現在もめているという彼氏とのことはわからない。

二度も好きな相手と引き離されたあげく、五年もまえの、とっくにすりきれた情にすがりつくしかない彼が、なんだか急に哀れに思えてきた。

「……あのさ、もうやめない？」

朗は怒るのにも疲れてしまって、ため息混じりに提案する。

「あんたのやってることは、オモチャ欲しいって道ばたに転がるガキと同じじゃん。みっともないし、迷惑だよ。なんでわかんないの？」

すぱっと言いきった朗に、有一はヒステリーを起こしたように目をつりあげた。

「おまえにそこまで言われる筋合いないっ」

「いや、筋合いって……勝手にひとに絡んできたくせに、なに言ってんの」

朗はふたたび、「はあ」とため息をついて、およそ年上とは思えない男をじろりと睨んだ。

「ていうかね、そもそもなんで俺に、先生と別れろとか、よこせとか言うわけ？　先生はモノじゃないだろ。好きなら本人に向かって口説けばいい。俺に絡むのはお門違いだろ」

「口説いていいって、なに？　譲ってくれるの？　すっごい上から目線」

嘲笑を浮かべた有一に、どっちがだ、と言いたくなりながら朗は頭痛を覚えた。

「だから譲るモノじゃないってば！　恋愛なら正攻法でこいっつってんの！」

じろっと隣にいる男を睨んで「まあそれでよろめいたら、そこまでだけど」と朗は言い放つ。栢野は苦笑してかぶりを振った。

「よろめかないよ。だいたい、連絡無視してたくらいだよ。まさかこうくるとはね」

「そうだよっ、どうして⁉　なんで返事もくれなかったの」

相変わらず勝手な理屈でなじる有一に、栢野はうんざりした顔を隠さない。

「するわけないだろう。常識で考えろ」

「常識って、だって――」

なおも有一が口を開きかけた。だがこれ以上は聞いていられず、朗は口早に言った。

「もうやめなよ。あんたそれ、楽させてくれる相手がほしいだけだろ。あまやかしてくれる相手なら、誰でもいいんじゃん」

「そんなことない！　ちゃんとぼくは、好きで――」

「じゃあなんで先生裏切ったんだよ。なんで、死ぬとか脅して振りまわすんだよ」

憤りのあまり、声が震える。身体までもがわなわなと震えはじめたけれど、朗は自分で自分の腕を強く摑み、それを押さえこんだ。

「そんなこと言われたら、このひと、面倒見いいんだから。こっちが気をつけないとくたくたになるまで面倒みちゃうじゃないか」

それがわかっているから、自分はあまえることもできないのに、どうしてなんの権利もない有一がこうも言いたい放題できるのだ。

「ばかみたいにやさしいひとだから、自分勝手にあまえちゃいけないいんだよ。利用しちゃだめなんだ。そんなの、好きならわかっとけ！」

一喝した朗に、有一はぐっと唇を嚙んだ。栢野の視線を頰に感じ、横にいる男を見つめ、朗は宣言した。

「俺は、必要だからとか、役に立つとかで、先生を好きなわけじゃない。迷惑かけたくないとは思うけど、かけられたってきらいにならない」

「朗……」

「ただね、隠しごときらい。あと俺のこと子ども扱いすんのもきら……っ」

声がとぎれたのは、たまらなくなったように、栢野が小柄な身体を抱きしめてきたからだ。

「こらっ」と赤くなって抗議したけれど、上機嫌の彼は意にも介さなかった。朗がもがいても楽しそうに笑うだけで、まったく離そうとしない。

「俺も、俺を便利に使おうとしない朗が好きだ」

「せんせ……」

「好きだよ。朗が。朗だけ」

その言葉に、ふにゃっと力が抜けた。ムラジの言ったとおり、抱きあって好きだと言えば、本当に簡単にけんかは終わるものなのかもしれない。

男の広い肩越しに、有一の青ざめた顔が見えた。無駄にプライドの高そうな彼は、歯がみしながらこちらを睨んでくる。その顔を見ていると、一矢報いてやりたくなった。

「先生は、俺のだよね？」

「うん。朗のですよ」

さきほど、さらっと言われたお返しをしてやると、栢野は照れるどころか嬉しそうに笑う。あきれつつも、こうなればやけくそだと朗は彼の広い背中に腕をまわした。

「じゃあ、あんなのに、渡さない」

「ん。渡さないで」

抱きついてくる朗にほっとしたように、栢野の呼吸が深くなった。なんだかそれが不思議で、おかしくなる。こんなに大きい身体で、大人なのに、朗が手を離したらどうしようかと、本気でそんなことに怯えているように見えるからだ。

「なに、それ……」

恨みがましい声でつぶやく有一に、栢野は穏やかに言った。

「なにって、見たとおりというか、聞いたとおり。もうおまえのことは過去なんだよ」

その声には憤りも、冷ややかさすらない。ただ乾いた無関心を見せつけられ、さしもの有一も茫然としていた。蒼白《そうはく》になる彼に向けて、栢野は『先生』の顔を見せた。

「ちゃんと向きあう必要があるのは、俺じゃないだろう」

「……え？」

「もうすぐくると思うけど……ああ、ちょうどよかったかな」

PCルームのドアがノックされ、名残惜しそうに朗の身体を離した栢野がドアを開けにいく。そこに立っていたのは、予想外の人物だった。

「え？　伊勢さん、なんで？」

「ちょっと道案内をね」

朗が声を裏返すと、涼しげな顔で笑った長身の弁護士は、身体をずらして背後にいた人物をなかに導きいれる。とたん、がたっと大きな音がした。

「尚人……」

「有一」

気弱そうだが端整な顔をした青年が、目を赤くしたまま名前を呼ぶ。見つめあうふたりの気配からしても、どうやらこれが問題の河出尚人らしいと朗は見当をつけた。だが、どうしてこのタイミングで、と疑問は深まる。

「なんで、ここにいんの？」

「栢野先生から連絡があったとき、ちょうど、こっちの彼も錦木さんに用事があったそうで俺のところにきてましてね。いいタイミングでした」

「ツールは有効に使わないとね」

さきほどの史鶴の真似をして、栢野がにやっと笑った。

「でも、あの、いいの？　裁判……」

係争中だという相手を簡単に会わせていいのだろうか。疑問もあらわに朗が見つめると、伊勢はなぜか含み笑いでかぶりを振る。

まあ、見ててごらん。小声でささやかれて有一のほうに視線を向けると、強ばった顔で立ちつくしていた。

「いまさら、なにしに来たんだよ」

さきほどまで、朗や栢野に見せていたわざとらしい媚びはない。むしろかたくなに警戒心を剝きだしにしている有一へと、河出は足を踏みだした。

「やっぱり俺、有一がいないとだめなんだ。だから、有一、もう一度いっしょに暮らそう？」

突然の言葉に、朗はぎょっとなる。どういうことかわからず、栢野と伊勢を交互に見やると、大人の男ふたりはにやにやしながら無言で事態を見守っていた。

（部外者がこんなとこでけんかとか、大丈夫なのかな）

なにしろさきほどまで、栢野を返せと詰め寄っていたのだ。河出青年はふられることになるのだろうか、それとも——とはらはらしていた朗は、しかしそこに起きたドラマのごときシーンに、心底驚いた。

「尚人……！」

なんと、泣きだした有一が河出に抱きついた。「えっ!?」と朗が声を裏返すと、栢野が大きな手のひらで口をふさいでしまう。

「ごめん。ずっと迎えにいくつもりだったけど、有一が俺のこと迷惑だったらって」

「遅いよ、ばか。ずっと待ってたのに！　尚人のことしか考えてなかったのに！」

（ええええ、嘘つけこの野郎！）

だったらさっきの小芝居はなんだったのだ。栢野の手のひらを剝《は》がそうと躍起になりながらもがいていると、さらに芝居がかった場面は続いていた。

「もう絶対に離れないから。いっしょに帰ろう？」

「……うん。帰る」

さきほどとは別人のごとく、しおらしくなった有一は河出の手を握っていそいそと部屋を出ていく。そしてはっとしたように振り返ると、朗に向けてにっこり笑った。思わず顎を引きあとじさると、背後にいた栢野の身体にぶつかる。

「ごめんね、それじゃ」

たったそれだけだった。栢野に迷惑メールを送り、朗をつけまわし、あれだけの大迷惑をかけておきながら、たったそれだけ。

「なんだったの、あれ……」

彼らの姿が消えてから、ようやく口が解放された朗が茫然とつぶやくと、背後から身体を抱きしめている男は深々とため息をついた。

「うん、まあ、ああいう人間なんだよね。喉元すぎると、ほんとにあんな感じ。その場その場で気分が変わりすぎるんだ」

関わらせたくなかった理由、わかった？

視線でそう告げられ、朗は深々とうなずく。

「今後はあのひとたち、勝手にやってくれるよなあ？」

疲れたような朗の声に、伊勢と栢野はなんともつかない顔になる。伊勢のほうが多少立ち直りが早かったらしく、「今度こそ念書を書いてもらうよ」と力ない声で言った。

「俺ももう、二度と関わりたくないからね」

ははは、と失笑混じりにつぶやく伊勢に、栢野も朗も深くうなずくしかできなかった。

＊　＊　＊

なんとも珍妙な収束を迎えた事態に、朗はずっと惚けたままだった。

「うち、くる？」

栢野がそう誘いかけると、無言でこくんとうなずいてみせる。有一らを追っかけていった伊勢と別れ、ふたりきりになってからずっとこの調子で、いささか心配になった。

「大丈夫か？」

「ん？　なんで？　平気」

顔を覗きこむと、たしかに落ちこんでいるわけではないらしい。だが先週末に見せた激怒っぷりもすっかりなりをひそめ、いたって平静、という表情だ。

栢野の車に乗りこんでからも、朗はほとんどしゃべらなかった。途中、携帯をとりだして何件かメールを打っていたようだが、それ以外はぼうっと車の窓から外を眺めていた。

（ほんとに大丈夫か？）

こうもおとなしい朗というのがめずらしくて、栢野は戸惑っていた。さきほどまでさんざん怒鳴ったりしていたから、虚脱状態に近いのかもしれない。

「疲れたんなら、家に送っていくけど？」

提案したところ、窓を見ていた朗はくるんと振り向いた。やはり読めない表情をしていて、
栢野は正直どぎまぎする。

「泊まってもいい？」

「え？」

「帰らないってさっき、あーちゃんにメールした。だからきょう、せんせんちに泊まってってもいい？」

「あ、ああ……」

大きな目でじっと見つめられ、思わず息を呑む。夕暮れの光に照らされた頬が赤らみ、きらきらした目は潤んで見えた。急に息苦しさを覚え、栢野は運転に集中しながら「もちろん、いいよ」と答える。

そのあとは、こちらのほうがなんとなく言葉を見つけられなくなり、無言のまま走る車が栢野のマンションへと到着した。

「えーと、夕飯どうしようか？」

五階にある自室へ向かうエレベーターのなかで問いかけると、朗はうつむいたまま「ん……」と生返事をした。ますます様子がおかしいことを訝《いぶか》りつつ、次の会話も見つけられないまま栢野はドアへと到着し、鍵を開ける。

「とりあえず、なんか出前でも——」

靴を脱いだところで、背中にあたたかいものが抱きついてきた。ちいさな手が、自分の腹のあたりのシャツをきゅっと摑む。

「あ、朗？」

「先生、キスして」

栢野は耳を疑った。身をよじって背後を振り返ると、なんだか真剣な顔をした朗がじっと見つめている。よもや照れ屋の朗から出た発言とも思えずまじまじ見ていると「なんだよ」と顔をしかめた。

「キス、いや？」

意図は不明ながら、そんな顔でそんなことを言われて、手を出さずにいられるほど栢野も枯れてはいない。手首を握っていったん抱擁をほどかせ、向きあって抱き直したあと、やわらかく唇を重ねた。

ふだんならこれで真っ赤になり、憎まれ口を叩くか逃げるかする朗だが、やはりいつもと違っていた。ほっそりした腕は、今度は栢野の首に絡まってくる。

「先生、好き」

驚きながらも嬉しさは隠せず、細い身体をぎゅっと抱きしめてもう一度キスをする。今度はすぐに離すことはせず、深く重ねて舌をいれた。ぴくりと朗の指が動いたのを首筋に感じたけれど、彼はやはり逃げなかった。

「……どうしたの、ほんとに」

舐《な》めて、探って、噛んで――と、しばらくやわらかい唇を堪能したあと、息をあげている朗の髪を梳いて問いかける。ぺったりとくっついたままの朗は「んー」とちいさくうなった。

「ムラジくんがさ」

「田中が？」

「あまえられないと寂しくなるんだって。んで、いろいろあっても、抱きあって好きって言えばすんじゃうもんだって」

「そりゃ大人な意見だな」

「だから、してみた。ほんとにわりと、どーでもよくなった」

実験でもしたかのような口調に栢野がくすりと笑うと、朗は「まじめな話だよ」と言った。

「先生は？　もう怒ってない？」

「最初から怒ってないよ」

真剣な目をして訊くのがかわいくて栢野は笑みを深くする。

「じゃあ先生、俺があまえないで、寂しかった？」

「んん、そうだね」

「そしたら、セックスしたい？」

突然思わぬ方向から飛んできた質問に、さすがに笑いが引っこんだ。朗はいたって真剣な目をして「したい？」と問う。

「したいけど、朗がいやならしないよ」

「俺、したいよ。この間も、泊まれないって言っただけで、したくないって意味じゃない」

朗の顔は羞恥《しゅうち》に赤らんでいないし、むしろ真剣な表情をしている。けれど精一杯なのは、栖野の首筋にすがる手の力の強さに表れていた。

ようやく気づいた。表情が抜け落ちているのは、緊張して思いつめているからだ。

その目を見ていたら、なんだか栖野は胸がいっぱいになった。

「あと、この間、嘘つかれたって怒ったけど、ほんとに怒ったのは、会うの我慢してたのにって思ったせいで」

「朗」

「待って。話もちゃんとしなきゃ。それであと、俺、先生は俺のことわかってくれると思ってたから、なんか、思ったのと違うことされて、むかっと――」

「朗、もういいから」

強く抱きしめて、懸命に話そうとする唇をふさぐ。朗は一瞬だけ身体を強ばらせたけれど、さきほどと同じようにすぐに唇を開いた。

「抱きあって、好きっていったら、それでいいんだろ?」

「……うん」

「じゃ、それでいいことにしよう」

軽い身体を抱きしめなおし、腰から持ちあげる。「わ」と驚いた声をあげた朗が首筋にしがみついてきて、その力が心地よかった。「子ども扱いだ」と拗ねるけれど「違うよ、恋人扱い」といなしたところで、やっと赤くなる。

「お風呂はいる？　そのままベッドいく？」

「……後者でよろしくお願いします」

すこし以前に自分が言ったのを真似る朗がかわいかった。了解と笑って寝室へと連れこみ、ベッドのうえに軽い身体をおろす。

「脱いで」

できるだけやさしい声を出すよう心がけて告げると、朗はこくりとうなずいた。脱がせる楽しみを奪われるのは残念だが、押し倒したまま脱がそうとすると朗は緊張して怯える。自発的に脱いだほうが、覚悟が決まるらしい。

お互いに服を脱いだあと、ベッドに乗りあがった。朗は神妙な顔をしている。しばらく触れることもせず、じっと眺めていると、朗は困った顔でそっぽを向く。

「そんな、見るなよ」

「なんで？」

「……っちゃうから」

ぼそりと打ち明ける朗の耳元で「聞こえない」とささやいた。幼いところのある恋人は薄い肩を震わせ、印象的な大きな目で潤みながら睨みつけたあと、「たっちゃうからっ」と、やけくそのように言い放った。

「もう、勃ってるくせに？」

くすりと笑ってからかい、じっと見つめると、彼は赤らんだ顔をくしゃりと歪める。その顔がたまらなくて、腕をとって引き寄せ、抱きしめながら唇を奪った。

「んんっ」

意地っ張りで、あまえるのが下手で、素直でかわいい朗。これは自分のものだとたしかめたくて、エゴ丸出しの男のキスを繰り返すと、困ったように眉をひそめる。

なにかから逃げるように反らした首、うっすらと浮きあがる筋に、ほとんど目立たない喉仏。その皮膚が子どものようにやわらかくなめらかなことは、もうとっくに知っている。

知っているけれど、味わいたい。唇で撫で、舌でたどると、びくっと全身が強ばり、無意識で身体が逃げにかかる。尻でいざろうとするから腰骨の浮いた腹部を掴み、のしかかって押さえつける。

「重いっ」

「はは、ごめん。……謝ったついでにさらにごめん。もういれていい？」

細い肩が緊張し、驚いたように目を瞠る。栢野は眉を寄せたまま笑って「これがね」と自分の股間《こかん》を指さした。

「朗からお誘い受けるなんて事態に喜んじゃって、我慢できそうにない」

「あ……う……」

指で示されたそれを凝視したあとぱくぱくと無意味に口を開閉した朗は、ごくりと喉を鳴らした。それが怖さのせいだけでないと知れるのは、しどけなく崩れた朗の脚の間にあるものが、萎えるどころかぴくんと震えたのを見たからだ。

「だめ?」

わかっていて笑顔でだめ押しをすると、朗はふるふるとかぶりを振った。だが予想外だったのは、きゃしゃな指がいきなり栢野のそれを摑んだことだ。

「朗っ?」

「き、気持ちいい?」

全身赤くしながら、上目遣いにそんなことを訊かないでほしい。くらくらしながら栢野が「無理するな」と言うと、「してない」と口を尖らせた。

「俺、先生に我慢してほしくない。でも、すぐいれるの無理だと思うから」

「いや、あのね……」

「さすがにフェラはまだ無理だけど、手で——」

「待て待て待て待て!」

いくらなんでも唐突に吹っ切れすぎだ。うめいた栢野は彼の手首を摑み、強引にベッドに押し倒す。

「あのね、一応年上の面子《メンツ》ってのもあるんだから、そういきなりハードルあげないで」

「でも、俺、してあげようと思って」

不服そうに尖らせた口を「黙りなさい」とふさぎ、こうなれば手っ取り早く身動き取れなくしてやろうと、栢野は見えにくい場所に常備してあるものを手に取り、素早く手のひらにあけた。

「んんう！」

ぬるついた手に小ぶりな性器を包んでやると、唇のなかで朗がうめく。緊張した舌を吸ってやりながらペニスをしごくと、うぶなだけに過敏な身体はあっさり陥落した。

キスをほどかないまま微妙に身体をずらし、細い脚を持ちあげて奥へと指をすべらせる。緊張に硬くなる身体はさすってなだめ、しばらくぶりの場所をやさしく丹念にいじった。

「う、……んっ、んんっ」

「痛くないな？」

こくこく、とうなずく朗のなかへ、さらに深く指をいれる。

は、は、と短く切れる息は、興奮とすこしの怖さによるものだろう。もう何度も抱いたのに、肌をあわせる最初の瞬間、朗はただでさえ小柄な身体をさらにちいさく丸めようとする。

「なんか、いじめてるみたいな気分になるな」

「ご、ごめん」

「謝ることはないよ」

いじめているという言葉はあながち間違ってもいない。まだ二十歳の、ひとまわりも年下の子どものような青年を相手に、なだめすかすような声を発する自分を栢野は自嘲する。

（いいようにされてるのに）

大事にしたいけれど、いつまでも一歩さがって気を遣う朗がもどかしい。ぜんぶさらけださせてあまやかしてやれない、おのが未熟さも歯がゆい。そんなことを、裸で触れあう行為に持ちこむこと自体、まだ練れていない証拠なのだろう。

口づけ、なだめすかして身体を開く。怖がっているくせに、昔の恋人に妬《や》いて引っこみがつかなくなって、まんまと口実を与えて。

「つけこんでんのは、こっちなのに」

「え……？」

自嘲のつぶやきは、息を荒らげた朗には聞こえなかったらしい。なんでもないとかぶりを振り、顔を伏せて尖った乳首を舐めた。びく、びく、と不規則に震える細い身体と同じリズムで、指を含ませた場所が締めつけられる。とっくに確認ずみの感じる場所を押すようにして刺激すると「あん！」とかわいい声をあげた。

「や……吸っちゃ……あっ、あっ」

胸に吸いつき、片手で股間を揉みくちゃにしながら指を出し入れする。朗の声が徐々にうわずり、意味のないあえぎと濡れた声だけになるころ、栢野はようやく指を抜いた。

「あ……」

無言のまま脚を開かせて、腰をあわせる。朗がはっと息を呑んだ。手早くゴムをかぶせて位置をあわせて腰を押しだし、丹念に愛撫してほどかせた身体をゆっくりと侵略すると、シーツを握りしめる朗の手が白くなるほど強ばった。

「え、やだ、せんせ、怖い……」

「ん、怖くない怖くない」

なだめる声を出しながら、ちいさなそこいっぱいに埋めこんだものを、ゆっくりと動かす。きゃしゃな指がシーツを掻き、こぼれ落ちそうなくらいに印象的な目を瞠った朗は、困り果てたように栢野をじっと見た。

(なんで、そんな顔するかな)

助けて、とすがりつき、信じきった目だ。まったく、いまこの瞬間、彼をいじめているのは誰だと思っているのだろう。苦笑しそうになるけれど、不用意な表情や声をあらわにすると朗が怯えてしまうから、栢野は意識してゆったりと微笑みかける。

「だいじょうぶ。無理はしないから、リラックス」

「ご、ごめ」

「謝るようなこと、なんにもないだろ」

汗ばんだ頬を撫で、強ばる唇にそっと口づける。くしゃりと顔を歪めた朗の細い指はシーツを離れ、栢野の身体にしがみついてきた。まるい後頭部を手のひらで包んでそっと抱きしめると、やっと安心したように息をつく。

怯えているのが痛みにではないのは、もう知っている。辛抱強く開いて整えた身体は、未知の快楽を味わい、挿入だけで極まることも覚えはじめた。

腕で支えて半身を起こし、自分の手で徐々になまめかしく変わりはじめた肢体を眺めおろしながら、栢野はひっそりと息を呑む。

（ああ、やっちゃいたい）

本当は大きく出し入れして、めいっぱい突いてしまいたい。激しいことをして、泣かせてみたい。

狭くて未熟な粘膜を栢野の手で開発し、爛《ただ》れさせ、愛欲で溶けきった顔も見てみたい。

だがひと息に暴いて教えこんでしまったら、きっと朗は壊れてしまう。元気に見せかけているけれど、精一杯自分の役割を演じ、求められる姿になりきろうとするからだ。

たとえ、本心はそれを望んでいないとしても、望まれたのだと知った瞬間、朗は相手の望んだ形そのものに擬態する。あたかも、それが本来の姿であるかのように、完璧に。

だからこそ栢野は、朗を追いつめないように加減する。健気で、すこし哀れなくらいにやさしい、さみしい子どもだった彼が歪まないために、すこしのやせ我慢と苦労を嚙むことくらいはなんでもない。

慣れない朗の身体は、青すぎる果実だ。摘みとるには早いそれを熟れて落ちるまえに手にしたものは、ゆっくりと手をかけてあまくしてやらなければいけない。

「朗、口あけて」

「ん」

キスにちょうどいい形に開くことを覚えた唇を吸い、ゆるやかに舌を含ませる。薄くちいさい、かわいらしい舌がおっかなびっくり触れてきて、ちょいちょいと栢野のそれをつつく。そっと舐めると、もうすこし大胆に絡んでくる。ぐっと力をいれて裏側をなぞれば一瞬だけ強ばり、すぐにあまくとろけて、あとはされるがままだ。

「んふっ……んーっ、ふ、あ」

くちゅくちゅ、ちゅる、と音を立てながら舐めあううちに、つながった部分がきゅうっとすくむ。緊張に耐えかねてほころんだのを見計らい、腰を送ると、細い足首が栢野の脚に絡まってきた。

感じてきた合図を受けとって腰をまわすと「ふあんっ」と声をあげてキスから逃げる。

「だめ、朗。キス」

「や、や……んあ、む、ううう」

やさしく咎めて唇をふさぐ。もう怯える様子はなく、むしろ絡んだ脚の力が強まった。ちいさく音を立てている結合部の響きが、徐々に大きくなる。同時に、ぬめって膨らんだ粘膜が栢野のそれをきゅうきゅうに締めつけた。

とろりと口のなかで絡まる舌が震えたとたん、呼応するように朗の身体の奥もやわらぐ。痙攣《けいれん》するようにして自分をつつむ感触に耐えかね、栢野はすこしだけ腰の動きを速めた。

「んん!? んっ、んっ、んっ」

くぐもった声でうめいた朗の細い指が背中に食いこむ。逃れようと首を振るのを許さず、喉奥まで舐めあげるような勢いで舌を使い、つながった場所を小刻みに突いた。密着した体位のおかげでもがく恋人が感じているものは痛みではなく快楽と知れるから、栢野の動きはすこしの容赦もなかった。

「んぷっ、ふぁっ、な、なに、苦し……ああっ、あん! あ、あ、あ!」

呼吸ができないと顔を振った朗は、口が解放されるなりあまくとろけた声を漏らした。抗議を発するつもりだったのだろうに、栢野が腰を振り、朗の腿《もも》を摑んで揺り動かすたび、とろんとした目であえぎ続ける。

「……気持ちいい?」

頬を撫で、もう片方の手で乳首をつまみ転がしながら問うと、泣きそうな顔でこくこくうなずく。「言って」と唆《そその》かしながら腰を深く打ちつけると、いやいやをするようにかぶりを振るから、彼の好きな場所を微妙にずらして揺すりあげた。

「ちゃんと言って。そしたら、気持ちいいところこすってあげるから」

「や、だあ……」

「言って、朗。お願いだ。もっとって」

せがんでさえくれれば、もっと激しくすることができる。ずるいと知りつつ目に懇願を滲ませながら見つめると、思いを読んだように朗ははっと目を瞠り、ちいさな唇を噛んだ。そして細い腕を首筋に絡ませてきて、消え入りそうな声で言った。

「きも、ちい、から……も、もっと……っぁうん！」

最後まで聞いていられず、きつく抱きしめて狭い場所を抉《えぐ》った。不意打ちに身がまえることもできないまま、熱の杭《くい》を奥までたどりつかせてしまった身体は激しく反り返り、浮いた腰が栢野の動きをさらに容易にする。

「あう、やっ、やっ、深い、あっ」

「うん、ぜんぶはいってる……ほら、これが……」

ちいさな頭を抱えこみ、その耳元で逐一、なにがどうなっているかをささやいた。朗は真っ赤になり、顔を歪めて泣きじゃくり、卑猥《ひわい》なささやきに震えあがる。けれど無意識のままに膝を曲げて開き、脚を絡ませながら不規則にちいさな尻を締めつけ、腰を浮かせてくねらせる。

「ね、奥にいる。わかる？」

「あっ、あっやだ、それ……やぁ、あああ！」

爪が栢野の背を掻いた。色づいた身体の官能が深くなればなるほど、ささやかな痛みは強くなる。ふうふうと息を切らしながら肩に力なく噛みつき、歯をあてたまま濡れた舌で肌をなぞる。未熟で、もの慣れない媚態《びたい》なのに、そそられた。

「も……もう、いって、いい？　いい？」

しゃくりあげながら、涙目でまっすぐに見あげてくる。その顔が見たくて「だめ」といじわるを言うと、さらにくしゃくしゃに顔を歪めてかぶりを振った。

「やだ、い、いきたい」

「かわいいね。でもだめ、我慢」

言葉だけは却下しながらも、さらに揺さぶりをかける。感じる部分をわざとはずして突いてやると、一生懸命に感じて、我慢しながら息を切らす。

「ひど、いきたい、いっ……あ、そこ違うっ、もおっ」

あえぐ朗のなかで、栢野のそれは間欠的にぎゅうっと締めつけられる。あまりのよさに、腰が痺《しび》れて眩暈《めまい》がした。目をすがめた栢野は、お返しとばかりにすこししつこく、朗の弱点を抉り、自身の全容を使った長いストロークでこすりあげた。

「ん？　どこ？　ここ？」

「やあああっ！」

叫んだあと、自分の乾いた唇を何度も噛んでは舐めた。その仕種が、いやだと言いながら栢野の言いつけを守ろうと我慢する姿が、どれだけそそるかもまるでわかっていない、うぶ

な恋人。背中にぞくぞくしたものを感じながら、泣きだしそうな朗の頰に口づける。

「うそ。いっていいよ」

「んあっ！」

痛々しいくらい張りつめたものに手を添えて終わりをうながすと、切れそうなくらいにまた唇を嚙んでぎこちなく腰を揺すっている。力がこもって白くなったそこに舌を這《は》わせ、ぷつんとした乳首を指先で押しつぶし、埋めこむようにしながら刺激すると、「あ、あ、あ」と弱々しい声を漏らしてひときわ激しく震えた。

「……いく？」

「ん、んっ」

もうまともに声も出ないらしい。泣きながらうなずいた朗の顔をじっくり眺めながら、栢野は彼の感じるところに狙いを定めて腰を揺り動かした。ああ、だめ、ああ。しがみついてくる細い腕が小刻みに震え、すすり泣く声が耳をかすめる。

「あ……！」

解放は一瞬のようで、同時にひどく長くも感じられた。脈打ちながら吐きだす体液の熱さに、栢野は長く息をつく。

自分では身体をゆるめることもできない朗の腿を撫で、やさしく強ばりをほどく。かくん、と糸が切れた人形のように力なく、ちいさな身体がシーツに沈んだ。

身体をほどいても、余韻のせいで腰がかくりかくりと揺れている。コンドームを始末したあと、朗の射精に濡《ぬ》れて萎えた性器を軽く握ってやると、後戯に感じた身体がびくんと震えてまるまった。

「や、いた、痛い」

「ああ……敏感になってるのか。しないよ、さわってるだけ」

栢野の手首を両手で摑んで押し戻そうとするから、手のひらに包むだけにしてキスをした。くすんと鼻を鳴らした朗は、濡れた目で恨みがましそうに睨んだけれど逃げようとはしない。それどころか、栢野の胸に顔をこすりつけ、自分から抱きついてくる。

栢野は抱きあったまま体勢を入れ替え、朗を胸のうえに乗せた。

「……がんばってあまえてくれてんのかな?」

「したいからしてるんです」

からかうと、耳を赤くしながら朗が口答えをする。尖ったそれをついばんで、栢野も彼の身体に両手をまわし、さきほどいいようにかきまわしたちいさな尻へ両手を添えた。ぴくんと震えたそこが緊張に硬くなり、朗が口づけたまま「くふん」と喉声をあげる。

指をすべらせ、まるみを帯びたあわいにはさませると、ちろちろと口腔で舌を舐めてくる。重なった身体の間で、さきほど痛いと言ったはずのものが強ばり、栢野の腹を押した。

「……なんか、ほんとだった」

長い余韻を味わうのか、次への前哨戦《ぜんしょうせん》かわからないキスをほどいたとたん、朗がぽつりとつぶやいた。「なにが?」と栢野が問えば、「エッチしたらどうでもよくなった」とどこか眠そうな声で答える。

「あったかくて、気持ちよくて、なんかもう、どうでもいい」

くたりと栢野の身体に寄りそったまままそんなことを言うから、こちらも予想以上に早く回復しはじめてしまった。さきほどの栢野と同じように肌で感じた朗が、胸のうえではっとしたように顔をあげる。たしかめさせるように腰を揺すって押しつける、狭間《はざま》にはさませていた指を曲げると、さっきのいまだというのに彼はまた赤くなった。

「どうでもよくはないよ」

「え?」

「朗が好きだから、おまえのことは、俺にとってなにひとつどうでもいいことじゃない」

たまに失敗はするけれど、それもできれば許してほしい。そんな気持ちでじっと見つめたさき、朗はちょっと困ったように眉をひそめたあと、肩をすくめて笑った。

「うん、そだね。どうでもよくないね」

ぎゅっと抱きついてきた朗の肌の熱を感じながら、しっとりした感触を全身で味わう。秋に感じた乾きは、このみずみずしい身体を抱きしめている間だけ薄れていくようだ。

「……ひかりさん、どう?」

「うん、だいぶ落ちついたって。さっきあーちゃんのメールに書いてあった。あさってくらいには面会できるって」

このところ朗の気持ちを乱していた原因のひとつは、とりあえずは解決したらしい。よかった、とごくちいさな声でつぶやくと、朗が胸のうえに顔を伏せ、もぞもぞとあまえるようにこすりつけてきた。

「せんせ、またお見舞い、いっしょにいってくれる？」

「いいよ。いつにする？」

「ん、今度訊いておく。あと、ね。あと——」

もぞもぞしているのは顔だけではなく、下半身の重なった部分も同じくだ。曲げておいた指をさらに深く押すと、朗は「ん」と声をあげ、目を閉じて震える。顎と首筋の間に吸いつきながら、栢野は問いかけた。

「このまま、うえに乗ってしてみる？」

はじめての行為に誘いをかけると、朗は目を潤ませて「うん」とうなずいた。指でたしかめている場所が、期待を表してひくりとうごめく。

頰に手を添えて顔の角度を変え、またキスをした。

「好きだよ」

抱きあって恋をささやく。ムラジに教わった、ぜんぶを解決する魔法の呪文を栢野が律儀に実践すると、朗は楽しそうに「あはは」と笑った。

そしてそっくり同じ言葉を栢野へと告げて、あまい蜜《みつ》の絡まる快楽に、ふたりで溺《おぼ》れた。

＊　＊　＊

史鶴から朗に対しての『おごり』は、どっちもどっちという話で相殺《そうさい》にすることとなった。

しかしながら、このところ起きたできごとに関して、もっとも気苦労をかけた彼について、朗をはじめとした友人一同、平身低頭するしかなかった。

「ええと、無事にラノベの第一稿があがりました」

「そうかあ、楽しみ。ＳＩＺさん、早く読ませてね」

「な、仲直りしました」

「うんうん、よかったね。栢野先生も、問題は片づいたみたいだし」

「卒制ショー、とりあえず、進行追いつきそうだから……助かった」

「沖村くんならできると思ってたよー」

三人が口々にその後の状況を報告し、「大変に、ご迷惑をおかけしました」と頭をさげたところ、ムラジは相変わらずの鷹揚さで「いいよお、気にしないで」とほんわり笑う。

「でも、本当にいいの？　なに食べても」

「どうぞどうぞ、お好きに」

やった、とにこにこするムラジはメニューを開く。見た目のとおり大食漢の彼だが、懐具合の厳しい三人に対して「じゃあ連れてって」と告げた店は、御茶ノ水にある『キッチンカロリー』だった。各メニューの値段がおおむね千円弱と安いわりに、店名のとおり、高カロリーでボリューム満点な肉料理が有名だ。体格のわりによく食べる朗ですら一人前を食べきるのはけっこう大変だったりするのだが、ムラジはやはりムラジだった。

「すみません、カロリー焼きと、エビジャンボ鉄板焼き、あとライスお願いします」

「……ふ、ふたつも食べるの？」

史鶴がぎょっとした顔をしたところ、ムラジは見当違いの気を遣い、眉をさげる。

「あれっ、ごめん。図々しかったかな。予算、厳しい？」

「い、いや、値段はいいよ。食べられるならぜんぜん、かまわないから」

どうぞ、と三人ともが愛想笑いをすると、彼は嬉しそうに顔をほころばせた。冲村は一人前を、史鶴と朗はふたりでひと品を頼むと、さほど待たされることもなくテーブルのうえが皿で埋まった。

「おいしいねえ」

にこにこしながら料理を胃に送りこむムラジに、朗はもはや感動すら覚える。箸《はし》使いも食べかたもとてもきれいなのに、すごいスピードで皿の中身が減っていくのだ。

「ムラジくんが食べてるの見てると、なんかしあわせになるなあ」

「んん？　ぼくがしあわせだからじゃないかな」

ふっくらしたほっぺたを動かしながら笑みを浮かべる彼の言葉に嘘はないようで、「お肉おいしいね」とつぶやく声は本当に多幸感にあふれている。朗は思わず口走った。

「……もっと食べる？」

「え、いいの？」

ぱっと顔を輝かせるムラジにうなずいてみせると、向かいに座る冲村が足を蹴ってきた。

――金、大丈夫かよ。

安いとはいえ、この調子でどんどんいかれてはたまらないと思ったのだろう。朗はにやっと笑って、「軍資金はあるしね」とあかるく告げる。

「どっから？」

「うん、とあるところから。ね？　史鶴」

苦笑してうなずいた史鶴は、この日くわわっていないもう一名の『謝罪金』をいっしょに預かっていた。むろん出所は、トラブルの大元となったあの講師だ。

――これで田中におごってあげて。そんで、昭生さんからのお説教はご勘弁。

拝むようなポーズで告げられたとき、昭生がいちばん栢野の肩を持っていたことを言うか言うまいかと迷い、けっきょく朗は口にしなかった。じかになにか言われるよりも、あれこれ想像させ、やきもきさせたほうが、今回の件のお仕置きになるような気がしたからだ。

たぶん今後も、栢野は朗に対して過保護な扱いはやめないと思う。けれども、子ども扱いをするならば、こっちもそれなりに大人げない報復をしてやるまでだと開き直った。

「……ふふふ」

「相馬くん、楽しそうだね」

内心も知らず、ムラジが首をかしげて微笑む。

「うん、まあ、しあわせだからじゃない？」

にっこりと笑み返した朗の顔を、冲村が不気味そうに眺めている。

「しあわせっつーより、腹黒……いってえ！」

朗はその足をテーブルのしたで思いきり蹴った。無駄に長いおかげで狙いははずさず、冲村はうめいて飛びあがる。史鶴は心配そうにしながらも笑いをかみ殺し、なにも気づかないムラジは「どうしたの」と目をまるくする。

いつものとおり、突っかかってくる冲村の顔を見て、朗は、声をあげて笑った。

バズワード

コール一回でとった電話は、数秒で切られた。伊勢逸見《いせいつみ》が怪訝《けげん》に見やる目のまえで、事務員である田宮志津子《たみやしづこ》は、深々と息を吐きだした。

「どうしましたか、田宮さん」

「……また無言電話ですよ」

また？　と顔をしかめると、伊勢より勤続年数が長いベテランの彼女は、ふっくらした頬《ほお》を手のひらで押さえて「ええ、また」と憂鬱《ゆううつ》そうにうなずいた。

「ナンバーディスプレイ見ると、公衆電話なんですよ。しかも黙ったまま、こっちが切るまで切らないんですよ」

「定期的にくるんですか？」

そうなんです、と眉《まゆ》をひそめた彼女に、伊勢も微妙な顔をした。

「単なるいたずらだったら、いいんですけどね」

「この間の、遺産相続の件ですか？」

複雑そうな顔でうなずく田宮は、「いやな話でしたから」と声を低くした。

「まあ、うちにくる話でいい話もあんまりないですけどね」

茶化すように言うと「それはそうね」と田宮が苦笑した。

伊勢がつとめている高原健一《たかはらけんいち》法律事務所は、所属弁護士が所長の高原と伊勢のほか二名というちいさな事務所だ。

地域密着型の法律相談をメインに扱っており、持ちこまれる相談内容は、遺産分割、離婚、債務整理といったものが大半。とはいえ東京の法律事務所は数多くあり、よほどの大手でもない限りは、大抵は民事の個人的な事件を扱うことになる。そのため、内科小児科なんでもござれの町医者になぞらえて、町弁、町医者的弁護士と呼ばれるのだ。

「残された家の敷地が書類上の面積とじっさいの面積で、ズレがあったんですよね」

「ええ、コンクリートブロックの幅があるぶんだけ書類より狭いんです」

田宮の言う「いやな話」は伊勢の担当ではなかったが、狭い事務所なので持ちこまれた案件はほぼ把握していた。

土地うわものつきの物件は、持ち主であった遺族の父親が亡くなるまで放置されていた空き家だ。さして大きな家というわけでもなく、販売価格は土地付きで二千万弱。それを四人の兄弟姉妹で分配する際に、端数一桁《ひとけた》までをも争うがめつさは、所長である高原や事務手続きを担当した田宮もうんざりするほどだったそうだ。

「持ち主の管理が行き届いてないわけだから、本来は買い手に対しての説明責任があるのに、関係ないの一点張りで……ただでさえ、兄弟姉妹で遺産分配についてもめてるっていうのに、購入者のほうにまでトラブルが及んでしまって」

「トラブルって？　実質的には、買い取った土地のぶんに足りていないいんだから、返金するなりなんなり、処理しないと。ブロックの幅といったって、数メートルあればそれなりの面積になるでしょう」

あたりまえのことだと伊勢が言えば、ますます田宮は顔をしかめた。

「……百円なら払ってもいい、と言ったそうですよ」

「それはその、平米数とか、坪に対して、ですか？」

「いいえ、ぜんぶで百円」

伊勢は文字通り、開いた口がふさがらなかった。その顔を見た田宮は苦笑いを浮かべる。

「購入者さんのほうが、トラブルは面倒だからもうそれでいい、と引っこめたらしいです。不動産屋のほうから聞いた話でしかないので、それ以上は知りませんけど、お気の毒でした」

「まったくですね」

「ただ、まだ相続人たちの間で話がついてなくて……こっちを逆恨みしているような気配があるものですから」

遺産争いなどの民事事件、刑事事件を問わず、納得のいく結果を得られなかった場合に交渉に当たった弁護士を恨む人間は、すくないとは言えない。この手のトラブルはめずらしくもなく、慣れたこととはいえ、精神的な疲労感は拭《ぬぐ》えないのだろう。

（まあたしかに、感情論でこじれるのは、面倒くさい）

先日、依頼を断った件についてもそうだった。恋人同士の別れ話が大きくあとを引き、しまいには泥沼の訴訟問題にまで発展している。過去の経緯を知っているうえに、当事者と関連した人間は伊勢が知らない相手でもないのが厄介《やっかい》すぎて、概要を聞いたところで手を引いたわけなのだが――。

（栢野《かやの》先生はあのあと、どうしたかな）

錦木有一《にしきぎゆういち》と河出尚人《かわでなおと》の一件について、最後まで栢野に伝えることは迷った。だが有一は、うつ改善に通院している病院にいかなくなったかと思えば行方をくらましたりと、周囲に迷惑行為を繰り返していると聞いた。知った以上は警告しておくべきだろうと感じたのだ。ぜったいになにかやらかすに違いないといやな予感を覚えたが、迷惑メールが執拗《しつよう》に届きはじめたと栢野から聞いたときには、案の定すぎて失笑してしまった。

そしてその件で栢野と相談している真っ最中に、栢野が朗《あきら》からのメールを受けとったのは、いまからほんの数時間前、きょうの午後の話だ。

あわてて帰っていった栢野は、おそらく現在、一本気な朗とバトルしていることだろう。

隠しごとのきらいな朗にとって今回の件は完璧な地雷だ。相当にこじれそうな気配がある。

本音を言えば、栢野と朗の問題は当事者同士で片づけてほしいところだけれども、そう箇単にはいくまい。

(昭生《あきお》が聞いたら、また甥《おい》っこにかまけそうだな)

甥を溺愛《できあい》するわりに、肝心の部分でケアが行き届かない伊勢の恋人について、かつて真っ向から批判したためか、昭生は栢野《きば》のことがどうにも苦手だ。ここで朗についてポカをしたなどとわかれば、叔父ばかの彼は牙を剝《む》いて殴りこみにいきかねないし、そうなればことはさらにこじれるだろう。

昭生には、あまり自分以外のことでわずらってほしくないのだが、そうもいかないことは長いつきあいで知り抜いている。

「……考えすぎならいいんですけど」

「ほんとに、そうですね」

ため息をついた田宮の言葉に反射的にうなずいて、実感がこもりすぎたことに伊勢は気づいた。すこし驚いたようにこちらを見やった彼女が「伊勢さんも心配なんですか？」と問いかけてくる。

「担当でなくても気になるくらい、大変な件なんでしょうか」

「いや、まあ……でもだいじょうぶですよ、きっと」

心配顔をする田宮にごまかすように微笑《ほほえ》みかけ、わざとらしく時計を見て伊勢は席を立った。

「あの、時間なんで、大山《おおやま》さんとの接見いってきます」

「あっ、そうでしたね。お気をつけて。そちらもあまり、無理なさらないで」

気遣わしげな田宮に軽く会釈して、拘置所にいる依頼人のもとへと向かうべく、足早に歩きだす。

——片づけるのはひとつずつ。まとめてかかえこんでいても、きっちりやれば終わる。

まだ新人だったころ、所長の高原に叩きこまれた極意を胸のうちで繰り返していると、携帯電話にメールの着信があった。

送信主の名前を確認すると、栢野の名前がある。ものすごくいやな予感を覚えた伊勢は、しばらくそのメールを開封するかどうか迷い、ひとまず接見後にしようとフラップを閉じた。

「片づけるのは、ひとつずつ」

つぶやいた声は、自分でもちょっとうんざりするほど、低かった。

＊　＊　＊

深夜をまわったころ、池袋の住宅街にあるカフェバー『コントラスト』のドアが開かれた。

「もう閉店で——」

テーブルを拭《ふ》きながら言いかけた相馬《そうま》昭生は、現れた男の顔を見て肩の力を抜いた。

「なんだ伊勢か。飯？」

「うん、なんかお願い。腹減ったから、がっつり食べたい」

くたびれきった顔で上着を脱ぎ、スツールに座ってネクタイをゆるめる男に、昭生はエールビールを出してやりながら「カレーでいいか」と問いかけた。

「カレー？　この店、そんなの出したっけ」

「いや店のじゃなくて、おととい、休みにつくったやつ」

「え、食べたい」

伊勢はぱっと顔を明るくする。いきなり変わった表情に昭生が驚きつつ「すぐに準備するから、飲んで待ってろ」と告げて冷蔵庫を覗《のぞ》きこんだ。

（やりにくい）

じっとその背中を見つめられているのがわかって、昭生は緊張した。冷蔵庫からとりだしたカレーを鍋であたためる間、沈黙に耐えられずにさきほど切ったステレオのスイッチをいれなおし、ＢＧＭを流す。気づいた伊勢が「お」と目をしばたたかせた。

「いいな。誰？」

「ジェイソン・ムラーズ。朗がＣＤ貸してくれて、気にいったから最近かけてる」

アコースティックギターの音色と、ルーツ・ミュージックの要素を取り入れた穏やかなポップソングは、米国のサーフミュージックシーンでも人気なのだそうだ。

目を閉じ、指先でリズムをとっていた伊勢は「なんて曲？」と静かに問いかけてくる。

「えっと、いまかかってるのは……“I'm Yours”かな。いちばん人気の曲らしい」

昭生が口早になってしまったのは、レゲエアレンジのリズムに乗ったその曲の歌詞が、あまりにもストレートなラブソングだったからだ。

恋人に向かって、難しく考えることはない、ためらわず、心を開いて受けいれてくればいい、ぼくはきみのもの、とやさしく繰り返し口説き続けるというその曲をはじめて聴いたとき、なんだか自分たちの過去を思わせて、どきりとしたのを覚えている。

よりによって、伊勢がいるまえでこの曲か。早口にうたわれる英語詞とはいえ、シンプルでストレートに訴えかけてくる言葉だ。語学も堪能《たんのう》な伊勢はおそらく聞きとれてしまうだろう。

（なんか、自分でムード作るような真似しちまった）

わざとじゃなかったのに、と身悶《みもだ》えながら昭生がこっそり伊勢をうかがうと、視線を感じたかのように彼はふっと瞼《まぶた》を開けた。

「いい曲」

にこ、と微笑んだ一重まぶたの目がやさしくて、赤面するのが止められなかった。そんな昭生に、伊勢はくっくと喉奥《のどおく》で笑い、くすぐったいような時間が流れる。

このところの伊勢は、心おきなく幸せそうに微笑んでいることが多い。それが伝染するのか、あまり笑うのが得意でない昭生までもがにやけた顔になりそうで、どうにも恥ずかしかった。

なにが恥ずかしいかと言えば、十年以上もの歳月を素直になりきれずすごしてしまった相手をまえに、いい歳をして乙女のごとく羞《は》じらっている自分が、だ。おまけに、平静を装ったり冷たいふりをすることには慣れきっていたはずなのに、最近はちょっとしたことで動揺するし、心臓があちこち騒がしくて、落ちつかない。

自分がとても無防備な気がして怖い。けれど、もうあんなすれ違いは二度とごめんだし、わざと伊勢を閉めだすことだけはよそうと決めている。おかげで身の置き所がなく、不安定で落ちつかないけれど、ここで逃げたら今度こそ終わりだと理解しているから、昭生は精一杯の努力でその不安感を受けとめようとしていた。

とはいえ、こそばゆさにそうそう慣れることもできない昭生は、ラブソングから意識を逸《そ》らそうとするように鍋をかきまわし、レンジにライスをいれてあたためた。身体《からだ》を動かしていれば、足の裏がむずむずするような恥ずかしさに耐えられる気がしたのだ。

「きょうも遅かったんだな。また仕事、大変なのか」

「ん、ああ。ちょっといま、ややこしい感じになってて――」

伊勢が答えかけたところで、レンジの加熱が終わった。チン、と音を立てたそれから白飯をよそった皿を取りだし、あたたまったカレーをかける。

「どーぞ」

「うわ、うまそう。いただきます」

カウンター席の向かいにいる伊勢へ差しだすと、伊勢は嬉しげにスプーンを取りあげ、がっつくように口に運んで「うまい」とつぶやく。

「そりゃふつうにうまいだろ、市販のルーだぞ」

仕事を離れてまで、凝った料理を作る気にはならない。ごくふつうの『ごはん』だと言ったのに、頬をゆるめながら彼はさらに言った。

「昭生の飯食うの、ひさしぶりだから、よけいにうまい」

「……三日にあげず、ここで食事してるのはどこの誰だよ」

昭生のあきれた声に、伊勢は片手をあげ、しかつめらしい顔でかぶりを振る。

「店のメニューとプライベートごはんは、べつ。……なあ、それ朗も食った？」

「いや、あいつここんとこ出かけてるから」

食べてないとこちらもかぶりを振ると、とたん、伊勢がにんまりと笑う。意味がわからず昭生が首をかしげると、彼はエールを口に運びながら言った。

「俺だけが食えるってところでポイント増大なの」

「なんのポイントだよ」

にやにやする男に「ばかじゃねえの」と言ってのけながら昭生はまた背を向ける。顔を見られたくないのは、唇のはしがまたむずむずしてしまったせいだ。

「さっき言ってた、ややこしいことってなんだよ」

煙草に火をつけるふりで、顔を逸らしたまま問いかけると、一心不乱にカレーを食べていた伊勢は「ああ、うん」と顔を曇らせた。またなにか面倒ごとを抱えているらしいことを察して、顔をしかめた昭生は煙草をくゆらせる。

「言えない話か？」

「や、べつに。ただちょっとね、事務所に無言電話はいってきて」

しばしの間を置いてつぶやかれた言葉に、昭生は「またか」と顔をしかめた。彼が弁護士になってから、そういうきなくさい話は絶えたことがないからだ。

「あときょう、依頼人との接見があったんだけどね。ちょっと失敗したもんで」

「失敗？　なんだよ」

「うん、一時期取り調べでいやなことがあったせいで、心閉ざしちゃってたわけ。で、ひとまず信用してもらわないとってことで、こまめに通ってたら親しくなりすぎた」

視線で「どういうことだ」と問いかけると、伊勢はため息をついてエールをあおった。

「信頼してもらえるのはいいにしても……親しさを勘違いしてともだち感覚になっちゃうやつもいるんだよ」

「具体的に言うと？」

「くだらないぞ。今週発売のジャンプ買ってきてくれって頼まれた」

意外な言葉に目を剝くと、伊勢は苦笑していた。

「ええっと、訊《き》いていいか。そいつ、どういう事件の、どういう立場の人間？」

「……傷害事件の、加害者。一応は暴力を振るった理由もあるんだけど、ね。なかなか心開いてくれなくてさ」

ことの起こりは深夜の繁華街で絡まれた女性がいたことだ。それを助けた依頼者が、絡んでいた男に抗議したところ、相手に殴りかかられたのだという。正当防衛でやり返したところ、絡んだ男の脚は運悪く側溝にはいりこみ、骨を折ってしまった。

「でもそれ、絡んだほうが悪いんじゃないのか」

昭生の疑問はもっともだ、と伊勢はうなずく。

「たしかにことのなりゆきとしてはね。でも大怪我したのは、さきに手を出したほうなんだ。目撃者もいまのところ見つかっていなくてね」

「絡まれた彼女は？」

「逃げちゃったんだよ、それが。ほかに目撃者もなくて、おかげで不利になっちゃって」

しかもその相手が示談ですませるのをよしとせず、暴行で起訴されてしまった。本人は軽傷だったこともあって、さきに絡まれたのだという主張は言い逃れだと決めつけられた。

「取り調べで自白の強要とかされたんで、かなりかたくなでね。だいぶうちとけてきたんだけど。なんでもいいから言ってくれって言ったら、それだった」

それで接見中に、マンガ雑誌を弁護士にねだるのか。思わず昭生が顔をしかめると、伊勢もまた微妙な笑みを浮かべていた。

「そこまでしてやらないといけないのか？」

「基本的には、してはいけないってことはないよ。ただ失敗したと思った」

「おまえのせいじゃないだろ、それ」

「いや、ある意味俺のせいだよ」

相手の性格を見誤ったと、伊勢はため息をついて話しだした。

「拘留された状態で、限られた人間とだけ接触してると、捕まっちゃってるし不安だしで、相手はコミュニケーションに飢えるわけ。そこでちゃんと話をすれば信頼関係を育てられる。ほっときっぱなしになると、こっちを信用してくれなくて、警察側の言いなりになっちゃう場合もあるしね」

公正に事件を見るためにも、話しあいは必要だ。ことに不安定な状況下ではこまめなケアこそが大事だと言う伊勢に昭生は深くうなずいたけれど、伊勢は「そのバランスがむずかしい」と苦い顔で続けた。

「警戒されちゃどうしようもない。かといってなあなあになっちゃうと、逆に弁護がむずかしくなる面もあるんだ」

「むずかしいって、なんで？」

「短期間で感情的に濃く依存されると、依頼人側が冷静でいられなくなる。すこしでも不利な状況ができあがると、あまえすぎたぶんだけ逆に弁護側を逆恨みしてみたりね」

「嘘ついたり、黙ったりするってことか？」

伊勢はうなずいた。

「そこまではなくても、もともと浅い信頼関係だから。逆方向に振れると反作用が起きる。で、必要以上に厄介な案件になったりする」

言葉を切って、伊勢はまたカレーに集中しはじめた。守秘義務もあるため、おおまかな話しか彼は語らなかったけれど、疲れているのはよくわかった。

（いま言ったことのほかにも、なんかありそうだな）

そもそも伊勢の人生で面倒ごとに関わらないことはあり得ない。そういう職業だからだ。そして冷徹に事務的に処理するにしては、彼は人情味がありすぎる。

おまけにつらくなっても、簡単には見捨てない。昭生にそうしてきたように。

「あんま、疲れるようなこと、すんなよ」

ぽつりと背中越しに言えば、伊勢は嬉しそうに「心配してくれるんだ？」と言った。

「だっ……」

誰が、と反射的に言い返しそうになって、昭生はうつむいた。ひとくち、ふたくちと煙を吐きだしたあとに、ごくごくちいさな声で答える。

「……心配してるよ」

伊勢は無言だった。振り返らなくても、彼が驚いているのはわかる。うなじのあたりがぴりぴりして、頬も痛くなった。たぶん信じられないくらいに赤くなっているのだろう。

「す、するだろ心配くらい。おまえ、仕事が仕事だし、いつも面倒ごとばっかりだし」

「昭生」

「だいたい、顔見れば疲れてるのくらい、わかるっつうの。長いつきあいだし」

背後で、彼が立ちあがった気配がする。食べ終えるまで椅子を立つなと言ってやろうかと思ったのに、ちらりと視界の端に入ったカレーの皿はもう空だった。

「昭生、こっち向けよ」

「……いやだ」

「こっち向かないと、あとでひどいぞ」

脅し文句に反射的に振り向いたのは、最近の伊勢が本当に節操なく求めてくるからだ。目を細めて嬉しそうににやつく男を睨《にら》みつけながら顎《あご》を引くと、長い指が唇に触れてくる。

「店でさわるな」

「じゃあ、自室《うえ》にいく？」

すこし以前なら、冷ややかな視線ひとつで伊勢の誘いを叩き落としていただろうと思う。

なのにいまでは、いくら睨んでも伊勢が怯《ひる》んだりあきらめたりする気配がない。

「顔が赤い」

楽しそうに笑って、長い指が頬をこする。ますます熱くなるそれが手に負えず、昭生は目を閉じて「さきにいっとけ」と顔を背けた。

「片づけたら、あがるから。これでも飲んでろ」

エールの瓶《びん》を数本押しつけて、勢いよくシンクの蛇口をひねる。わざとらしく音を立てて洗い物をはじめた昭生に、伊勢はくすくすと笑って「じゃあ、おさき」とその場を去った。

＊　＊　＊

昭生の自室は、さほど広い間取りではない。書架とベッド以外はろくに私物もない部屋だけれど、収納もない六畳間なのだからしかたのないことだ。

一階の店舗部分にしてもそうだが、この二階建てマンションビルはかなり古いもので、隣接した建物の隙間を埋めるような細長い構造になっている。自宅部分には狭い台所と風呂があるけれど、料理はほとんど店ですませるためなかば物置状態だ。

昭生は二部屋ある寝室のうち、広くて日当たりのよいほうを甥の朗に譲っていた。

以前の伊勢は、なににおいても朗を優先する昭生にもどかしさを、同時にあの明るい子どもにうらやましさを感じていた。この狭い部屋は、ひとをなかなか信じない臆病《おくびょう》な昭生が閉じこもる、要塞《ようさい》のようにも思えたことがある。

だが、不器用ながらも気持ちが通じたと思えるいま、そうした胸苦しさはすこしも感じない。「ふふ」と思わず笑ってしまうと、昭生が怪訝な顔をした。

「なんだよ、いきなり笑って」

「いや、部屋が狭いってのも、悪くないなと思っただけ」

「なんだそれ」

「昭生を捜す必要がない」

ますます意味がわからない、といったふうにきれいな眉が寄せられる。軽く首を動かすたびにくすぐったいのは、昭生を抱きしめているからだ。

「捜すって、そんな必要どこにあるよ？」

「うん、まあ、いまはないな」

ベッドのうえに座ったまま、壁を背中につけて薄い背中を胸に抱えこみ、膝《ひざ》のうえの重みを噛《か》みしめながらうなじに顔を埋《うず》めた。

あまったるい抱擁。高校のころからずっと、こんなふうにしてみたいと思ったそのとおりの形で昭生を抱きしめる瞬間、ゆっくりと伊勢の胸は満たされていく。

だが昭生は落ちつかないのか、しきりに身をよじらせていた。

「やめろよ、こういうの」

「こういうのって？」

「なんか、こういう……」

どう言っていいのかわからないかのように、昭生は言葉を詰まらせてうつむいてしまった。やめろやめろと言うくせに、伊勢の腕のなかから逃げるでもなくもぞもぞしている。

落ちつかない様子に、すこしだけ笑みこぼれる。「なんで笑う」と肩越しに振り返った昭生に睨まれ、なんでもないとかぶりを振った。

緊張したように身を硬くするけれど、かつてのように振り払われもしなければ、皮肉な顔であざけられもしない。それがどれだけ嬉しいか、たぶん昭生にはわからないだろう。

さきほど店で聴いた音楽が気にいったからと、この部屋でもＣＤをかけていた。ゆったりしたあまい声の歌声に掻《か》き消されそうなほどちいさな声で、昭生が言う。

「べつに、こんな体勢で飲まなくてもいいだろ」

「飲んだっていいだろ」

むすっとしたまま言うけれど、ベッドに腰かけたまま待っていた伊勢が「こっちおいで」と両手を広げたとき、拒まなかったのは昭生のほうだ。むしろ、ふざけんなと振り払われるかと思ったのに、素直に脚の間に座られて伊勢のほうが動揺してしまった。むろんそんな内心を悟られたら一目散に逃げられるから、平然と抱きしめておいた。

だが、顔を見られない体勢を選んだのは、純粋な下心からばかりではない。

（さて、どう切りだしたもんか……）

ため息を呑《の》みこんだことをごまかすために、昭生の肩に額をつける。

依存気味の依頼人との接見を終えたあと、覚悟を決めて開いた栢野からのメールは、錦木有一の件について細かいことをもうすこし教えてほしいこと、そして朗がきょうの夕方から、栢野の部屋にくるということが書かれていた。

【有一のほうが朗に接触してきました。どうやら伊勢さんに忠告された件、そのとおりになったみたいです】

――傷つきやすくて脆《もろ》いところもありますけどね、すくなくとも自分で戦う気力はある。見誤ると、むしろ面倒かもしれない。

栢野に告げたのは本心からで、だからこそよけいな気をまわすなと忠告したのに、遅きに失してしまった。

【相当こじれそうな感じがしますので、万が一の場合はそちらのフォローお願いします】

そちら、とはつまりいま伊勢が抱きしめている相手のことだ。

（簡単に言ってくれるなよ）

伊勢は正直、頭が痛かった。ようやく、こうして素直に抱きしめていても怒られないだけの状況になったというのに、波風を立ててこじらせたいわけがない。

昭生はただでさえ栢野との交際に反対している。しかも、昔の男絡みとくれば、思いっきり彼の地雷を踏みまくるネタだ。誘爆してこちらが被弾しないとどうして言えるだろう。

（せっかく、こんなにやわらかくなったのに）

またかたくなな彼に逆戻りさせたいわけがない。薄い腰を無意識にぎゅっと抱きしめていると、昭生が静かに問いかけてくる。

「……伊勢、ほんとになにがあった？」

「え」

「さっきから、ため息ついてばっかりだし。ほかにも心配ごと、あるんだろ」

腹のうえで組まれた伊勢の指に、昭生はおずおずと手を添えてくる。気遣うようにそっと撫《な》でられて、伊勢は目を瞠《みは》った。

「言えないことも、あるんだろうけど。愚痴なら、聞くし」

「昭生……」

「言いたくないなら、黙ってても、いいし。ただ、ほら。おまえ、まえに言ってたから。俺じゃないと、話す相手いないって。だから」

照れたのか、すこし伸びた髪がじゃまなふりで、昭生はサイドのそれを払い、耳にかけた。こめかみからなめらかな頰に続く肌、そこにこぼれかかる後れ毛と、さらりとした髪が描く繊細なウェーブ。絵心がある人間だったなら、その一本ずつを描きとりたいと感じただろう。

そして、ふだんは髪に隠れてあまり見えない、形のいい耳。耳殻のうっすらした赤みと内側の複雑なおうとつ、なめらかなカーブを描いてやわらかそうな耳たぶへと続く曲線。

産毛にひかりが当たると、ふわりと白くやさしい乳白色の縁取りができる。それが目にはいったその瞬間、自分でもどうかしていると思うけれど、伊勢は欲情した。

（かわいい耳……）

いや、耳だけではない。昭生の造形なら、指でも、爪《つめ》の形でも、くるぶしの骨でさえもかわいいと感じ、身体中が熱くなる。

栢野の話も、面倒な状況もいっぺんに頭から吹っ飛び、伊勢は身体の動くままにまかせた。

「わっ」

いきなり耳にかじりつくと、昭生が驚いたように声をあげる。反射的に逃げかける身体をさらに強く抱きしめて、舌先で耳の縁をたどった。

「ちょ、は、話……」

「どうでもいい」

いまのうちに話しておいたほうがいいとわかっているけれど、こんなにやわらかい状態で腕のなかにいる恋人をまえに、雰囲気を台無しにするような真似はしたくなかった。

「昭生、していい？　朗、いないだろ」

「あ……」

あざやかなくらいに細いうなじが染まって、伊勢はますます抱く腕を強める。身体に起きた変化は密着した場所で感じとったのだろう、昭生の細い肩はますます強《こわ》ばり、腰に当てていた手をそろりとあげて左胸に当てると、すごい勢いで鼓動が跳ねていた。濃密になった空気のせいか、音楽ももう聞こえない。

伊勢と昭生は、あの高校時代のどうしようもなく未熟で愚かなあやまちと、その報復のための行為を除けば、お互い以外の肌を知らない。

未熟だった伊勢が疑心暗鬼から逃げを打ち、ほんの数回、慰めを求めて寝た相手は昭生とは違って男に抱かれることに慣れていた。口で奉仕されたりもしたし、昭生よりずっと積極的で、抱き心地がよかったのは否めない。けれど毎回どこかむなしくて、夢中になれないままだった。

それから伊勢は、昭生以外の誰とも寝ていない。

昭生が妥協という名のあきらめを持って「好きにしていい」と乾いた譲歩をみせた大学時代、ろくに会ってもくれなかった二年の間に、誘惑がまったくなかったとは言わない。

彼に許されたくてがむしゃらだった間も、もう折れてあきらめ、ほかの誰かを探せばいいと感じたことも、なくはなかった。けれどそんなことをしたら昭生は今度こそ本当に伊勢のまえから去るとわかっていたから、あらゆる意味での禁欲の二年を耐え、無茶と知りつつ挑んだ在学中の司法試験にも合格した。

本当に必死だった。いまでも必死だ。繊細で疑い深くて傷つきやすい、厄介で面倒くさい恋人に自分を信じさせるのはむずかしい。

「……いやか？」

首筋に唇を押しつけると、またびくっと昭生が震えた。なにをしても、なにをささやいても身を硬くして縮こまる彼が不安で問いかけると、昭生はふるふるとかぶりを振る。

「ごめん。なんだか怖いんだ。すごく無防備な感じがする」

つぶやく昭生の、戸惑う気持ちもわかる気がした。冷たく鎧《よろ》っていた心を解放し、ごくふつうの恋人同士のように相手を信頼することは、昭生にとってとてもむずかしいということも。けれど伊勢にも言い分はあるのだ。

「俺だって昭生が怖いよ」

「怖いって、なんで」

不思議そうに問いかけてくる昭生に、伊勢は苦い笑みを浮かべた。

関係が落ちついたいまでも、なにを言ったら彼が傷つかないのかと途方にくれることはよくある。傷ついた昭生がまた背を向けて、かたくなに自分を寄せつけなくなったらどうしようと惑うこともしょっちゅうだ。

昭生の心に刺さる禁止事項がはっきりとわかってさえいれば、絶対に口にはしないのにと考えさえする。そんな伊勢の内心を、彼は想像したこともないのだろう。

「……好きだから、きらわれるのが怖いよ」

かすれたような声でつぶやくと、はっとしたように昭生は身体を強ばらせた。過去に何度も拒絶したことをあてこすられたと感じたのだろうか。そんなつもりではないと言いかけた伊勢の開いた唇に、細い指がそっとあてられる。

乾いた唇を何度もなぞる指は、水仕事のせいですこし荒れている。そっと舌を出してささくれたそれを舐《な》めると、ぴくりと指が動いた。それでも逃げずにじっとしている昭生の顎を捕まえ、唇を押し当てる。

(話は、あとにしよう)

抱いて、とろかせて、もっと無防備になったところでゆっくり打ち明ければ、あまり激しい反応を見せずにいてくれるかもしれない。

伊勢がずるい算段をしながらキスを深め、昭生のカットソーの裾《すそ》から手を忍ばせた、そのときだった。

階下から、ばん！　と激しい音を立てて店のドアが開かれた音がした。

「——ただいま！」

二階にいても聞こえるほどの大音量で叫ばれた帰宅の挨拶は、ひどく尖《とが》ったものだった。

伊勢と昭生はお互い弾《はじ》かれたようにして結んだ唇をほどき、硬直する。

「あ、朗、帰ってきたから」

「……ああ」

最悪のタイミングだ、と頭を抱えた伊勢をよそに、昭生は焦ったようにめくれたシャツをひきおろし、乱れた髪を整える。その間にも、だんだんだん、と体重のわりには重たい足音をたてて上階へとあがってくる朗の気配が近づいてくる。

様子がおかしいのは昭生も気づいたのだろう、あわてたようにドアへと向かい、突進する勢いで階段をのぼってくる甥へと声をかけた。

「あのな、朗。店のほうから帰ってきたらだめだって、何度も——」

「いちゃついてるとこじゃまして、ごめんなさい！」

小言を言いかけた昭生は、大音量で怒鳴る朗の姿に目をまるくする。よくよく見ればその目元は真っ赤に腫《は》れていて、鼻の頭も赤かった。

「……どうした？」

いったいなにがあったのかと困惑する昭生の隣で、伊勢はちいさくうめくしかない。

なにか知っているのかと昭生が彼を見つめるより早く、朗が張りつめきった声を出した。

「伊勢さんも知ってたんだろ」

「知ってるって、なにをだ？」

鬼のような形相でいる朗の目つき。眉をひそめた昭生の声が続き、伊勢は観念したようにうなだれ、「……ああ」とため息をつくしかなかった。

＊　＊　＊

場所を店に移したのは、さきほどまで親密な空気が漂っていた部屋で聞ける話ではなかったのと、どうにも酒が必要な気配が強かったせいだ。

いつものごとくカウンターの内側に立ったまま、べそをかく甥の話を聞き終えた昭生は新しい煙草に火をつけながら言った。

「なるほど。ようは栢野さんの元彼が、かなり痛いやつなんだな」

話によると錦木有一は面倒な人間で、『死ぬ』だのなんだのというメールを執拗に送ったりして、伊勢のほうに栢野も相談していたらしい。

できればその件は朗には伏せておきたかったのだが、その元彼にわざわざ待ち伏せされ、けんかを売られたために、事態は露呈した。隠しごとをされた朗は大激怒して、伊勢と栢野が相談している真っ最中にメールを送ったそうだ。

「それで白状しろとつめよって、栢野先生とけんかしてきちゃったと」

「……うん」

洟《はな》をすすり、ときどきしゃくりあげながらホットワインを口にする朗の目は、尖ったままだ。哀《かな》しくて泣いていると言うより、腹がたってしかたがないのだろう。

(しかし……なんだか、面倒なことになってたんだな)

栢野の過去の相手が現れ、ジェットコースター展開の昼メロも真っ青なトラブルを起こしたことについて、昭生は自分でも驚くほど平静な気持ちで聞いていた。

激怒した朗が、話しながらぼろぼろと泣いていたせいかもしれない。ここまで負の感情をあらわにする甥というのがひどくめずらしく、むろん可哀想だと思いはするものの、驚くほうがさきにたったのだ。

「あーちゃん、これもう一杯ください」

「ん」

ホットワインを飲み干した朗の手から、昭生はマグを受けとる。ふだんならば、そうがぶがぶ飲むなと言うところだけれども、傷心の甥がやけ酒をあおりたい気持ちもわかるだけに、止めようとは思わなかった。

弱火にかけた赤ワインにクローブと乾燥させたオレンジの皮、砂糖を加え、シナモンスティックで軽くかき混ぜる。ワインは店で使う料理用の安いものだ。加熱して調味するホットカクテル用には高価な酒は必要がないし、そもそも朗はまだ酒の味もろくにわからない。

「火傷《やけど》するなよ」

手渡されたガラスマグを両手で包み、朗は吹き冷ましながらそれをすすった。肩が落ちきっているため、もともと小柄な身体がさらにちいさく縮こまっている。くせっ毛の頭を撫でてやりながら、昭生は目のまえの男にも問いかけた。

「伊勢は？」

「まだある」

ビーフィーターのグラスを揺らして苦笑した伊勢は、興奮気味の朗の話がひととおりすむまで、むずかしい顔で黙りこくっていた。その表情で、昭生はさきほどまでの彼の、もの言いたげな気配の意味を理解した。

「おまえ、きょうやたらと気にしてたのは、この話か」

「ああ、まあ……」

こちらをうかがう伊勢の表情は、ひどくばつが悪そうだった。妙に気遣わしげな顔をするのが不思議だと思いつつ、昭生は煙を吐きだしながら言ってやる。

「念のため訊《き》くけど、栢野さんは有一とかいうやつとより戻す気はないんだよな？」

「それはぜったいにない。むしろ接近禁止の命令出せないかって相談してきたくらいだから」

水を向けると、伊勢は苦々しげにうなずいた。ならよし、と昭生もうなずいた。

「事情はだいたいわかった。でも、いろいろ間が悪かったとしか言いようがないんだから、そう気にすることもないだろ」

そのとたん、ティッシュで鼻をかんだ甥も伊勢も、「えっ⁉」と驚いた声をあげ、昭生を凝視した。ひどくおおげさな反応に驚き、昭生は顎を引く。

「な、なんだよ？」

「あ、いや。てっきり怒ると思ってたから」

茫然《ぼうぜん》とつぶやく伊勢に、昭生は「なんでだよ」と顔をしかめた。

「朗も栢野さんも、他人のごたごたに巻きこまれただけだろ。災難だったと思うけど、それで俺が怒るって、変じゃないか」

「うん、まあそりゃ、そうだけど……」

昭生としては理屈がとおった話をしただけなのに、またもやふたりに妙な顔をされてしまった。なにか変なことを言っただろうかと思っていると、朗がぐずりと洟をすすり、隣に座った弁護士に赤らんだ目を向けた。

「……伊勢さんはさ、なんで俺には教えてくれなかったわけ？」

「関係ないと思ってたから」

泣きすぎてかすれた声で朗は「どこがっ⁉」と怒鳴る。伊勢は困ったように眉をさげたまま、なだめる声を出した。

「あのね、朗が腹をたてるのは、感情論では理解できる。でも厳密には栢野さんにも関係ない、というか俺にすら関係ない話だったんだ。依頼をお断りした話だからね」

昭生がそのとおりだとうなずくと、朗は恨みがましい目で睨みつけてきた。

「じゃ、なんで先生には言ったんだよ」

「遅きに失したけど、気をつけたほうがいいって感じたから、かな」

行動が早すぎて、後手にまわる羽目になったのだと告げる伊勢の言葉に嘘はないだろう。

だが朗は納得がいかないようだった。

「先生が気をつければいいって話なら、俺だって気をつけたほうがいいんじゃないの」

「そうだけど、間接的すぎるだろ。あの時点で、まさか錦木有一がそっちに乗りこむとは予想してなかったんだし——」

「じゃあ先生はなんに気をつけるんだよ。関係ないのはみんないっしょだろ。なんで俺だけに黙ってんだっつってんの！」

朗は拳《こぶし》でテーブルを叩いてまくしたてる。

「いっつも蚊帳《かや》の外にされるのは、もうやだって言ってんのに！ 先生それ知ってるはずなのに、なんでっ……」

言いかけた言葉が喉をつまらせたのだろう。ぐしゃりと顔を歪《ゆが》め、朗はテーブルに突っ伏した。感情を爆発させた朗の怒りは、ずいぶんと根深いものがあるようだった。

昭生にしても耳が痛い言葉ではあったけれど、同時に「しくじりやがって」という不愉快さも覚えた。

――俺の知っている相馬朗は、明るくて強い青年です。どんな残酷な事実でも自分なりに受けとめ、むしろ他人を護ろうとする。そんな彼をもう、子どもとは言えないし、あなたもそう思わないほうがいい。

――あなたがたが、あの子を護《まも》ってやれないなら、俺がそうします。

かつて、ひかりの容態をできるだけ朗の耳にいれないようにしていたころ、栢野はそんな言葉で昭生をいさめた。

それだというのに、いざ自分がその『事実』を抱えたとたん、朗に知らせず処理しようとしているあたりは失笑を禁じ得ない。

(でも、わからなくはない)

あまり認めたくないことだが自身も覚えのある失敗だけに、昭生には栢野の気持ちが痛いほど理解できた。

というよりも、彼をなじる資格はそもそも、昭生にはないのだ。

「傷つけたくなかったんだろ」

ぽつりと昭生がつぶやいたとたん、朗は顔をあげた。伊勢もまた、驚いたように昭生をじっと見つめている。またその顔か、と昭生は苦笑した。

「俺も、いやなことは朗の耳にいれたくないと思ったから。それこそ関係ないことだったら、なにもないまま終わるなら、栢野先生も、知らせずにいたかったんじゃないのか」

「なんで……あーちゃんが、先生の味方するんだよ」

「俺は朗の味方だよ。ただ、俺はもっとひどい失敗してるから、栢野先生のことは責められない。あのひとはタイミング悪かっただけのことだろ」

俺と違って。呑みこんだ言葉が聞こえたかのように、伊勢も朗も黙りこんだ。

「ひかりのこととか、喜屋武《きゃん》のこととか、朗にちゃんと話さなかったせいで、おまえいっぱいつらかっただろ。でも許してくれただろ」

「あーちゃんは、だって、違うし」

あえぐように言う甥に、「なにが違う？」と問いかける。朗はかぶりを振った。

「とにかくあーちゃんと先生は違うんだよ！　あのひとは俺に、だって、俺が……っ」

「おまえが？」

静かに問いかけると、朗は何度も口を開閉し、そのあとぎゅっと唇を噛んだ。言葉にならない気持ちが、ぐるぐると甥のなかでまわっているのがわかる。その気持ちは、いやになるくらいに昭生が過去に味わったものだった。

してほしくないこと、いやなこと、信じた相手だからこそ具体的な言葉ではなくともたくさん出したサイン。それを踏みにじられたような痛さは、いやになるほど知っている。

期待したからこそ、腹をたてるし許せなくなるのだ。

なにもかも拒絶したくなるほどのかたくなさに自分がとりこまれていくあの感覚も、たぶん誰よりもわかっていると思う。

けれど、だからこそ、朗には意固地になってほしくなかった。

「朗、許してやれないか？」

「……もう、いい！」

昭生の問いかけに、朗は両手でテーブルを叩いて叫んだ。そのままスツールを蹴《け》って立ちあがり、自室へと駆けあがっていく。

「おい、朗！」

顔をしかめて立ちあがった伊勢が追おうとするのを制し、「いいよ」と昭生は言った。

「いまはなに言ってもだめだ。ほっておいてやったほうがいい」

でも、と顔をしかめた伊勢を見つめ、昭生はかぶりを振った。

「悪いけど、椅子、なおしてくれ」

「ああ……」

蹴り倒されたスツールをなおし、伊勢は座りなおす。しんと静まった店のなかで、昭生はちいさくつぶやいた。

「……俺、あんなだったのかな」

「昭生？」

「好きだから、ちょっとのことも許せなくて、ああしてばたついてたんだろうな」

誰よりも好きで、特別で、無防備になった相手から与えられた、信頼を裏切るような行動。朗の場合は間の悪さがもたらしたものではあるけれど——それだけに、感情の行き場がないのだろう。

ただ、朗はきっと自分のなかでけりをつけることができる。彼は本当の意味で強いからだ。信じることも許すことも、誰にも教わらずにできる子どもだった。

昭生とは、根本的に違う。

「ごめんな、伊勢」

「なんで謝る」

目を伏せてつぶやくと、腰を浮かせた伊勢が突然腕を摑《つか》んできた。驚いて彼を見やると、真剣な目でこちらを見つめている。

その顔を見ていると、なんだかおかしくなって昭生はふっと笑ってしまった。

「なに、情けない顔してんだ」

「あ、いや……」

「べつに拗《す》ねてねえし、変なふうに思いつめてるわけでもないぞ」

自分にうろたえたかのように、伊勢は「ごめん」と言って手を離す。さっきまで触れていた場所に肌寒さを覚え、昭生はそっと腕をさすった。

伊勢は自分の手のひらを見つめて軽く握ると、立ちあがる。

「帰るのか？」

「ああ。これ以上俺がいても、あれだし……とりあえず栢野さんと話してみる」

あれ、と言いながら二階を指さす彼にうなずいてみせる。だが会話の中途半端さが気になり、今度は昭生のほうから腕を掴む。伊勢ははっとしたように顔をあげた。

「なあ、俺が、怒ると思ってたのって、なんでだ？　朗が泣かされたからか？」

問いかけると、伊勢は気まずそうに黙りこんだ。昭生はじれったくなり言葉を続ける。

「何度も言うけど間が悪かっただけだし、おまえの責任じゃない。それに、べつに栢野先生は浮気したわけじゃないだろ」

冗談めかして言ったのに、伊勢はますます顔をしかめる。「あてこすったわけじゃないぞ」とあわてて続けると、彼は「わかってる」とうなずき、自嘲《じちょう》の笑みを浮かべた。

「勝手に俺が気をまわしたっていうか。昭生に、ちょっとでも昔のこと、思いだしてほしくなかっただけだ」

「それとこれとは――」

「違うよな。わかってる。ただ、なんていうか」

伊勢は自分の口元を手のひらで覆って言葉を切った。

じっと待っている昭生のまえで、彼はくしゃくしゃと自分の髪をかきまわしたあと、「うまく言えない」とつぶやいた。

微妙な空気が漂い、お互いに対しての壁を感じる。ひさしぶりに味わう落胆に、昭生はそれ以上のことを言う勇気が失《う》せるのを感じた。

「とにかく帰るよ。朗のフォロー頼む」

「あ、ああ。わかった」

笑ってはいるけれど、なんだか力ない顔で伊勢は店を出て行った。取り残された昭生は、途方にくれた気分でその場に立ちすくむ。

気にしていないと言ったのに、なぜ伊勢はあんな顔をしたのだろうか。また以前のような失敗はしたくないと思っているのに、どうしてこんなふうにかけ違ってしまうのだろう。

「……むずかしいな」

十年のすれ違いは、乗り越えたつもりでもそこかしこに障害を残しているらしい。経験が臆病にさせるからだ。同じ失敗を、繰り返したくはないからだ。そして栢野はおそらく、そのせいで朗の地雷を踏んだ。

(わかってやれ、とは言えないか)

真っ正面から傷つく時期の青年に、過去ゆえの怖さを理解しろと言うのはむずかしい。そもそも昭生に、そんなことを言える資格はやはりない。

むずかしい。今度は声に出さないまままつぶやいて、ふたりの残したグラスを洗った。

なんとも気まずいまま昭生の店を辞してから、伊勢はすこしばかりどんよりとした気分を引きずっていた。

――何度も言うけど間が悪かっただけだし、おまえの責任じゃない。それに、べつに栢野先生は浮気したわけじゃないだろ。

あの言葉に、自分でも意外なくらいに驚いた。そして動揺していた。

昭生が素直に納得していたことは、べつに悪いことではないと思う。ただ、かつての昭生からは信じられないような発言で、予想とまるで違う反応を見せられて、戸惑ってしまった。

（いいことのはずなんだ。昭生が昔にこだわらないで、成長できたってことなんだから）

ならばなぜ、こんなに気が滅入ったような感覚に陥っているのか。

＊　＊　＊

事務所のデスクに頰杖《ほおづえ》をついたまま深く息をはくと、電話の音が鳴り響いた。伊勢が手を伸ばすより早く、向かいの机で田宮がほがらかな声を発する。

「お待たせしました、高原健一法律事務所で――」

途中でとぎれた言葉にはっと顔をあげると、微笑みを浮かべていた田宮の顔がみるみるうちに曇っていく。

「もう、いいかげんにしてください！」

音を立てて受話器をおろした田宮に「またですか」と問いかけると、うなずいた彼女は深深とため息をついた。

「ほんっとしつこい……。こっちが切るまで、なに言ってもだんまりで、切らないんです。あああもういらいらする。伊勢さん、お茶どうですか？」

席を立ってお茶を汲《く》みにいったのは、くさくさした気分を紛らわせるためだろう。「いただきます」と伊勢がうなずくと、急須《きゅうす》に茶葉をいれながら彼女はぼやいた。

「まあ、こういうのは形はどうあれ、昔からよくあることではあるんですけど。しつこいファックスとかねえ」

ひと昔まえならば、ロール紙タイプのファックスが床に波打つほどの長さで中傷メッセージをいれられたり、もしくは白紙だったりということもあったらしいが、液晶パネルでプリント内容を確認できる機械が普及してからは、ファックスでのいやがらせは減ってきた。

「その代わりにスパムやらウイルスメールが増えて。紙の無駄は省けましたから、ある意味エコですけど」

これも時代ですかね、と顔をしかめた彼女は、「それにしても」と言った。

「毎日午後に、二、三回ってのがね。なんか、『違う』って感じてしまって」

「違う、っていうと？」

「いやがらせとしては、回数も中途半端でしょう、よけい気持ち悪いんですよ」

業務妨害をするつもりの場合、大抵は鬼電と言われるたぐいの、ひっきりなしのコールがあるものだ。それにしては回数がすくないと指摘され、伊勢もまた眉をひそめる。

「うーん、たしかに微妙な頻度ですよね」

「だからってしょっちゅうかけられても困るんですけどね……はい、お茶どうぞ」

丁寧に淹《い》れた茶を差しだされ、「ありがとうございます」と受けとった。田宮の淹れる茶はあまくてまろやかだ。なにかこつでもあるのだろうかと思いつつひとくちすすって、伊勢はつぶやいた。

「となるとやっぱり、例の、遺産相続の件ですかね？」

伊勢の言葉に、田宮は「それがそうでもないみたいで」と顔をしかめた。

「所長に確認したんですけど、いまは別件でのごたごたでそれどころではないらしいです」

ごたごたとはなんだ、と伊勢は目をまるくした。

「ただでさえ、ごたごたしてるでしょう。まだなにかあったんですか」

「きょうもその件で、所長と村崎《むらさき》さんとで、相手先に出向いてるんですけど……」

田宮はほかに誰もいないというのに、身を屈《かが》めてこっそりと声をひそめた。

「じつはあのうち、もともと兄弟でもめてたところに、愛人の子とかまで出てきたそうで」

「え、愛人の子、っていくつの？」

「……それが、ご兄弟の孫ってくらいの年齢らしくて」

兄弟姉妹プラス愛人プラス婚外子、という状態での修羅場中のため、事務所に文句を言うような暇はいっさいないだろうという話なのだそうだ。

「うわ、そりゃ泥沼だ」

「でしょう。だから、うちになにか仕掛けてる暇、ないはずなんですよ」

やるなら愛人の子の家でしょうねと田宮が皮肉に笑い、伊勢もつられて苦笑した。

「となると、ただのいたずらですかねえ。愉快犯的な」

駅前にも看板を出しているし、定期的にWEBや新聞等に広告を載せることもある。オープンにしている電話番号のため、必ずしも関係者からの無言電話とは限らない。暇つぶしの無言電話の可能性も充分あり得た。

「どっちにしろ、早くやめてほしい……ああ、わたしがとります」

話の途中で電話の呼び出し音が鳴った。あわてて席に戻ろうとする田宮に手をあげ、伊勢は目のまえにあった受話器を取る。

「高原健一法律事務所です」

『……』

返ってきたのは、沈黙。いままさに話題にしていた無言電話だ。伊勢が顔をしかめてナンバーディスプレイを見ると、田宮の話どおり公衆電話からのものだとわかる。

(田宮さん)

視線で彼女をうながすと、はっとした田宮は別回線で会話を録音できるようにセットした。まれに脅迫電話などがかかってくるため、機材は最初から備わっている。

「もしもし？　回線の故障じゃないなら、聞こえてますよね？」

『……』

「毎回電話してくるひとですか？　いたずらならいいかげんにしてください。無言電話はことによると、業務妨害罪にあたる立派な犯罪ですよ」

田宮の言うとおり、きつめにたしなめても切る気配はない。

「あのですね、公衆電話も特定の電話番号あるって知ってました？　場所、特定できますよ」

『……えっ』

「あなたがかけてきた電話の時間と回数、ぜんぶメモしてありますから。日本の警察は優秀なんで、通話記録調べて該当の公衆電話付近、聞きこみ捜査したら犯人わかっちゃいますよ」

はったり混じりで告げると、電話の向こうで息が荒くなった。動揺しているあたり、本当に無知なのかもしれない。

「いいですか、こういうことはさっさとやめないと、本当にしかるべきところに届けを――」

どうしたものかと思いつつ、伊勢が警告をしかけたところで、ようやく言葉が聞こえた。

『伊勢、せんせいですよね』

「……え？」

震えている声に、伊勢は顔をしかめた。聞き覚えのあるそれに、まさかと思ったのもつかの間、相手は声を絞るようにして訴えてくる。

『お、俺、河出です。河出尚人です。助けてください。会いたいのに、会わせてもらえないんです……』

ぐすん、と聞こえたのはもしかして鼻水をすする音だろうか。

おそろしく厄介なことが飛びこんできた予感に、伊勢は頭を抱えたくなった。


数時間後、伊勢はべそべそする河出をどうにか言い含めて、事務所近くの喫茶店に呼びだした。待ち合わせた時間から五分遅刻して現れた河出は、おどおどした様子で周囲をうかがい、伊勢の顔を見るなり気弱そうに顎を引いて会釈した。

「おひさしぶりです」

「ど、どうも……」

一応は立ちあがって挨拶したのち、座って、と対面の席を示すと、おとなしく腰かける。

近寄ってきた店員にコーヒーを注文したのち、「さて」と伊勢は本題を切りだした。

「なんで、無言電話なんかしたんですか」

「そういうつもりじゃなかったんです。ただ、伊勢先生お願いしますって言おうと思ったんだけど、急に怖くなって……」

河出は見た目こそ派手な色男だったが、ひどく気弱そうな青年だった。以前会ったときもいまと同じく、肩を縮めて萎縮《いしゅく》しきっていたのを思いだす。

「あの、そんなに問題になるんですか？　電話」

「毎日毎日かけてこられたらね」

「……毎日、ですっけ」

河出はその言葉に、一瞬「え？」という顔をした。そこまでしょっちゅうかけている自覚はなかったのかもしれないと自分に言い聞かせつつ、伊勢はため息混じりに告げる。

「わたしはそちらの問題についてのご依頼をお断りしたはずなんですが」

「わ、わかってます。でも、お話聞いてほしくて」

当初、錦木有一からどうしてもとねじこまれて双方の話しあいに立ち会った際、伊勢を無視してまくしたて続ける有一の親、おどおどしたまままろくにしゃべらない河出に辟易《へきえき》して、「こちらが出る幕ではないでしょう」と引き取ってもらったときのことは記憶に新しい。

あげく、有一の両親に引っぱってこられた河出から、自分の弁護を請け負ってほしいと言われたときには、あきれかえってしまったものだ。

「あのときにもお話ししましたが、依頼者同士の利害が対立している状態で、同じ弁護士がつくわけにいきませんよ」

「で、でもあの、依頼は断られたんですよね。だったらいいじゃないですか」

現時点での事実はたしかにそうだが、本音を言えばあのわけのわからない親に、ふたたび関わりたくない。しかもこの河出の気弱さがまた、引き受けたくない最大の原因だ。

（こういうタイプだと、途中で勝手に相手に会って流されたり、言い含められて意見変えたりするんだよな……）

離婚訴訟などの場合に見受けられるが、わざわざ弁護士をいれたというのに、調停の途中で本人同士でもう一度だけ話したいなどと言って、さらなる泥沼になるパターンはすくなくない。

おまけに有一と河出の場合、恋愛関係の破綻《はたん》した理由が、本人同士でなく親の妨害だ。情に流されてグダグダになる可能性が高い案件など、伊勢でなくても扱いたくはないだろう。

「というか、なんでわたしに話を？」

問いかけると、河出は「ほかに弁護士さんって知らなくて」と上目遣いに言った。迷惑だという顔も隠さずに睥睨《へいげい》すると、あわてたようにつけくわえる。

「それに、伊勢さんはちゃんと俺の話、聞いてくれたし」

「信頼いただいたのは、ありがたいんですけど……」

ため息をついて、伊勢はソファに埋もれそうな背中をどうにか伸ばした。おそらく河出が言うのは、裁判の依頼を持ちかけられた際のことだろう。しかもあれは河出の話を聞いたというより、錦木両親のあまりの傍若無人っぷりを見るに見かねて「なにか河出さんからご意見は」と、二、三回ばかり水を向けた程度のことだった。

「あちらの条件で示談に応じる以外に、この問題はどうしようもないですよ。なにしろ錦木さんたちは一歩も引くかまえがない」

「でも会って話せばわかってくれると思うんです。有一だって俺のこと好きなんだし」

「その有一さんが、会いたくないと親を巻きこんでるんじゃないんですか？　あなただって、それに応じたのに裁判までふっかけられたから、こんなことになってるんでしょう」

感情論の段階はすでに終わったと、どうして理解してくれないのか。げんなりしながら伊勢がなおも説得しようとしたところで、河出はいきなりぼたぼたと泣きだした。

「泣いても解決しませんよ？」

「ゆ、有一に会いたいんです……本当は有一だって俺に会いたいんです」

そんなことを言われても、伊勢のまえではひとことも話さなかったのだから、有一の『本心』などわかりようもない話だ。

「それは、河出さんが想像する有一さんの気持ち、でしかないですよね。第一、接近禁止まであちらは要求してきたし、念書にサインされたんじゃないんですか」

　栢野がかつて言い放った「二度と近づくな」という言葉を無視した有一が、河出にはそれを求めている。身勝手なダブルスタンダードに個人的にはあきれるけれど、いまこの場で言う話ではないと伊勢は冷たい目で河出を睥睨した。

　聞きわけのない青年は、なおもしゃくりあげながら食いさがった。

「あんなの、親に言われて無理やりっ」

「それでも抵抗しきれないで、サインしたんでしょう」

「し、したけど、聞いてくれなくて、だから……」

　だんだんいらいらしてきた伊勢は、深々とため息をついて厳しい声を発した。

「いいですか。弁護士っていうのはね、魔法使いみたいに解決法を示せるわけでもない。本人がどうしたいか、その最終的な結論に近づけるために、交渉するだけです。それも法に則《のっと》って物理的な、あるいは金銭的な解決策を提示する以外、どうすることもできません」

　びしりと告げると、河出はぐすぐすと洟をすすって「わかってます……」とうなだれた。

「本当にわかってますか？　言っておきますけど、このあとで一時間五千円、相談料いただきますよ」

「そ、そんなに」

　音楽関係の仕事をしたいと希望している河出は、現在フリーターだ。バンド活動をしながらチャンスを狙っているらしく、生活もかつかつだと聞いている。

「当然でしょう。こちらはあなたの愚痴聞き係でも、なんでも相談所でもないんですよ。お金払いたくないなら、無料相談所にでも最初にいきなさい」

いったいなにがしたいんだと頭が痛くなりながら、その程度の金をけちるなら最初から自分で解決しろ。しかもいちいち泣いて愚痴るなと、怒鳴りたくなった。

「状況的には、圧倒的にあなたが不利なんです。あきらめたほうがいいですよ」

べそべそしながら、河出はそれでも「……いやだ」と口をへの字に曲げた。

「いやだって、あなたねえ」

「だってほんとに好きなんです」

どこのだだっ子だ、と伊勢が頭を抱えたとき、彼は涙声で言った。

「いっしょにいて有一だって嬉しそうだった。病院いくようになったのだって、俺と離れてからなのに、可哀想なのに、なんでそれが俺のせいになってるんですか」

真っ赤になった目で、ぎろっと睨まれる。その意外な強さに、伊勢は一瞬言葉を失った。

「責任取れっていうなら、俺がいっしょにいて、病院だっていかせます。でも、会うな会うなって有一のこと押さえつけて、昔の彼氏引っ張りだしてまで俺のこと排除しようとしたのは、なんでなんですか」

「え。栢野さんの件、ご存じなんですか？」

「俺なんかよりずっとマシだって言って、目のまえに連れてこられました。……相手のひとはかなり迷惑がってたけど」

まえに自殺騒ぎを起こしたときに、わざわざ栢野が有一を説得するところを見せつけられたらしい。伊勢もさすがにそのえげつない話は知らなかったと目を瞠った。

(あの親は、ほんとに……)

ゲイになるのが許せないと、栢野との仲を脅迫じみた方法で壊しておきながら、べつの相手が出てくれれば逆に利用する。たしかに違法行為でこそないけれど、ひととしてどうなんだと問いつめたい気持ちになるのはいたしかたない。

伊勢の苦い顔を見て、河出はきっぱりと言った。

「あんなひとたちといっしょにいたら、有一はもっとだめになる」

河出はどうやら泣いてから強い子のタイプだったようだ。涙と鼻水に濡《ぬ》れた情けない顔ながら、伊勢はその目つきの強さにはすこしだけ感心した。

「そう思ってるなら、なんで引き下がっちゃったんですか」

「そのほうが有一のためだって言われた。俺みたいな貧乏な男と暮らしてたって、将来がだめになるだけだって。……だったらなんで、いまの有一は幸せじゃないんだよ。寂しがりだから、ずっといっしょにいてやらないと、またぐちゃぐちゃするのに」

気弱で、恋に盲目な男かと思いきや、恋人の欠点もなにもかもわかったうえで受けとめていたらしい。ここまで深く話したことがなかったために知らなかったが、彼は彼なりに思うところがあって別れに同意したのだと、伊勢はようやく理解した。

「正直にいって、錦木有一さんは、かなり面倒な相手ですよ。栢野さんとつきあってた時期のことも相当なトラウマだ。いまだに問題行動も多い」

驚いたことに河出は「わかってます」とうなずいた。

「有一は、そのとき自分がやったことがいやでしかたないって言ってた。でも反省してちゃんとするとか、そういうのがうまくできなくて、ジレンマになってるんです」

「……親との関係も、ある意味共依存に近い。そこから引っぺがして、あなた本当に耐えられますか？　相当、重たい関係になりますよ」

口にしながら、伊勢は内心で強烈なデジャヴを感じていた。

家族に依存していて、トラウマもあって、自分の気持ちすら見失っている恋人。本当にそれでもいいのか——河出に語りかけながら、まるで昔の自分へと問いかけているような、そんな気分を覚えていると、彼は唐突に問いかけてきた。

「先生は、好きなひとといますか」

いきなりの切り返しに、伊勢は驚いた。挑むような赤い目をまえにおためごかしを言える雰囲気ではなく「いますよ」と返す。

「そのひとが、面倒くさくて、重たくて、まわりの反対もあって、自分のこと切ろうとしてて。そしたら好きでいるの、やめますか？」

「……いや」

やめることができなかったからこそのいまだ。そして、河出と有一の件に自分がなぜ関わりたくなかったのか――案件として面倒なのは言うまでもなく、個人的な感情としていやだったのだと突然に理解して、自分にため息をつきそうになった。

（俺のトラウマのほうが、掘り返されそうだ）

いれこみたくはないし、仕事を越えて関わるにはあまりに厄介な相手だ。一度手助けすれば、今後もなにかと頼ってくるのは目に見えている。

それでも、ただ弱くてくじけたのではなく、失敗を取り返したいと思っている相手に伊勢は弱い。おそらく、このあと手を貸してやることになってしまうだろう。

（さりとて、どうしたもんか）

係争中の関係者を、案件に関係のない伊勢が会わせたとなると、のちのちややこしいことになる。錦木の親も、黙ってはいないだろう。

額を拳でこつこつと叩きながら煩悶《はんもん》していると、胸ポケットにいれたままの携帯が振動した。「失礼」と告げてそれを取りだすと、栢野からのメールだった。

そこに書かれた文章は意外なもののようであり、同時にこの状況を打破するたったひとつの方法を示すものでもあった。

メールの文面を読み終えた伊勢は、しばらく逡巡《しゅんじゅん》した。

「……先生？」

目のまえにいるのは正式な依頼人ではない。職業倫理やその後のしがらみを考えて、悩んだのはほんの数秒のことだった。

「とりあえず、自力で解決してみる？」

苦笑いとともに問いかけると、河出は赤くなった目をしばたたかせる。必死になってすがる彼の目の奥に、伊勢はかつての自分を見た気がした。

数時間後、またもや朗のもとへと出没した有一を学校内に引き留めてくれた栢野のおかげで、無事に問題児ふたりは再会することが叶った。

栢野らと別れたあと、勝手に手に手を取って去っていこうとした彼らを、伊勢は急いで追いかけた。なにか話でもしていたのか、学校から駅へ向かう途中で立ち止まっているふたりを見つけ、ほっとしつつも厳しい顔で声をかける。

「ちょっと待ちなさい」

「えっ」

「話があるから、ついてきてくれますか？」

有無を言わせぬ口調に河出と有一は顔を見あわせ、飲まれたようにうなずく。

ふたりを引きつれて近くの喫茶店にはいった伊勢は、三人分のコーヒーを注文すると、河出に自分の名刺を渡した。

「こっちに携帯の番号あるから、もう事務所に変な電話かけないように」

「はい、ありがとうございます」

赤い目で何度も頭をさげた河出にうなずいてみせた伊勢は、隣で肩を落としている有一に視線を向ける。とたん、びくっと彼は震えたが、伊勢は厳しい目のまま口を開いた。

「さて……本題にはいるまえに、まず質問。なんで栢野さんにいやがらせしたり、朗をつけまわしたりしたんですか？」

問いかけてもしばらく黙りこくっていた有一は、長い沈黙のあとにぽつりと言った。

「……うらやましくて」

「なにが？」

「あの子、ちょっとまえのコンペで入選したんだよね。それで学校名が出てて、学校のサイト見たら、在校生や卒業生の受賞者とかを紹介してるページがあって。そこに顔写真いりで、あの子のプロフィールが載ってた。……栢野先生のコメントも」

そのページは伊勢も見たことがある。今年の夏ごろ、栢野の説得で出版社のイラスト公募に作品を提出した朗は、入選者三十人のなかのひとりに選ばれた。残念ながら商品化などには結びつかなかったけれど、学校側としては成績として紹介するに足るものだったのだろう。

「それで気になって、学校までいってみたんだ。ふたりで歩いてるの見たとき、つきあってるのはすぐわかった」

興信所でも使ったかと予想していたが、話はもっと単純だったようだ。伊勢は穿《うが》ちすぎた自分を反省すると同時に、はたから見ても愛情あふれる栢野と朗の姿を想像し、苦笑をこらえた。有一もまた笑う。だがその顔は、およそ幸せとは遠い表情だった。

「なんかそれで、腹がたってさ。じゃましてやれって思っちゃったんだ」

かつては自分も『そこ』にいたはずなのに。うめくような声で彼がつぶやくと、河出が不安そうな顔で有一の手をぎゅっと握った。

「まだ、あのひとのこと好き？」

「……ううん。それはない」

一瞬の間は未練だと、伊勢にもわかった。河出はせつなそうに微笑み、追及はしなかった。

「ただ、俺がああなりたかったなって。純粋に、絵を描いて、先生に褒められたかった」

有一にとっての栢野は、才能を認められて、尊敬する相手にやさしくされて、自分自身を見失うこともなかった『あのころ』の象徴なのだろう。

「今後は、栢野先生には関わらないことです。もうあのひとは、あなたをあまやかしてはくれませんよ」

「しません。あのふたり見てたら、なんかばからしくなったし」

憎まれ口を叩きつつうなずく有一に、伊勢はやれやれとため息をついた。

「それじゃ、次にしてほしいこと。まず、有一さんはいまかかってる病院じゃなく、ほかの病院で診察を受けて、病気は治ったという診断書をとって」

神妙な顔を見せていた有一は、「え？」と戸惑った顔をみせた。

「そもそも、訴訟理由のひとつは、有一さんがうつ病になったことの原因が河出さんにある、とされたからですよね。……けどあなたそれ、仮病でしょ？」

ずばりと言いきったところ、有一は顔を歪めて目を逸らした。河出は「そうなの？」と目をしばたたかせる。

「家にこもってたら、親に連れていかれたんだ。それで、やけくそになって適当に問診してたら、薬出された。落ちこんでたときだったから、うつ状態だって言われたんだと思う」

「でも、診断書まで書かれたのに？」

「ヤブで有名な病院だから。親もわかってて連れてったんだと思う」

言い訳がましい有一の言葉に、訴訟まで起こされた河出はてっきり怒るかと思いきや、涙目になって言った。

「よかった、有一、病気じゃないんだ」

「……本当に、これでいいの？」

眉をひそめて告げた伊勢に、河出は「いいです」と唇を結んだ。伊勢は天を仰ぎたい気分だったけれど、こらえて言葉を絞りだす。

「よくない。詐病じゃないですかそれは。これ刑事事件だったら、あなた虚偽告訴罪に問われることになりますよ」

厳しい伊勢の言葉に有一は真っ青になる。河出も「そ、そんなことになるんですか?」とうろたえていた。

「民事ですし、示談交渉も見据えてるはずだから、とりあえずいまの段階で『病気は治った』って診断書出してください。そしたら訴訟を起こす原因そのものがなかったことになる」

弁護士としては倫理に反する提案だったが、この無知な連中に言い聞かせるにはそれしかない。無駄に引っぱるよりはマシだと、伊勢は目をつぶった。

「あと、有一さんはさっきわたしが言った、虚偽告訴罪について親に説明しなさい」

「お、親に? でも民事じゃそこまではって」

「自分たちのやらんとしたことがどういうことか理解すれば、さすがに錦木さんご両親も、振りあげた拳を引っこめざるを得ないでしょうから。多少おおげさに言うくらいしなさい、嘘は得意でしょう」

皮肉な伊勢の言葉に有一はむっとしつつもうなずいていた。

「あと有一さんには後日、栢野先生と、相馬朗についての接近禁止の念書を書いていただきます。これについては、拒否は認めません。そして河出さんは、彼をしっかり監督すること。言い負かされて同じ轍《てつ》を踏まないように」

河出は緊張の面持ちで「はい」と深くうなずいた。

「じゃ、相談料、払って」

「え……」

「五千円。言ったでしょうさっき」

ほら、と伊勢が手を出したところ、河出は「それでいいんですか？」と目をしばたたかせた。常識外の安価だということはわかっているのだろう。

「いいから早く」

河出はあわててポケットを探り、五千円札を差しだした。そのよれた札を二本の指ではさみ、伊勢は「正直、わりにあわないですけどね」とわざとらしくぼやいた。

「でもいまの河出さんには、この五千円は重たいですよね？　だからこそ、請求するんです。他人を安易に頼ったり、迷惑をかけると対価を払う羽目になる」

言葉を切って、伊勢は有一を見つめた。きつい視線に、有一がたじろぐ。

「有一さんは、河出さんが出した五千円の意味をちゃんと覚えておいてください。わかりましたか？　これ、あなたのために、彼が払った対価です」

唇を噛んで、有一はうなずいた。重いムードが流れたところで、突然河出の腹が「ぐう」と音を立て、伊勢は噴きだした。

「あっ、ご、ごめんなさい。今朝から、なにも食べてなくて」

彼はあわてて、手もつけていなかったコーヒーを一気に飲み干す。それでも腹はおさまらないのか、ぐうぐうと鳴り続けていた。

「じゃ、なにかどうぞ」

テーブルのスタンドに立ててあったメニューを開く。彼はポークジンジャープレート、有一はサンドイッチセット、伊勢はトマトパスタを注文した。

無言で食べ終えたのち、会計に立った伊勢はさきほどの五千円をレジに出す。

「お会計、四千九百三十五円になりまーす」

レジ係の若い店員がやる気のない声で合計を読みあげる。伊勢が、財布を出そうとした河出と有一に手のひらを見せて制すると、彼らは目をまるくした。

「ここはおごります」

「えっ、で、でも」

驚いている河出たちを無視したまま、「あ、領収書ください」と伊勢は告げた。

「六十五円のおつりになりまーす。こちら領収書でーす」

間延びした声の店員から小銭と領収書を受けとった伊勢は、さっさと店を出る。あわてて追ってきた彼らに背を向けたまま言った。

「早く帰って、さっき言ったことをやってください。こっちも念書の作成で忙しいですから」

そういえば、例の依頼人にジャンプを持っていくのを忘れていた。もうこうなればサービスしてやってもいいか、と伊勢は凝った肩を鳴らしながら思う。

「……ありがとうございました！」

大声を出した河出をちらりと振り向くと、ふたりは伊勢に向けて深く頭をさげていた。

くすりと笑って、伊勢はそのまま駅への道を歩きだした。

＊　＊　＊

その夜、店のドアからはいってきた男の姿を、昭生は驚くこともなく迎えた。

「疲れた。つまみと酒、お願い」

ネクタイをゆるめながらカウンター席に座った伊勢に、「お疲れ」と告げていつものエールビールを瓶ごと渡す。ごくごくと喉を鳴らした男に、ウイスキーで煮たレバーペーストを載せたバゲットを出した。

すでに閉店時間をすぎて、店内はふたりのほかに誰もいない。ＢＧＭは先日に同じくジェイソン・ムラーズで、これはわざとかけっぱなしにしておいた。

【いろいろ終了。きょう、夜中になるけどいってていいか】

そんなメールがはいってきたのは、三時間ほどまえ。

「疲れた顔だな」

「念書作って、事務処理して、所長の愚痴聞いてきた。あと遅くなったけど古本屋でジャンプ探して買って、あした届ける」

バゲットをあっという間に平らげた伊勢に「まだ食べるか」と言うと、口をもぐもぐさせながらうなずく。ベーコンを厚く切って炒《いた》めたものに、ゆずこしょうを添える。残ったバゲットには鮭フレークとチーズ、マヨネーズを載せて焼いた。

「で、片づいたのか？」

「ああ、うん。なんとかね……たぶん、いろいろ丸くおさまるとは思うよ」

出した料理を片っ端から口に運びながら、伊勢はこの日起きたできごとをかいつまんで話した。だが聞き手にまわり、たまに相づちを打つのみの昭生が落ちつき払っているのに気づくと、怪訝そうな顔になる。

「なんか、予想してたみたいだな」

「まあなんとなく。お泊まりするくらいだから、あっちに関しては片がついたんだと思って」

伊勢からのメールが届いたのと同じころ、朗のほうからも【先生のところに泊まります】というメールがはいってきていた。そのことを教えると、伊勢は「ああ」と苦笑する。

「昭生、それ許したのか？」

「許さないわけにいかないだろ。ひきこもって暗い顔されてるよりマシだ」

いまなにをしているか、という想像だけはさせるな。にやにやする伊勢を視線で制した昭生は、「なんにしても、ひとさわがせな連中だったな」とつぶやき、伊勢も肩を上下させて深い息をした。

「まあ、あとは本人同士で片づけてくれればいいけどね」

河出がどこまで腰を据えるか、有一もまた親を説得できるかだ。もしも本気で駆け落ちするなら、それはそれでありだろう。

つぶやく伊勢も、疲れた顔ながらだいぶ吹っ切れたような気配がした。

「しかしおまえ、報酬六十五円ってありか？」

「ボランティアだよ。受けとっても意味ないし。それに一応、その金でパスタ食べたぞ」

「それでも、千何百円かそこらだろう」

お互いに笑って、そのあとふっと黙りこんだ。

沈黙の隙間を、音楽が埋める。穏やかな顔で酒を飲む伊勢をしばし眺めていた昭生は、意を決して問いかけた。

「あのさ。なんであのとき、変な顔したんだ」

「あのとき？」

唐突な問いかけに、伊勢は小首をかしげる。気が削《そ》がれないうちにと、昭生は口早に言った。

「朗が怒って、帰ってきたとき。俺、べつに怒ってないって言っただろう」

あれから数日、昭生なりに悩んだ。とくに変なことを言った覚えもないのに、どうして伊勢は奇妙な顔をしたのだろうか。

自分の言葉はやはり、あてこすりだと感じられてしまったのか。そう思うとせつなかった。

「俺は、相変わらず、しゃべるのうまくない。でも、伊勢に誤解されたりとか、そういうのはいやだから」

もう以前のように気持ちが通わないまま、時間を無駄にすごすのは避けたい。だから理解してほしいと昭生が告げれば、伊勢は「ああ……」とため息をついた。

「いや、あれは昭生のせいじゃない。っていうか、俺のせい、かな」

「どういうことだ？」

しばらくの間、伊勢は答えなかった。テーブルに肘《ひじ》をつき、大きな手のひらで口元を覆って沈黙する伊勢をじっと見ていると、降参、というように手をあげてみせる。

「思ったより成長しちゃってたから、びっくりしたっていうか」

「成長って、なんだそれ」

昭生が目をまるくすると、伊勢は低い声で笑い、乱れた前髪をかきあげた。

「……なんだろうな。気にされていたくはないんだけど、もう気にしてないってあっさり言われたら、それはそれで変な気分だった」

ますますわからず「なんで」と眉を寄せた昭生は、続く言葉に息を呑んだ。

「だって、好きだったから許せなかったんだろ？」

ほのめかされた言葉の意味はすぐにわかった。そしてなんだかあきれたような、くすぐったいような気分になる。

意味もなく額を掻いたあと、昭生はため息混じりに言った。

「……おまえ、それで俺が許せないまんまだったから、さんざんこじれたんだろ」

「いや、わかってんだけど……あー、昭生が大人になっちゃったのが、変な感じで」

「もうとっくに大人だろうが」

ばか、と彼の額を叩く。痛いと大げさに顔をしかめた伊勢に苦笑して、昭生は静かにつぶやいた。

「朗には、俺と同じ失敗してほしくなかったんだよ。やりかねないから」

かたくなだった長い時間のこもった、真摯《しんし》な言葉だった。はっとしたように顔をあげ、目をしばたたかせた伊勢に、昭生は苦笑してみせる。

無駄に張った意地を引っこめることができなくなったせいで背負った苦い痛みはもうずいぶんと薄れ、いまはただ、当時の自分の幼さが恥ずかしいと思う。

「血筋なんだろうな、これと決めるとそれしか見えない。ひかりも、俺もそう。方向性はだいぶ違うけど、意固地になりやすいんだ。知ってるだろ」

伊勢は「んん」とうなってあいまいな表情をした。肯定するしかないけれど、そうしたら昭生がへそを曲げると思っているのかもしれない。無駄に気を遣わせているなと感じ、そうしたのが自分なのだという情けなさを噛みしめた。

(そんなに簡単に、怒らねえよ)

顔色をうかがうような真似を、大事な男にさせたくない。他人のために尽力してばかりの伊勢には、いつでも堂々としていてほしい。そう思ったとたん、言葉がこぼれた。

「好きだから許せないけど、好きだから許せるんだろ」

「え?」

「ていうか、好きなら、許すしかないんだ。そのほうが、ちょっと悔しくても、嬉しいことはいっぱいあるから」

伊勢はぽかんとした顔で固まっていた。昭生はそのリアクションと、自分が言ってしまったことの恥ずかしさに、いまさら赤面する。

「だから、いちいち驚くなよ」

「驚くっていうか、いや……」

顔を逸らし、伊勢は口元を手で覆う。言葉を探していた先日とは違い、にやける表情を隠そうとしたものだと知れるから、昭生はもう一度額を叩く。

「おまえまで赤くなるなよ！」

「無理、ほんと、無理」

さらに殴ってやろうとしたその手をぐいと摑まれ、驚いている間に立ちあがった伊勢がカウンターから身を乗りだしてくる。昭生はいきなりの行動に焦った。

「ちょっと」

「いやなら、キスだけにする。この間お預けになったから」

伊勢に唇を近づけられ、顔をしかめてしまうのは反射のようなものだった。けれども首をかたむけ、吸いあげてくるやわらかなキスには抵抗なく応《こた》える。

触れて、ひらく。たわんだ薄い皮膚を押されて、痺《しび》れるような感覚が背中を這《は》った。

両手は、何度か握り直すうちに十指のすべてを絡めるかたちになった。指の股《また》をこすりつけあうようにして静かに動く手は、抱きあえないもどかしさを表してひどく淫靡《いんび》だ。

「ん……っ」

口蓋《こうがい》を舌でさぐられ、あまい声が漏れる。たまらずに伊勢の舌をきゅっと吸うと、握りあった手に力がくわわり、お返しのように深く探られた。

「……くそ、よけいしんどくなった。やりたい」

キスの合間につぶやかれ、ばか、と吐息で応えた昭生は伊勢の唇を噛んでやった。

先日の夜は、さすがに傷心の朗を残してどこかへ行くわけにいかず、お互いに盛りあがった身体を持てあました。けれど今夜、ふてくされた甥の姿はないし、店のなかも無人だ。

「こっちだって、しんどい」

期待していたのが自分だけだと思うな。潤んだ目で睨みつけると伊勢は一瞬絶句し、そのあと苦しげに息をついて昭生の耳に噛みついてくる。

「だから、あおるな」

「……っ」

敏感な耳たぶを舐められ、広い肩を小突いて押しやる。ほどけた指にはまだ恋人の感触が残っていて、手のひらが痺れていた。

「昔のことはいろいろあったけど、これだけは言えるぞ」

情欲がゆらぐ目で微笑んだ伊勢に「……なに」と顎を引くと、彼は自分が噛みついた耳たぶを指先でつついて揺らした。

「十年まえより、いまのほうが昭生に惚《ほ》れてる」

どう返していいのかわからないまま昭生は赤くなり、悔しげに伊勢を睨んだあと、さきほどされたことをそっくりそのまま返そうとした。

けれど狙いは逸れて、首筋に赤い噛み痕《あと》が残ってしまった。気づいた伊勢が「うわ」と顔をしかめる。

「おまえ、これどうすんだよ。襟《えり》、ぎりぎりだろ」

「絆創膏《ばんそうこう》でもはっとけば？」

にやりとした昭生に、伊勢はむっと顔をしかめる。そして再び手をとられ、唇をふさがれて昭生はあえいだ。中指と人差し指を握られ、上下にすべらせるようにこすられる。卑猥《ひわい》な愛撫《あいぶ》を模した動きにたまらなくなり、自分から伊勢の口腔へ舌を忍ばせ、舐めまわした。

やばい、と唇の動きだけでささやかれ、うん、と昭生もうなずく。そしてカウンターを出ると、お互い寄りそったまま、二階への階段をのぼっていった。

＊　＊　＊

寝室にたどりつくなり、むしりとるようにお互いの服を剝《は》いだ。

伊勢が昭生の首筋にしゃぶりつくと、ふわりとボディソープのにおいがする。嬉しくて思わず笑ってしまいそうになるけれど、どうにかこらえた。

店を閉めて、シャワーを浴びて、伊勢のためだけにカウンターのなかに立っていてくれた。出されたつまみも、メニューにはないもの——伊勢の好物ばかりだった。

「昭生、かわいい」

「なんだ突然」

こらえきれずにくすくすと笑ってしまえば、昭生はぶっきらぼうな声を出す。けれど言葉にしない彼の思いやりが身体を熱くするから、伊勢の笑いは深まっていく。

均整の取れた身体を撫でまわし、なめらかな肌を手のひらで感じ取れるぶんだけすべて味わう。濃厚なキスにあえぐ胸のうえ、敏感なそれをいじりまわしながら重ねた腰を揺らすと、昭生のすらりとした脚が伊勢のそれに絡んできた。

「ん、んん、んん」

舌を求めあいながら、お互いの手で恋人の性器に触れる。さきほど指でいたずらしたようにこすってやると、感受性の強い昭生は伊勢の舌を吸いながら涙目になった。

「あ、なに……あっ！」

キスをほどき、伊勢の肩にしがみついていたほうの手をとって、唇に運ぶ。汗の味がする二本の指を舐めまわしながら股間《こかん》を煽《あお》りたてると、昭生は唇を噛んで仰《の》け反《ぞ》った。

爪の狭間《はざま》をくすぐり、指の股をちろちろと舐める。もう伊勢のものを握ってもいられず、声を殺してのたうつ昭生の乳首まできつくつまむと「あう！」と短くあまい声をあげた。

さんざんいじめてから解放すると、昭生はぐったりとしたままシーツに横たわっている。

「昭生、これ」

息を切らして震えている昭生の顔にいきり立ったものを寄せると、ぼんやりした目で眺めたあと、唇を舐めて口を開く。軽く押しこむようにしてやると「んー……」ととろけた声をあげて吸いついてきた。快感に力が抜けているのか、やわらかにまといつく舌の感触に腰が抜けそうになる。

「そのまんま、してて」

「んえ……？」

とろんとしたままだった昭生の身体に逆向きにまたがり、自分が求めたのと同じ行為をしかけると、びくっと細い身体が強ばった。あわてたようにもがきはじめる彼の腿《もも》を押さえ、喉奥まで含むと熱っぽい息が伊勢の股間に忙《せわ》しなく当たる。

「ちゃんと舐めろよ」

「んんっ」

不満そうな声を発するけれど、意地になったように食いついてくる。さきほどよりも強くなった口淫に漏れそうな声をこらえ、伊勢はベッドしたに落とした自分の鞄を探った。

「な、なにして……うあっ⁉」

「いいから続けろって」

「おまえそんなもん、仕事用の鞄にいれとくなよ！」

ちゃっかり持参したジェルと避妊具に、昭生が赤くなりながらわめく。無視したまま、じたばたする脚を肘で押さえて、チューブの蓋《ふた》を開けるとたっぷりの量を手に取った。

「伊勢っ、いやだ、ばか！」

起きあがり、逃げようとする身体をつかまえて上下をいれ替えた。もがく肩を両脚にはさんでがっちり留めた伊勢は、目のまえで揺れるちいさな尻に嚙みつきながら、絞りだしたジェルを両手であたためる。

「なんで、そんなっ……とこに、いれ、あっ、いれてっ」

「ああ、すぐいれるから、待って」

「ちがっ、そっちじゃなっ……！」

にちゃりと音を立てるそれを昭生の脚の奥に塗りつけ、指を運ぶ。慣れた身体は伊勢の手にすぐに警戒をほどき、深い場所まで許してくれた。ぴくんと反応した性器のさきを舌でいじりながら指を動かすと、昭生が「あああ」と泣きそうな声を出す。

「昭生もちゃんとやってくれよ」

「うあ、だっ、だってそ、あっ、やだ……」

ふらりと揺れる勃起に手を添え、先端を舌ではじきながら奥の奥までジェルを塗りこめる。そのたびに昭生の細い腰はもどかしげに上下し、淫猥なダンスを踊った。見ているだけで血が沸騰しそうな光景にたまらず、伊勢は指を深くいれたまま、ぐっとV字に開く。

「——！」

昭生が声にならない声をあげたと同時に、痛々しいほど拡がった縁へと舌を這わせ、ふっと息を吹きかけた。

「ふぁっ、あっ」

伊勢の気持ちをぐしゃぐしゃにするような頼りない声をあげ、目のまえにあるちいさな尻が卑猥にはずむ。ちろりとまた粘膜の際を舐めてやると、尾を引くような鳴き声に変わる。

「休んでないで、舐めろって」

「う、うるさ……っ」

薄いのにやわらかい尻の肉を揉みながら告げると、悔しげにうめいてくわえてくる。もういいかげん慣れきった身体のはずなのに、シックスナインのときだけ口淫がへたくそになる彼が、おかしくてかわいい。

(恥ずかしがるんだよな、いつまでも)

冷めきった関係だと決めつけていた時期、ことに昭生が精神的にショックを受けたとき――主にひかりの容態が悪化したときだ――などは、痴態といってもいいほどの乱れぶりを見せつけてくれた昭生だけれど、そのほとんどは彼の記憶のなかに残っていない。

ああした夜の昭生は、ひどく執拗に快楽を欲しがる。正気の彼はどちらかといえば慎ましやかな性格で、裸にされることすら微妙に抵抗があるくらいだけれど、壊れた昭生は性欲と快楽に対して貪婪《どんらん》だった。

喉の奥まで伊勢をくわえこみ、強引にそれを育てながら自分で自分のアナルをほぐし、待てというのも聞かずにのしかかってくる。大きく脚を開いてどろどろになった孔へと伊勢のそれを埋めこみ、見せつけるように腰を振ってさえみせる。

——ああっ、ああいい、これ好きっ、硬いの好きっ……。

激しく腰を上下させながらうつろな目で淫語を口走り、マスターベーションするかのように股間をしごいては胸をつねる。はしたなくて淫《みだ》らで、強烈なその姿はおそろしく蠱惑的《こわくてき》だった。

けれど伊勢は、そのすさまじい媚態《びたい》に呑みこまれつつも、いつでもせつなかった。

昭生が乱れる相手は、伊勢でなくともいいからだ。というよりそうしたときの彼のなかには、伊勢の存在は一ミリたりとも残っていない。そして気持ちが落ちついたころには、まるで悪酔いでもしていたかのように、薄ぼんやりとした記憶しか残さない。

じっさいには、感じているわけではないのだ。挿入した内部は硬く締まっていて、乱れる表情もどこかうつろ。体感よりも、逃避のためだけの荒淫でしかないから、精神的な荒れにすべてが乗っ取られている。

取り残される伊勢だけが、それを忘れられなかった。いつでも寒々とした思いで、それでも最愛の相手を抱ける喜びにすがっていた、みじめなセックス。

けれどもう、すべてが過去だ。

「あっ、あっあっ、い、いつみ、逸見っ」

「ん？　気持ちいい？」

こくこく、とうなずいた昭生は、赤くなった顔でおずおずとこちらをうかがってくる。

「逸見、あの……」

夢中になって、昭生は名前を呼ぶ。ふだんは恥ずかしがって名字でしか呼ばないけれど、焦《じ》らしてねだらせ、欲しがりな身体に条件づけをたたきこむようにし、ふたりだけのベッドマナーを作りあげてから、まだ日が浅い。

「……ほしい？」

涙目になっている彼に、言葉にしてねだれとまでは言いきれずにうながすと、また何度もうなずいてみせる。細い腿は過度の快楽にがくがくと震えていて、もう自分では身動きができないらしい。手を差し伸べて体勢を変え、シーツのうえに寝かせてやるとほっとしたように息をついて抱きついてきた。

「は、早く、早く」

尻をあげ、こすりつけるようにして求める。誘惑というには必死すぎるけれど、伊勢には強烈だ。

あの昭生が顔を赤くして、余裕がないのも隠せずに求めてくれる。心臓が絞られるようにときめき、背筋がぞくぞくと歓喜で震えた。

「指、舐めて」

　命令するような口調で唇を開かせると、さすがに昭生が睨む。けれどぬるりとした口腔を探っても歯を立てることもなく、どころか期待で潤んだ目を向け、ますます尻を高くあげ、身体を揺らしてくる。

「あとで、こんなふうにしようか。それとも、こう？」

「う、あ」

　何度も抜き差ししたり、指でぐるりと口腔を撫でたりしながら重なった腰を動かした。一瞬だけくしゃっと顔を歪めた昭生は肩を引っ掻き、伊勢の首筋に両腕をすがらせる。

「も、い……言うから、なあっ言うからっ」

「ん？」

「いれて、逸見、いれて？」

　首までかしげて、上目にねだる。どこでそんな仕種《しぐさ》を覚えたと一気に沸点に達したけれど、反面自分がそうさせたのだとわかっていた。

「んじゃ、ご希望どおり」

「あー……あ、あ、あう！」

　がくがくと痙攣《けいれん》する腿を抱えて、目を見つめたまま挿入すると、昭生が声をあげる。仰け反ったおかげでさらされた胸は汗にひかり、つんと尖った乳首がなまめかしく伊勢を誘った。

「痛くない？」

「ふっ……ふっ……」

問いかけると、目を閉じたまま何度もうなずく。「目、開けて」とささやくと、赤らんだ目が涙を浮かべたままどうにか開かれた。

顎に手を添えて顔を向けさせ、熱にけぶりはじめた目をじっと見つめると、びくっとそこがすくんだ。見つめられて、恥ずかしくて、でも感じている。

伊勢を包んだ内部は熱くとろけて、じっとしているのが骨なくらいにうねっていた。

(ぽちぽちか)

タイミングを見計らって乳首をつねると、ぎゅうっと握りしめるかのようにそこが締まる。

「ひ！」

昭生の潤んだきれいな目が見開かれ、驚いたように長い睫毛《まつげ》をしばたたかせる。

見つめながら腰を摑んで一気に引きつけながらこちらも身体を叩きつけると、「あん！」と隠しようのないあえぎが迸《ほとばし》った。ごく小さな粒のようなそれを指でつまみ、周囲の薄い肉ごと引っぱりあげて揉みながら腰を動かすと、昭生はかぶりを振って声をあげはじめる。

「あ、あ、あ、あ」

「昭生、これ好きだよな？　乳首、いじりながら、ここ突くの」

きゅんきゅんと締めつけてくる粘膜に浅く出し入れし、ときどき深く押しこんで攪拌《かくはん》するようにまわす。これにも昭生は弱い。

汗に濡れた頬を両手で包み、唇を両親指で探った。上下のそれぞれをたわめて遊ぶと、さきほどのお返しとばかりに舌が覗き、爪のさきを舐めてくる。ちゅぷ、とちいさな音が立って、首筋が粟立《あわだ》った。

伏せた瞼、長い睫毛が落とす影を見て伊勢が「目、閉じるな」と告げる。昭生は抗《あらが》うようにふるふるとかぶりを振った。

「いやだ、恥ずかしい」

「なんで？」

ゆるい動きを止めないまま、伊勢は微笑んだ。目を細めた表情がどんなふうに欲望にまみれているかもわかっていて、それもすべて昭生に見せつけたかった。

「だって、おまえが……だって」

「エロい顔してるから？」

声をひそめ、わざとじっと視線を向ける。顔を背けても昭生がこちらを意識しているのを充分わかったうえで、すこし身体を起こし、赤らんだ乳首と忙しない呼吸に上下する腹、そしてつながった部分をじっくり眺めた。視線に煽られた身体が変化するまで。

「また乳首硬くなった？」

くすりと笑うと、昭生がかあっと顔を赤らめた。

「ばっ……あ、あっ！」

抗議の声がとぎれる。細い腿は痙攣したまま伊勢の胴を締めつけ、軽い痛みを覚えて動きを止めたとたん、ぞろりと舐めあげるように粘膜の襞《ひだ》がうごめくのがわかった。

「あー……なか、変わった」

「ば、かっ」

吸いついては締めつけ、搾り取るようにうねるこれは、昭生が本格的に感じだした証拠だ。ぞくぞくと背筋を震わせ、伊勢はやわらかい昭生のなかを何度も抉《えぐ》る。

「ん――！」

唇に食らいつき、めちゃくちゃな動きで突く。激しく肉がぶつかる音が響き、昭生の手が何度も伊勢の背中を引っ掻いた。肩を撫で、また乳首を指で転がしながら腰をまわすと、悲鳴じみた声をあげて昭生がかぶりを振り、執拗なキスから逃れる。

「あふっ、あっ、あ！」

びくびく、びく、と不規則に昭生の身体が跳ねる。「お」と思わず声が漏れたのは、あまったるく伊勢を包んだ場所がきゅんとすぼまったせいだ。けれど昭生はまだ射精にはいたっておらず、挿入した場所だけで達したことが知れる。

「んん、もう、なかイキ、すっかりくせになったな」

「ばか、ああ、ばかっ、ばかっ」

恥ずかしいことを言うなと昭生はなじるけれど、伊勢は機嫌のいい声で笑った。

「否定しても意味ないよ。昭生の身体、素直だから」

ぽってりとやわらかいこの感触は、本気で快楽を覚えていない限りありえない。あの朦朧《もうろう》とした、ひどく淫靡なセックスのさなか、一度として昭生はこのとろけるような身体になったことがない。

こんなふうに変わるようになったのは、泣きながら終わりたくないと言ったあの秋からだ。それが嬉しくて、伊勢は何度も抱いてしまう。

「まだ、こっから。もっとよくする」

「ばか、ばっ……あ、あ⁉」

みっしりとペニスを埋めこんだそこに指を触れ、めくれあがりそうな縁をゆるりとなぞる。試しに指先を忍ばせてみると、やわらいで開ききった粘膜はそれすらも呑みこもうと蠢動《しゅんどう》した。

「あ、やば……指もはいりそう」

「ひっ、やだ、やめろっ。裂ける！」

「いや、裂けるどころじゃないってこれ」

この程度のことはできるはずだと、わざと笑って酷薄に告げながら縁をなぞる。

とろけきってやわらかく、ぬめっている。昭生は無茶だと怯《おび》えた。伊勢にしても、大事な恋人の身体を傷つけたり、痛めつけるような気はさらさらない。だが震えながら首をすくめ、眉を寄せているその顔が、いけないなにかを刺激するのも事実だった。

「このままなかにいれて、あそこ、いじってみる？」

「や、やめ、やめ」

ぐっと指さきだけを押しこもうとすると、半狂乱になって昭生はかぶりを振った。

「いやだっ、逸見、いや、それっ、それ怖い！」

「なんで。昭生、指でするの好きだろう」

声も出ないほどの恐慌状態に、昭生は目を潤ませた。あっという間に大粒のそれが下睫毛に引っかかり、転がり落ちていく。タチが悪い自覚はあるが、その涙を目にした伊勢の胸に、罪悪感と同時にこみあげたのは歪んだ興奮だった。

(ああ、泣いた)

昭生はめったに泣かない。ふだんはクールすぎるくらいに平静を装っているけれど、本当は傷つきやすく激しやすい。その素顔を引きずりだすことがむずかしいだけに、もっと泣かせたいという凶暴な独占欲がこみあげてくる。

同時に、どんなことをしてでもやさしくしてやりたくなる。

「気持ちよくしてやるだけだから、怖がらなくていいから」

「でも……」

「痛くしたことないだろ。信じて」

涙を唇でぬぐいながらささやいた。それでも抵抗されるだろうと思っていたし、本当にそこまでするつもりはなかったのに、昭生がためらいながらもうなずいたので、驚いた。

「え、まじで？」

思わずうろたえた声を出すと、昭生が顔をしかめながらあえぐ。

「なんだよ。し、信じろって、言っただろ」

「あき……」

「怖いけど、……でも、伊勢は、嘘は、つかないだろ？」

あえて名字で呼ばれたことに気づき、頭を殴られたような気がした。

かつて、未熟な不安から彼を裏切って以来、昭生から向けられたのは冷めきった拒絶と嫌疑ばかりで、すでに伊勢自身それに慣れてしまっていた。関係が改善されてからも、どこかしこりのようにあきらめは残っていた。

その昭生が、怖いのに信じるという。なんの条件もつけず、保証もないことを許すと――怖いのに、怯えているのに、明け渡そうとしてくれている。

どくりと伊勢の心臓が跳ねあがる。顕著な変化は、つながった場所にもあらわれた。

「……っ、うあ、えっ⁉」

昭生は驚いたように声をうわずらせ、伊勢は無意識に逃げようとする身体を抱きしめる。

「な、なんで、これ」

「あー……ごめん。指の隙間、なくなった。チャレンジは今度」

「なに言って、あっ、え、あああ！」

細い腰を摑んで、めちゃくちゃに揺さぶった。技巧もなにもあったものではなくて、ただ奥へ奥へと、いとしい身体のなかに入りこめる限界まで入りたくて腰を振った。

痛いのではないかと、それだけは不安だったけれど、伊勢を包んだ粘膜は熱くとろとろと溶けたままで、昭生はしゃくりあげながらも感じている。

睦《むつ》みあい、結ばれている。強く強くつながっている。そんな気がして、幸福だった。

「……っ、いい？」

「あぁあああ！」

がくがくがく、と背中を反らした昭生の身体が痙攣した。激しすぎる反応に一瞬ひやりとしたけれど、半開きの唇は淫猥に歪み、股間では張りつめきったものが律動にあわせて揺れながら、だらだらと体液をあふれさせている。

淫らで、開けっぴろげで、なにも隠していない。そんな姿を目のまえにして、いつまでもこらえることはできそうになかった。伊勢もまた理性を手放し、素直にあえぐ。

「昭生、昭生、ああ、気持ちいい……っ」

うめくような声に、昭生がしがみついてくる。すごくいい、とささやくたびに感じて震え、お互いが限界になるのを知った。

「もう、いって、いい？」

「ん、んっい、いいっ」

短い言葉と短いキスを交わして、伊勢は最後の瞬間を一気にかけあがる。

「あ、ああ、いい、ああ！　あ！」

「――んん！」

手のひらに昭生の性器を包みこみ、腰といっしょに動かすと、彼は悲鳴をあげて射精した。絞りこまれるような感触に負けて、伊勢も快楽を手放した。

「あ……っ、はあ、あ……」

きつく抱きあったまま、終わりきれないように昭生はあえぎながら身体を震わせ続け、伊勢もまたきつく目をつぶってうめいた。

「ああ、くそ……相変わらず、すげ……」

細く狭い昭生のなかはきつすぎて、一気に射精しきれない。そのおかげで快楽はじりじりと引き延ばされ、伊勢の腰は淫らに揺れ続ける。深い、脳まで溶けそうな愉悦に歯を食いしばるような羽目になるのは、そうあることではないだろう。

ほかの誰でも、たぶんだめなのだろうと思う。おそらく昭生よりもセックスのうまい人間はいくらでもいるだろうけれど、ここまで心が震えるほどに感じるのは、苦しんだ末に手にいれた相手だからにほかならない。

頭が、沸騰しそうだ。どうにか最後までを耐えきって、伊勢は昭生のうえに重なり、ぐったりとシーツに沈みこむ。

荒い息を整えながら、河出の言葉を思いだした。

――面倒くさくて、重たくて、まわりの反対もあって、自分のこと切ろうとしてて。そしたら好きでいるの、やめますか？

「……やめられたらたぶん、簡単だったな」

「え？」

なにか言ったか、とまどろみはじめた昭生が重たそうにまばたきをする。とろりと潤んだ黒目がちの目は、いまは伊勢だけを映している。

疑って、傷つけられて、傷ついて。面倒くさくて放り投げたくて、それでもできなかった。たぶんあのとき――昭生以外に逃げたくなったとき、彼を手放してしまえたなら、もっと楽だったのだろうと考えるときはある。

そして楽なぶんだけ、むなしい人生だっただろう。

「昭生が好きだよ」

静かに告げると、火照《ほて》っていた頬がさらに赤くなった。伊勢が思わず微笑むと、昭生は一瞬顔をしかめ、そのあとぎゅっと抱きついてくる。

返ってくる言葉こそなかったけれども、震えた指が言葉以上のものを伝えてくれたので、伊勢はただ幸福を嚙みしめた。

＊　＊　＊

翌日の午前、伊勢はくだんの依頼人のいる東京拘置所を訪れていた。

「これ、今週のジャンプね。遅くなってすみません」

接見に訪れた伊勢は、紙袋をちらりと見せた。直接渡すのは禁じられているため、あとで窓口に預けておくと告げると、彼は嬉しそうに笑った。

「ありがとうございます。……正直、ほんとに持ってきてくれると思わなかった」

「ええ？」

「いや、弁護士さん、なんでも言ってくれっていうから、つい」

どこまでなんでもしてくれるのか試したのだと、申し訳なさそうに言う彼の目には、まだ警戒心が漂っている。

状況もわからないわがままかと思ったけれど、これは彼なりの必死のサインだったのだ。

「約束したからね。……取り調べ、つらい？」

理解した、と伊勢が微笑みかけたとたん、その目いっぱいに涙があふれた。机に突っ伏し、声をあげて泣きはじめる。もうつらい。つらくて、怖い。どうしてこんなことに。涙ながらに言う彼の言葉を、伊勢はうなずきながら聞いた。

ひととおりを吐きださせたあと「あのですね」とやさしく告げる。

「あの日、あなたが助けた女性が、証言してくれることになりました」

泣きじゃくっていた彼は、その言葉にがばりと顔をあげた。鼻水の垂れた顔に向け、伊勢は力強くうなずいてみせる。

「ご両親が、目撃者捜しのビラを撒《ま》いてくださっていたんです。連絡先に、うちの事務所の番号を掲載してありました。それで、ずっと悩まれていたそうなんですが、ようやく電話をくださったんです」

――毎日、ですっけ。

そんなにかけた覚えはないと不思議そうだった河出の言葉は嘘ではなく、事務所にかかってきた無言電話のうち一件は、その女性からのものだった。

被害男性が怪我した瞬間あまりのことに怯えて逃げ、数日間は怖くて外も出歩けなかったのだという。現場付近を通ることができず、やっと外に出たところで、ビラを見たのだそうだ。

「あなたが捕まったことも知らず、迷惑をかけてしまったと後悔したせいで、なかなか電話ができなかったんだそうです」

伊勢の説明に、依頼人は「ほ、ほんとに？」と声をうわずらせた。

「ええ。怪我をさせてしまったことについて、別件での訴えはあるかもしれませんが、すくなくともあなたが一方的に悪いわけではないことを証明してくれるそうです。彼女は帰宅したのち、自分のブログにその日の怖かったできごとを書いていたので、証拠の記録として提出できます」

笑おうとした彼は、またくしゃくしゃと顔を歪めて泣きだした。ありがとう。ありがとう。そう言ってしゃくりあげる彼に、伊勢は彼女からの伝言を伝えた。

「彼女もそう言ってましたよ。助けてくれてありがとう。逃げてしまってごめんなさい、と」

あとはもう、彼が泣くばかりで、話にはならなかった。それでもさきの見えた事件にほっと息をついて、伊勢はその場をあとにした。

受付で紙袋に入った雑誌を渡し、拘置所の外に出たところで、切っておいた携帯の電源をいれる。とたん飛びこんできたメールは、事務所の田宮からのものだった。

【伊勢先生、やっぱり遺産相続の件、もめすぎてどうにもならないそうです……】

相手が担当弁護士を変えろと息巻いている、助けてくれと泣きのはいった文章を読んで、伊勢はこぼれそうになったため息を呑みこみ、【すぐ戻ります】と返信する。

続けて、登録してあるメールアドレスを呼びだし、手早く文章を作成した。

【今夜も愚痴聞いて】

昭生からの返信は二十分後、伊勢が駅のホームで電車を待っているときだった。

【ラム肉のゆずこしょう焼き。茄子《なす》ミートのパスタ。ホタテのバター焼き。どれ】

【カレー】

【ねーよ、ばか】

くだらないやりとりに、ちいさく噴きだす。近くにいた女子高生から気持ち悪いと言わんばかりに見られて、伊勢はあわててホームに目を向けた。

電車が滑りこんでくる直前、またメールが届く。

【食べたいなら、作ってやってもいいけど】

昭生の拗ねた顔が見えるかのようなそれに、伊勢の唇がゆっくりとほころんだ。

あとがき

今回の本は、『アオゾラのキモチ―ススメ―』『オレンジのココロ―トマレ―』『ヒマワリのコトバ―チュウイ―』と、三部作になっていた信号機シリーズの、続編的番外編になります。

いままで、こうした番外編短編集を出していただくときは、WEBサイトで個人的に発表したものや雑誌掲載作であったりしたのですが、今回は完全書き下ろしの番外編です。せっかくまとめて書き下ろしなら……と思い、三本の話がそれぞれリンクしておりまして、それぞれの話の裏側で、別のキャラクターはこんなことしてました、的な構成になっております。そのため、順番に三作読んでいただいて、一本のお話が終わる感じです。

信号機シリーズ、と銘打ったとおり、前三作は青、赤、黄色のイメージタイトルになっておりました。が、今回は短編集ということで色々な色があるよと『プリズム』、番外編ということで『ヤスメ』です。毎度、デザイナーさんがカワイイロゴを作ってくださってまして。いままでの三冊もそれぞれ副題部分（ススメとか）がそれぞれピクトグラムっぽくなっているんですが、この『ヤスメ』のマークは「そうきたかっ」と思いました（笑）。

さて、「なんでこのタイトルなんですか」という質問をときどきいただきますので、今回は各章のタイトル絡めて解説というか、四方山《よもやま》話を。ネタバレありますご注意。

『ハーモニクス』……倍音、という意味の単語ですが、一般的に聞くギターの技術的な音楽用語（こっちはフラジオレットともいうそうです）ではなく、音の周波数に関する単語です。作中、史鶴が言っている『天使の声』がキーワードでして、古来の合唱などで倍音は『天使の声』と呼ばれていたらしいです。ひとつの音が複数回振動することによって、もともと出した音と違って聞こえるため「ないはずの音」が聞こえることからそう言われたんだとか。

お話の内容としては、思いっきり嚙みあわない冲村と史鶴の不協和音が、まわりを巻き込みつつなんとか調和しようとしていく感じになってます。『アオゾラ』本編では、若造ゆえにシンプルかつストレートに史鶴を捕まえた冲村ですが、彼もまだ二十歳、そんなにできた男子じゃないですよ、なあたりを書いてみました。史鶴は相変わらず、意固地です（笑）。

『シュガーコート』……糖衣ですね。これはもう、栢野がそうしたかった、としか（笑）。

大事な子をお砂糖でくるっくるにくるもうとしたわけですが、そう簡単にくるんとされる朗でもなく、癇癪《かんしゃく》起こして弾けちゃった感じです。しかし今回書いていてはたと気づいたんですが、私、前回も今回も、栢野の年齢はっきり書いてない。じつは年齢設定はわりときっちり作るほうなので、これすごくめずらしいです。とりあえず、三十代。伊勢と昭生より年上……なのですが、いくつなのかほんとにわからない（笑）。

もういっそ決めない方がおもしろいので、このまんまいこうかなと思います。

『バズワード』……一見専門的で『それっぽい』けど、時流や解釈でどんどん意味が変わっちゃう、流行語的なもの、のことだそうです。しかしこのバズワードという言葉自体がバズワードな気がしなくもない。

さておき、言葉のどんどん意味が変わるというか、あいまいで不定形というあたりに昭生と伊勢の関係性があうなあ、という感じでつけてみました。

この『ヒマワリ』カップル、三作中いちばんしんどい関係だったせいか、その後の幸せな話を書いてほしい、というリクエストが多数でした。そのため、『アオゾラ』、『オレンジ』の二組はけんかしてますけど、このふたりはいっさいもめさせませんでした。昭生、驚異のデレ期到来ということで。伊勢は幸せすぎて死んじゃうんじゃないかしら、と書き終えて思ったりもいたしました（笑）。

でもって、じつはこの短編集、ぜんぶ攻め視点はいってます。……理由は、信号機の攻めがいかに受けにデレているかを書きたかったから、でした。ほんとはすべて統一したかったんですが、ストーリーの進行上、受け側のできごとを書かないと説明つかない部分もあったので、そこは路線変更。しかも冲村はデレているより拗ねているほうが多かったのですが、もともと彼のデレはわかりやすいので……むしろ、わかりやすいようでわかりにくい栢野と伊勢のめろめろ加減を思う様書けて満足でした。

あと今作の立役者は完全にムラジくんです。ぽっちゃりオタク将来有望美人彼女持ち。もう万能すぎておもしろくなってきました。でもキャラのおかげか、あの若さで悟ったようなこと言わせても無理がないので、本当にいろんな意味で使える男だなあと……。シリーズ通しても人気があるようで、作者としては嬉しいです。

さて、長かったあとがきもやっと埋まってまいりました。

今回も素敵な挿画をくださったねこ田米蔵さん、ありがとうございます。冲村のキャラは、ある意味「ねこ田さんにドハデ美形キャラを描いていただきたい！」という思いつきからできたものでしたが、今回の表紙もナイスな派手っぷりでした。他キャラもすべて素敵です！今後もシリーズ続く予定ですが、どうぞよろしくお願いいたします。

毎度ご迷惑をおかけしております担当さま、今回も好きに書かせていただいてありがとうございます。今後も頑張ります。あと、チェック担当Rさんに SZKさん、諸々感謝！

それから、「短編集で続編読みたい」とリクエストしてくださった読者さま、メールいただいたおかげでこの本を思いつきました。ありがとうございました。

じつはこの本で崎谷はるひのノベルズ・文庫、文庫化もあわせてですが、九十五冊です。今年中には百冊いくかなーって感じであります。これだけたくさん出していただいたのも、読んでくださっている皆さんのおかげだと思っております。感謝です。

次もまた、どこかでお会いできれば幸いです。

✦初出　ハーモニクス……………書き下ろし
シュガーコート…………書き下ろし
バズワード………………書き下ろし

崎谷はるひ先生、ねこ田米蔵先生へのお便り、本作品に関するご意見、ご感想などは
〒151-0051 東京都渋谷区千駄ヶ谷4-9-7
幻冬舎コミックス　ルチル文庫「プリズムのヒトミ―ヤスメ―」係まで。

幻冬舎ルチル文庫

プリズムのヒトミ―ヤスメ―

2011年2月20日　　第1刷発行

✦著者　崎谷はるひ　さきや はるひ

✦発行人　伊藤嘉彦

✦発行元　株式会社 幻冬舎コミックス
〒151-0051 東京都渋谷区千駄ヶ谷4-9-7
電話 03(5411)6432[編集]

✦発売元　株式会社 幻冬舎
〒151-0051 東京都渋谷区千駄ヶ谷4-9-7
電話 03(5411)6222[営業]
振替 00120-8-767643

✦印刷・製本所　中央精版印刷株式会社

✦検印廃止

ISBN978-4-344-82168-2　C0193　Printed in Japan

崎谷はるひ
『夢をみてるみたいに』
未来美紀は大手総合アパレルメーカー勤務。入社面接の時、ゲイだと公言した未来を受け入れてくれた職場で、先輩からもかわいがられている。そんな未来は社長令息の嘉島弓彦が苦手。二十歳の大学生で、二つ年下の弓彦はキスだのハグだの、やたらと未来にかまってくる。スキンシップ過多な弓彦に戸惑う未来。ある日、弓彦から本気で口説かれ……!?
イラスト
せら
560円(本体価格533円)